JN256354

吉田満

戦艦大和

学徒兵の五十六年

渡辺浩平

白水社

吉田満　戦艦大和学徒兵の五十六年

装幀＝唐仁原教久
デザイン＝藤井紗和（ＨＢスタジオ）
組版＝鈴木さゆみ

吉田満　戦艦大和学徒兵の五十六年＊目次

序章　私の立場の核心

「吉田満」という名前をきいても、その名を知らない読者も少なくないのではないか。『戦艦大和ノ最期』の作者、というと思いだす、そのような人もいるだろう。

吉田満は太平洋戦争末期に学徒兵として戦艦大和にのり、沖縄特攻作戦に参加した。大和は米軍の攻撃により沈没、吉田は奇跡的に生還し、戦後『戦艦大和ノ最期』をあらわした。『戦艦大和ノ最期』はかつて国語の教科書にのっていたこともある。カタカナまじりの文語文で書かれているので、読むのに苦労したという記憶を持つ人もいるかもしれない。

『戦艦大和ノ最期』（一九五二年版）が出版されてから、半世紀以上の歳月がたつが、いまなお文庫として版をかさねている。『戦艦大和ノ最期』は戦争文学の名作として読みつがれているのである。しかし吉田がのこした創作は、『戦艦大和ノ最期』をふくめてわずか四篇しかない。すべて大和に関するものだ。

吉田満はなぜ寡作なのか。それは彼がサラリーマンであったことも一つの理由としてあげられる。吉田の本業は日本銀行の行員。終戦の年に入行し、三十数年つとめたあと、一九七九年在職中に他界している。

吉田満は日銀のエリートであった。三十代なかばにニューヨーク事務所に勤務し、四十代には人事課長につき、その後は同期トップで支店長（青森支店長）となる。青森からもどり、考査役、仙台支店長をへて、政策委員会の庶務部長につく。政策委員会とは、日銀の金融政策を決定する組織であり、庶務部長はその事務方の長だ。五十歳の時に局長、五十二歳で監事となる。監事は一般企業の監査役に相当する。吉田は監事在任中五十六歳で亡くなるのである。

吉田満は総裁、副総裁への道となる理事にこそならなかったが、日本銀行という日本の金融の中枢で、戦後復興と、その後の高度経済成長にかかわった。

吉田満にはもう一つの顔があった。それがクリスチャンとしての顔だ。吉田は敗戦の翌年、カトリックの神父の知遇をえて、その二年後に洗礼をうける。のちにプロテスタントに改宗し、本郷にある駒込教会（のちの西片町教会）に入会し、生涯、その教会にかようこととなる。葬儀も西片町教会の牧師の司式によって、プロテスタントの学校・東洋英和女学院でおこなわれた。

真向き、横顔、うしろ姿

吉田満は日銀仙台支店長時代に、佐伯晴郎が主宰していた「家の教会」にかよっていた。佐伯は東京神学大学出身の牧師で、宮城学院女子大学でキリスト教をおしえ、自宅を「家の教会」として信徒にひらいていた。

その佐伯が吉田を「真向き、横顔、うしろ姿」という三つで表現している。真向きは戦艦大和の学徒兵の顔だ。横顔は日銀行員としての顔である。そして、うしろ姿がクリスチャンとしての顔だ。

佐伯は「人間吉田満の奥床しい佇まいは、このうしろ姿の角度からこそ眺めることができる」という。吉田ののこしたものは、そのうしろ姿にこそあるというのだ（佐伯晴郎「うしろ姿」『追憶　吉田満』中央公論事業出版、一九八〇年）。

吉田満についての著作はすでに二冊刊行されている。ひとつは『「戦艦大和」の最期、それから』（千早耿一郎、講談社、二〇〇四年、のち筑摩書房（文庫）、二〇一〇年）。もう一冊は『鎮魂　吉田満とその時代』（粕谷一希、文藝春秋、二〇〇五年）だ。前者は日本銀行の同僚であった伊藤健一によるもの。千早耿一郎は伊藤の筆名で、陶芸家の川喜田半泥子（かわきたはんでいし）の評伝などをのこしている。千早の書は近くにいたものでないと知りえないエピソードがもりこまれ、人間吉田満をかたるうえで欠かせない一書となっている。

後者は一九八五年から雑誌『諸君！』に掲載された原稿がもととなる。中央公論の編集者として交際のあった粕谷一希が、吉田とつきあいのあった人々をたずね、書きつづったものである。しかし『諸君！』の連載は中途でとまってしまった。日銀の取材が順調にいかなかったためである。したがって『鎮魂　吉田満とその時代』の記述は、大和乗艦までの吉田の足跡が中心となる。

本書も多く二著によっている。ただ、ふたつの著作と異なる点は、日銀行員という「横顔」とクリスチャンという「うしろ姿」に焦点をあて、吉田の三つの顔を連関するものとしてとらえようとした点にある。吉田満は高度経済成長が終わりをむかえた時、日本の現況とその行く末を案ずる文をのこしているが、その記述には、日本銀行の仕事を通じての実感が下敷きになっていたと考えられる。また、彼の戦争や平和への考えは、むろん大和乗艦の学徒兵の経験が元となるが、信仰による思索がくわわり深まっていった。

しかし、吉田が一般誌に寄稿する時、キリスト者としての思考の跡をしめすことはあまりなかった。おそらくそれは、佐伯のいう「奥床しさ」の所以もあるであろうし、社会に見せる「吉田満」は「真向き」の顔という切り分けをおこなっていたから、とも言えるだろう。

晩年の評論をおさめた『戦中派の死生観』をよんだのは数年前のことだ。冒頭の「戦中派の死生観」からひきこまれた。「戦中派の死生観」は吉田の絶筆である。病床の吉田が口述し、夫人が筆写したものである。吉田は日ごろから頑健を自負していたという。しかし突然、食道静脈瘤の出血におそわれた。「戦中派の死生観」は入院生活から書きはじめられる。

「初めの数日は、幻覚と妄想の世界で、血を失う恐ろしさを思い知らされた」、「連日の注射、採血、検査、深夜までの点滴など、内科の病気で寝込んだことのない私にはすべてが初体験で、時に脂汗をしぼることもあった」という。つづけて、若き日の特攻体験と入院生活を比較するのである。

人間の苦痛の経験としては、かつての特攻体験のそれには遥かに及ばないと思った。自分が確実に死ぬことを予め知らされ、そのことの意味を考える時間を充分に与えられた上で、死に直面するというような体験は、正常な状態の人間の耐え得る限界を超えている。

吉田は老いゆくわが身をふりかえりながら、特攻で死んだ戦友を思いだす。

彼らは自らの死の意味を納得したいと念じながら、ほとんど何事も知らずして散った。その中の一人は遺書に将来新生日本が世界史のなかで正しい役割を果たす日の来ることをのみ願うと書いた。その行末を見とどけることもなく、青春の無限の可能性が失われた空白の大きさが悲しい。悲しいというよりも、憤りを抑えることができない。／戦後日本の社会は、どのような実りを結んだか。新生日本のかかげた民主主義、平和論、経済優先思想は、広く世界の、特にアジアを中心とする発展途上国の受け入れるところとなりえたか。政治は戦前とどう変わったか。われわれは一体、何をやってきたのか。／沈黙は許されない。戦中派世代のあとを引き継ぐべきジェネレーションにある息子たちに向かって、自らのよりどころとする信条、確かな罪責の自覚とを、ぶつけるべきではないか。

吉田満は、学徒兵が死にむかうに際して夢想した新生日本を、のこされた自分たちが実現できなかったのではないか、と自らを責めるのである。

書籍『戦中派の死生観』をよみ、吉田の晩年に彼の主張をめぐって論争が起きていたことを知った。吉田はその死の前年の一九七八年に「戦後日本に欠落したもの」（『中央公論・経営問題』春季号、一九七八年）という文章を書いている。そこで吉田は、戦前から戦後にかけて継承すべき日本人のアイデンティティが失われてしまったことに、現在の混迷の原因をもとめるのである。

その主張をめぐって鶴見俊輔と対談をおこない（「「戦後」が失ったもの」『諸君』一九七八年八月号）、そのあと粕谷一希が鶴見へ反論を述べ（「戦後史の争点について——鶴見俊輔氏への手紙」『諸君！』一九七八年十月号）、それに鶴見がこたえ（「戦後の次の時代が見失ったもの——粕谷一希氏に答える」『諸君！』一九七九年二号）、さらに、鶴見と司馬遼太郎が対談し（「「敗戦体験」から遺すべきもの」『諸君！』一九七九年七月号）、最後に吉田が「死者の身代りの世代」（『諸君！』一九七九年十一月号）を書き、それが吉田の遺稿となるのである。

鶴見俊輔、江藤淳、加藤典洋の吉田論

吉田満をきちんとよんでみたいと思うようになったのは、鶴見俊輔、江藤淳、加藤典洋の吉田論がたぶんに影響している。鶴見は一九六〇年代に思想の科学研究会が編んだ『共同研究　転向』で「軍人の転向」として吉田満をとりあげていた。『戦時期日本の精神史』でも『戦艦大和ノ最期』と吉田をかたっていた。自身の回想録『期待と回想』の上下巻両方で吉田について述べている。

吉田満の作品価値が高いのは、彼が「期待の次元」から手をはなさなかったからだという。「期待の次元」と「回想の次元」は鶴見にとって重要な概念だ。それは「当時の見方と、それを振り返る現在の見方とをまぜこぜにしないで、一つを歴史の期待の次元、もう一つを歴史の回想の次元として区別する」という考え方である（『期待と回想』下巻、晶文社、一九九七年、二五頁）。

いつの時代でも未来は期待のなかで見えるものであり、さまざまな情緒によってうごく不確実なものだ。それが「期待の次元」である。しかし「回想の次元」になると、過去は事実としてかたまってしまう。よって歴史をとらえるときにはまず、「期待の次元」の復元をおこなう必要がある。『戦艦大和ノ最期』は「期待の次元」の書であるというのが鶴見の評価だった。

江藤淳は吉田満が、戦死した戦友との「死者との絆」を強くもち戦後を生きたと述べている。また江藤は、終戦直後の『戦艦大和ノ最期』の原稿とサンフランシスコ講和条約発効後に出版された版を比較し、その末尾の違いに着目し、後者に占領軍の出版統制による「戦後思想の流入」を指摘している（「『戦艦大和ノ最

期』初出の問題」『落葉の掃き寄せ』文藝春秋、一九八一年）。終戦直後の一九四六年版は、占領軍のプレスコードに抵触し発禁となっていた。この問題については、本文のなかで詳しく述べるが、他方、吉田の死後に『戦艦大和ノ最期』の英訳に尽力している。

鶴見俊輔という進歩的文化人を代表する知識人と、江藤淳という保守主義に依拠する作家の二人が、戦後をかたるなかで吉田満にふれていた。では吉田個人の考えはどこにあるのか。そのような疑問を持つようになったのだ。

鶴見と江藤のあとに、吉田を論じた批評家に加藤典洋がいる。

戦後五十年にあらわした『敗戦後論』で加藤は戦前と戦後の「ねじれ」についてかたっている。彼のいう「ねじれ」とは、先の大戦が戦時は正義の戦いとされながらも、戦後は一転して米国からもたらされた民主主義によって、その正義が否定されてしまった。敗戦は本来は民族の敗亡であったにもかかわらず、そこに眼をつむって、過去を消しさった、そのような事象をさす。そして、この「ねじれ」を認識していた一人として吉田満をあげるのである（『敗戦後論』講談社、一九九七年、二七九頁）。

また加藤は、江藤淳による「戦後思想の流入」という指摘について、むしろ戦前的価値と戦後の思想、その二つの混在に吉田の思想を読みとく。吉田は戦後の多くの論者とは異なり「戦争への没入経験」を否定することはなかった。その上に戦後的価値を築いたという（『戦後的思考』講談社、一九九九年、一七八頁）。

未完の主張

吉田が亡くなる直前の論争に話をもどす。

鶴見は吉田との対談のなかで、吉田の主張に異議をとなえていた。吉田がかたるアイデンティティは、「国家としての同一性という地点に早く持ってゆきすぎている」というのだ。アイデンティティとは本来は国家と切りはなされた民族のなかでの個人のよりどころであり、戦後社会に求められるものは、強い個人をそだてることである。吉田のアイデンティティ論は、性急に国家にむすびつけられ、国家を批判する根拠になりえていない、というのである。

対して、論争の締めくくりとなる「死者の身代りの世代」で、吉田は鶴見について以下のようにかたっている。

『思想の科学』を舞台に、鶴見氏と面識を得てから、すでに二十年をこえる年月が流れており、労作「転向研究」では「軍人の転向」の一素材として取りあげられるという機縁も生れたが、これまで私の立場の核心に触れる論評を、氏はまだ明らかにされたことはなかった。

吉田がそのように主張するのは、鶴見が自分の考えを根元のところで理解していないと思っていたからだろう。鶴見俊輔は、吉田のアイデンティティ論には理論上の難点があると指摘したが、そもそも吉田と鶴見の論点はどこかかみあっていないように思えた。その認識の不一致については、粕谷一希も指摘している。粕谷は吉田の死後に出された前掲書で以下のように述べていた。

文士として生きなかったために、彼が実感として摑んだものを必ずしも徹底して掘り下げることはできなかった。また、学者としての道を歩かなかったために、論理的認識でも歴史的認識でも不十分なところがあり、思想の世界への目配りも決して十分ではなかった。

（『鎮魂　吉田満とその時代』一六頁）

たしかに吉田の評論文には、文意がとりにくいところがある。彼の文章には、他の書き手の引用でおわり、説明が十分になされていないものも少なくない。それは粕谷が述べる通りに、吉田が文筆をなりわいとする職業作家ではなかったことが関係していると言えるだろう。また、佐伯のいう「奥床しさ」も影響をあたえているのかもしれない。粕谷は以下のようにつづける。

しかし、実務家でありつづけることによって、戦後の日本人の多くがそうであるように、組織のなかで生きることの苦労、さまざまな社会問題に直面したときの実感を、市民として共有している。組織人として生きた経験が、吉田の思考に影響をあたえているというのである。組織人としての顔は、むろん日本銀行行員としての顔（横顔）でもあり、同時に、西片町教会長老として教会の運営に関わってきた顔（うしろ姿）でもある。

実は、吉田の評論文と鶴見、江藤、加藤の吉田論を整理し、五十枚ほどの原稿を書いた。しかし拙稿はそれぞれの論点をまとめ、戦死者の記憶が生きていた時代をふりかえるものに過ぎず、吉田が病床でかたった「私の立場の核心」にせまったものではなかった。

三氏の吉田論に啓発を受けつつも、「私の立場の核心」とは何なのか、そこに少しでも近づいてみたいと思うようになった。吉田満は加藤のいう「ねじれ」のなかで思考していたのだと思う。戦後、大和をふくめた戦死者の記憶を強く胸にいだきつつ、戦中派がになうべき戦争責任（確かな罪責の自覚）をかたっていた。

加藤の論はたしかに「戦後思想の流入」という江藤の指摘に対する反論としてよめる。しかし、「ねじれ」という言葉には、鶴見の言う「回想の次元」のニュアンスがこめられ、その言葉で吉田の考えをくくると、なにか大切なものが手のひらからこぼれ落ちてしまう気もするのである。

吉田満の小説は『戦艦大和ノ最期』にはじまり、「臼淵大尉の場合」「祖国と敵国の間」『提督伊藤整一の生涯』と、鶴見がかたる「期待の次元」における兵士の心理と、加藤のいうところの戦中と戦後の両義性がえがかれている。なによりも、江藤が説く生きのこった者たちと死者との絆がしめされており、それらの重層的な交響音が私たちの胸にせまってくる。

しかし彼の評論文では「私の立場の核心」が明快な言葉でかたられているとは思えなかった。むしろ明瞭でないところに、吉田がかかえていたものが重たい問題をふくんでいる、そのようにも感じられたのだ。粕谷が述べる通り「吉田満が主張したかった全体は未完に終った」（『鎮魂　吉田満とその時代』一三頁）といえなくもない。

活字資料だけをたよりに書いた吉田満論を脱稿したあと、吉田満を知る人をたずね、話をきかねばならないと思うようになった。

吉田満と親交のふかかった編集者に手紙を書いた。長男・吉田望氏に連絡をとった。吉田が三十年近くかよっていた西片町教会の現牧師・山本裕司氏を通じて、信仰の上でおつきあいのあった方々にお会いした。日本銀行支店長時代にかよっていた青森と仙台の教会をたずねた。日本銀行で交流のあった方にお会いした。

吉田満を知る人はみなさんこころよく取材に応じてくださった。ある方からは「吉田さんが伝えたかったことを伝えるのは私の役目」というメールをいただいた。

私は吉田満の子の世代に属する。父は吉田満より三つ下、陸軍体験のある戦中派だ。吉田望氏は私の二つ上だ。自分には吉田の言葉をうけとる義務がある。

しかし、吉田が鬼籍にはいって四十年近くたつ。彼が考えていたことにいくらかでも近づけたのか、心もとないものもある。ただ、吉田を直接知る人の話をききながら、それぞれの方の背後から、吉田の声がきこえてくるような、そんな気もした。その声と書かれた資料とをてらしあわせて、吉田満の五十六年の生涯をあとづけながら、吉田満が伝えたかったことをさがしもとめたのがこの本である。

煩雑となるが以下に凡例をしめす。

一　引用は出典の表記によった。吉田満の著作は主に『吉田満著作集』上下巻（文藝春秋、一九八六年）からひいた。吉田満の著述以外で正字、歴史的かなづかいを使っているのは読者の便宜を考慮し適宜あらためた。

二　引用の出所は割注として挿入した。雑誌の論文、複数の文章を載せた書籍の一篇には頁数を記載しなかったが、それ以外の書籍には頁数をふした。また巻末に参考文献一覧を掲載した。

三　年号は西暦とし、一九四五年八月十五日以前は元号もつけた。

四　人名をしるすに敬称は略した場合とそうでない場合がある。文章の流れにまかせたので不統一となっている。その点、ご容赦ねがいたい。

五　なお、吉田の「𠮷」の字は「𠮷」が正字だが、現在出版されている書物では「吉」を使用しているのでそれにしたがった。

第一章　同期の桜

満さんがうたう軍歌は鬼気せまるものがあった。

東眞史さんの言葉だ。東は文藝春秋の元編集者。遺稿となった「死者の身代りの世代」と絶筆「戦中派の死生観」（『文藝春秋』一九七九年十一月号）を嘉子夫人からうけとった。後者は「もしものことがあったら……、といわれております」という言葉とともにわたされたという。

「満さんは、時に「狂」の世界にはいっていった。その時の歌はすごかった」。

軍歌のことは、吉田自身、慰霊祭など戦友仲間があつまった時にうたうと書いている。「同期の桜」を「海軍時代の仲間が集まると、きまって会の最後に、腕を組み肩を波打たせて歌う歌」と形容している（「同期の桜」『吉田満著作集』下巻）。

「鬼気せまる軍歌」の話は、長男・吉田望氏からもきいた。父は死んだ戦友と肩を組んでうたっていたのではないか、というのだ。

その時に借りた私家版の追悼集『追憶　吉田満』では、酒席で軍歌をうたう吉田の姿を多くの人が述懐している。放歌する時もあるし、ひとりささやくようにうたうこともあった。皆いちように吉田の軍歌が「狂」を帯びるものであったと述べている。東氏から軍歌の話をきいた時、吉田の前半生は戦時下の暗い色でぬりこまれていたのだろう、と勝手な想像をしてしまった。
しかし『追憶　吉田満』をひもとくとそこには、輝きに満ちた少年時代と青年時代がえがかれていた。まずは、同書の冒頭に掲載された住吉弘人氏の「鎮魂歌――友、吉田満君に捧ぐ」の一節を見てみよう。

ほの明るい教会の中で牧師が静かに君の生涯を語り、
讃美歌が君の魂を天国に運んで行ったとき
僕の心の中に青春時代の風景が絵巻物のように展がりはじめ
僕はしきりに君の辿った清潔な軌道を追っていた
まず泛(うか)んだ大成寮の図書室　その窓にそよぐポプラの梢
――君も僕も東京高等学校の寮の図書委員だった――
僕らの買って来た哲学書や文学書が誇らしげに並ぶ本棚
神田の本屋から抱えて帰ってくる宝物の重かったこと
「野村あらえびす」から選んで買ったレコードの初聞き
メンデルスゾーンのヴァイオリン・コンチェルトを初めて聴いた時の胸苦しかった感傷
――あれが、キラキラ光る「青春」だったのであろうか

住吉は東京高等学校の同期生だ。吉田の葬儀の折の想念をつづったこの詩は、五十日祭（一九七九年十一月十日、国際文化会館）でよまれ、のちに『追憶　吉田満』に収録された。なお「あらえびす」とは、レコー

ド評などを書く際の作家・野村胡堂の筆名である。

想像すればあたり前のことだが、吉田満にも「キラキラ光る「青春」」があった。哲学書や文学書の背表紙に崇高なものを感じ、クラシックのレコードに針を落とす瞬間に胸のたかまりをおぼえる、そのような青春である。

では吉田満はどのような少年時代、青年時代をすごしたのか。戦艦大和に乗るまでにいかなる心の軌跡があったのか。その時代をふりかえっておきたい。

試験の苦労を知らない秀才

吉田満は一九二三(大正十二)年一月六日、父・吉田茂、母・ツナの長男として東京市青山北町に生まれた。茂もツナも富山市出身だ。吉田家はもともと公家の出で、紋章は十六菊。それゆえかつて富山で葬式を出す際は、紋章をかくすよう当局から指導をうけていた(「重過ぎる善意」『吉田満著作集』下巻)。

父・吉田茂は東京で電設工事の仕事につく。吉田家は関東大震災を機に、渋谷の代官山アパートにうつり、満はそこから長谷戸小学校にかよった。満には三歳年長の姉・瑠璃子がいた。

『追憶　吉田満』の二章「青春の風景」には、小学校と中学校各一篇の回想がのっている。小学校の吉田少年は「入学以来学術優秀でその卒業まで首席で」とおした。授業休みの時間には同級生が吉田をとりまきいつも談笑していたという(斎大治「吉田少年」『追憶　吉田満』)。秀才であり、クラスの人気者であった吉田の姿がえがかれている。

吉田満は一九三五（昭和十）年四月に東京府立第四中学（現戸山高校）に入学。中学時代の同級生の福留徹は回想する。

「吉田君は文字通りの秀才であり、勉強は何でもよく出来たが、数学、英語は特に得意であったうえ、几帳面で宿題予習は完全に出来ており、何時でも親切丁寧に教えていただける、まことに頼りになる友人であった」。福留は、吉田を「真面目な秀才」であり、彼の思い出のなかに「悪戯についてはでてこない」という（福留徹「中学生の頃」『追憶　吉田満』）。小学校と同様に秀才で人にも親切、そのような吉田像がうかんでくる。

吉田がとびきりの秀才であったことは多くの人が書きのこしている。特に吉田の記憶力は尋常でなかった。東京高等学校にすすんで以降のことだが、大成寮で同室であった山岡祝は以下のように述べている。

「吉田と同室になってやや意外だったのは、彼は非常な読書家ではあったが、学校の勉強というのは殆どしない」、ではどうやって勉強をしているのかというと、「吉田の試験勉強というのは頗る変っている。／英語や独乙語だと左上から右下へ、国語や漢文だと右上から左下へ斜に視線を走らせるだけで、次々と頁をめくってゆく。私が幾らも進まないうちに、彼の方は総て完了。後は小説でも読んで寝て了う」。そしてつづける。「小学校から大学まで、大いに我々を苦しめた試験の苦労というものを、彼は全く知らなかったに違いない」（山岡祝「父親の手記」『追憶　吉田満』）。

『戦艦大和ノ最期』を読むと吉田は視覚型記憶にひいでていたのではないかと思える。米軍の攻撃をうけた二時間の過程が克明にかつ俯瞰的にえがかれているからだ。むろんそれは、吉田がその時、全艦からの報告を取捨選択し上官に報告する艦橋勤務であったことも幸いした。艦橋とは将校が指揮をとる場所である。

また、帰還後、大和沈没の経緯を幾度も報告せねばならなかったことも理由としてあげられるだろう。そうであるにしても、「戦艦大和ノ最期」の草稿を一日で書きあげた記憶力は非凡なものがある。

吉田は『戦艦大和ノ最期』（一九五二年版）のあとがきの冒頭で「この作品の初稿は、終戦の直後、ほとんど一日を以て書かれた」としるしている（「『戦艦大和ノ最期』初版あとがき」『吉田満著作集』上巻）。

以前、発達障害の専門家から、物事の記憶には、視覚型と聴覚型があるという話をきいたことがある。中央官庁のキャリア職の公務員などには、視覚型記憶に優れた人がいるそうだ。彼らは、企画書などをペラペラとめくるだけで、その内容をすぐにおぼえてしまうという。その話をきいた時、山岡の回想を思いだした。

二度の停学処分

高等学校入学時に話をもどす。一九三九（昭和十四）年四月、吉田満は東京高等学校文科甲類に入学する。東京高校は、ドイツのギムナジウムやフランスのリセを模した中高一貫校として生まれたが、のちに、エリート養成の旧制高校という性格もあわせもつようになった。吉田満は中学四年修了の最短コースで、帝国大学進学をめざす高等科にはいった。著作集の年譜には東京高等学校での学生生活がしるされている。

「図書委員をつとめ文芸部に所属、読書を好む。同級の志垣民郎、伊藤夏生らと親交、クラシック音楽に親しみとくにバッハに傾倒。なお在学中に二度の停学処分をうける。最初は靖国神社強制参拝をエスケープしたため、二度目は寮の建物を破壊して企てたストーム事件に参加したことによる」（「年譜」『吉田満著作集』下巻）。

高等科の一年生は大成寮に入寮することが義務づけられていた。先に紹介した「鎮魂歌」に出てきた学生寮である。

同級の志垣民郎とは、その後、終生のつきあいとなる。志垣は「吉田はあらゆることで私の先生であった……私より優れていた」と述べている。志垣によれば、吉田は恋多き青年でもあったという。ある女性の話をしていたと思ったら、一カ月も経つと、話題が別の女性にうつっていった。また、志垣と恋敵となっても、恋愛のアドバイスをしてくれたこともあったという（志垣民郎「愛と意気と」『追憶　吉田満』）。そのような大人びた吉田の姿は、年譜に名前が掲載されている伊藤夏生もかたっている。吉田は伊藤にとって兄のような存在だったというのだ。

伊藤は吉田の「頭脳の良さ」「落ち着いた人柄」に引きつけられた。「彼は感情にまかせて断言するという人ではなかった」「情報を充分にあつめて、自信をもってからものを言う人であった」とも。吉田は東京高校に入学して以降、クラシック音楽を好んできいた。バッハをことのほか愛した。そのようなクラシック音楽への傾倒は、伊藤がきっかけをつくった。

やがて、私のクラシック洋楽の趣味に彼は興味を示しはじめ、しばしば、私の家で彼と共にレコードを楽しんだ。この場合も、納得のいくまで、色々のレコードを聞いて、方向を定めるという風であったように思う。結局、最後にバッハが彼の好みに最も合ったようである。『戦艦大和ノ最期』の中にも「バッハが聞こえる」というようなくだりがあったと記憶している。

（伊藤夏生「東京高校の「兄」」『追憶　吉田満』）

伊藤が触れる「納得がいくまで」というのは、吉田の性格を的確に表現する言葉だ。彼に接した多くの人が、物事に対する好奇心と、好奇心を向けた対象を明らかにしようとする意思が極めて強かったことを回想している。そのことは、戦艦大和や、死者に対する思いにもあらわれているといえるだろう。

伊藤の言うバッハのくだりはこうだ。戦艦大和は魚雷と爆弾の激しい攻撃をうけ沈没、吉田は外に投げだされ重油の海を漂流する。そのさなか、音楽がきこえるという場面がある。それはバッハの無伴奏ソナタの主題であったと、『戦艦大和ノ最期』で書いている。

中学生時代の吉田は、いたずらとは無縁の優等生であった。しかし高等学校にはいると変化が生じる。文科甲類のクラス会を新宿でおこなった折に、場がもりあがらなかった。その時に吉田が突然大声で、「ああヨカチンチン、……見れば見るほどヨカチンチン」とうたいだしたことがあり、その場が一気になごんだと志垣は回想している。志垣は、真面目な自分がそんなことをすると、演出効果がある、そのように計算してやったのではないかというのだ。

東京高等学校時代の吉田満をかたる上で欠かせないのが、二度の停学処分だ。一度目が靖国神社参拝エスケープ。学校行事としての靖国神社参拝を吉田はサボタージュした。二度目の停学は、翌一九四〇（昭和十五）年の春だった。一年の寮生活を終えて一般寮生が退寮したあと、のこった寮委員が、食堂、建物などをこわし、火を炊いた。その一人に吉田満もいた。

吉田が東京高校に入学した年の九月、ナチスドイツはポーランドに侵攻、第二次世界大戦がはじまった。戦争により日本国内でも物価が高騰、食糧危機が起こる。政府は国民総動員運動を発し、遊興を制限、長髪やパーマネント禁止令をだした。戦争拡大への予感がひろがった。思春期をむかえ、芸術に親しみ、異性との交際も生まれた吉田も時局の変化に敏感に反応したことは想像にかたくない。

なお、学生時代反発をおぼえていた靖国神社への参拝だが、戦後に吉田は毎春、靖国でおこなわれる戦艦大和の慰霊祭に参加している。一九六〇年代末から五年にわたり、靖国神社法案が国会に提出された際、吉田は靖国の国営化には反対しつつ、「靖国で戦友に弔意を示すことはためらわない」とかたっている。そのことについては、第八章「西片町教会長老として」で述べる。

時局の急変への感情を吐露したものとして、吉田が書いた小説が一篇のこされている。吉田は、書簡などで創作をおこなっていると述べており（「書簡抄（志垣民郎宛、昭和十五年四月六日）」『吉田満著作集』下巻）、学生時代にあらわした作品はこれ一篇ではないと推測されるが、私が入手したものはこれしかない。

創作「泥だらけの手」は、東京高校の寮名である「大成」を冠した同人誌（『大成』十七号、一九四〇（昭和十五）年三月二十五日）に掲載されたものだ。「泥だらけの手」は以下の一文からはじまる。

「俺は、胸をわく〳〵させながら一心に掘つてゐた」。目の前には泥の山がある。主人公ははじめ手を汚すのをためらう。しかし、何かにつかれたように目の前の泥を掘りはじめる。そこに死体が埋まっていると知ったからだ。「全身泥塗れになつて、無我夢中で掘り續けて居た」。

土のなかに死体がある。梶井基次郎の「櫻の樹の下には」を思いおこさせる設定だ。そして「俺は、自分の泥だらけの手を、血の出る程嚙みしめ」る。泥のなかの死体を掘り当ててみると、死体は動く。最後に、「燦燦たる恵みの光が」てらして、自らにも「新しい力」があたえられる。そのように物語はむすばれる。

高等学校に入学し、新たな友も生まれ、文学や音楽にふれ、あこがれの女性もできた。しかし、時代は戦争へとかたむいていく。暗い時代への予感が「泥だらけの手」にはあらわれている。当初は手を汚すことにためらいがあったが、しかし自らもまた泥まみれになり、死体とおぼしき肉塊と抱擁する。当時の吉田の内面をあらわしているようによめる。

日中戦争は事変であった。明らかな戦争は米英への開戦だ。真珠湾攻撃は、吉田が東京高等学校三年生の時におとずれる。吉田はのちに、その報に接した感慨をしるしている。

　さて、われわれの戦争、すなわち太平洋戦争は、何のために戦われたか。これによってもたらされたものは何か。それに対するわれわれの協力は、どのように肯定され、また否定されるのか。／これについて、まず私の眼にうかぶ一つの光景がある。それは、開戦直後、真珠湾奇襲成功の報に喜んだ、先輩たちのはしゃぎぶりである。知人の家で、数名の中年の紳士が、しかもきわめて知的水準の高い人たちが、大きな世界地図をひろげ、その上にわれがちに坐りこんで、わが国の将来の版図を、指で描き合っていた。当時学生であった私は、これを見た瞬間に胸をかすめた一種の違和感を、今も忘れることができない。

（「散華の世代」『吉田満著作集』下巻）

開戦勝利のニュースに接し、先輩たちは高揚する。戦後、吉田が書く文章において、戦中派に対する強い世代的一体感と、戦前派に対する不信感が鮮やかな対照をなしているが、そのことをしめす文章だ。

もう一つ、当時の吉田の時局への違和感を述べておく。

東京高等学校の卒業式、その日はちょうどシンガポール陥落が告げられた日だった。総代として答辞をよむ志垣民郎に対して、吉田はその朝、「おい、シンガポール陥落なんていうなよ」と釘をさした。志垣は大東亜戦争を肯定する考えをもっていた。そのことを述べた粕谷は、青年吉田の潔癖感をあらわしたエピソードとして紹介している（『鎮魂　吉田満とその時代』一一八〜一一九頁）。

吉田は時代への不安をかかえつつ、一九四二（昭和十七）年四月に東京帝国大学法学部法律学科に入学する。しかし、大学生活はわずか一年半で終わった。翌年十月に、文系大学生、専門学校生の徴兵免除が解除されたのである。学徒出陣だ。吉田らは、学徒として戦場へおもむかねばならなくなった。吉田は志垣宛ての手紙で、徴兵検査が十一月二日、三日に決まったことを報告している。

海軍に志願することにした。遠視のため、航空にまはされるかもしれないが、どこに行つても同じだ。死ぬことについて家のことが困るが、僕はこのまゝかへつて来たくないと思つてゐる。自分でいけないと思ふが、今将来の仕事に希望を持つことが出来ない。これまで、すべてが偽りだつた僕はくやしいがいま虚無的にしかなれない。死ぬための本当の覚悟などではない。たゞ僕はいま迄漠然と死を待つてゐた。僕が今までどんなに偽りだけであつたかは僕以外の誰も分かつてはくれまい。

（「書簡抄（志垣民郎宛、昭和十八年十月十七日）」『吉田満著作集』下巻）

徴兵検査を前に「虚無的にしかなれない」吉田がいる。なお、粕谷の前掲書によれば、十月二十一日、神宮外苑でおこなわれた学徒出陣の壮行会に吉田は参加しなかった。志垣は出た。志垣民郎はそのように記憶していた。

晴れがましい朝

徴兵検査をおえ、海軍を志望した吉田は、一九四三（昭和十八）年十二月に武山海兵団に入団する。武山海兵団は海軍の基礎教程をまなぶ学校だ。その時、六千四百人の学徒が武山海兵団に入団した。吉田は武山海兵団に翌年七月まで八カ月在籍する。武山海兵団は神奈川の武山村にあり、新兵などの教育施設として設置された。現在は陸上自衛隊武山駐屯地となっている。武山海兵団在学時の吉田をかたる資料として、二通の志垣民郎宛ての手紙が著作集に収録されている。

今日は昼から「レコード・コンサート」があり、第九その他名曲が演奏された。今モーツアルトの「フルート協奏曲」が明るく舎内に流れてゐる。快晴の月曜日の午後。／この生活でも、対人関係の葛藤は絶えぬ。不甲斐ないと思ふが、神経も次第にふとくなりつゝある。然し先づ死地に臨まねば駄目だと思ふ。第一戦にたつ日を待つてゐる。／経理にならなかつたことを腹のそこから感謝する日の遠くないことを確信してゐる。経理に行つた人はもとよりそれに傾注すべきだ。俺も今後勉強して行くつもりだ。先日の講話に、我々学徒兵の責務について覚醒を促されたが、それを喋々するのではなく、自身の身に実感すべきだ。近く初めての面会を許される。ではお元気で。

（「書簡抄（志垣民郎宛、昭和十九年四月二十七日）」『吉田満著作集』下巻）

月曜日の午後、モーツァルトを聞きつつ、手紙をしたためる。「経理にならなかつたことを腹のそこから感謝する日の遠くないことを確信してゐる」と書く。しかし、粕谷が吉田の複数の友人に取材したところによれば、吉田は経理を希望していた。経理学校にはいれば経理や物品の調達などの業務が中心となる主計科への配属となる。それは兵科に比べると死にいたる危険は幾分とおのく。しかし、教官は吉田の優秀さと責任感の強さを見て、兵科にしたのではないか。志垣へのもう一通の手紙は十日後のものだ。

御たより拝見。御健闘の様子期待してゐる。外泊が許され、一層張り切つてをられることと思ふ。経理は自分の選んだ専門の方面にも近い故、色々な意味でやり甲斐もあらう。伊藤の乙幹は残念だ。鷲山もさぞ無念だらう。近く初の面会が許されるので、姉からうれしい便りがあつた。兄も元気とのこと。坊やに会へることが実にうれしい。俺も少しづゝでも勉強したいと思つてゐるが、恥づかしくない死に方をしたいとのみ思ふ。

（「書簡抄（志垣民郎宛、昭和十九年五月九日）」『吉田満著作集』下巻）

乙幹は乙種幹部候補生。伊藤は甲種幹部候補生になれなかったということなのであろう。鷲山のくだりは不明だ。親友の志垣は経理にすすむこととなった。吉田に死の予感がせまる。「恥づかしくない死に方をしたいとのみ思ふ」と生への執着をふりきろうとしている。姉の瑠璃子は、一九四二（昭和十七）年十一月に、細川宗平と結婚、男子・昌平も生まれていた。

吉田は一九四四（昭和十九）年七月武山海兵団の基礎教程を終えた。その年の二月に海軍兵科第四期予備学生となっていた。その後、予備学生は専門教育をうけるために、それぞれの述科学校へすすむが、吉田は、海軍電測学校への入学を命ぜられる。海軍電測学校は小田急江の島線新長後の西の台地にあり、畑がつづく田園にあった。

吉田はそこで、電測、つまりレーダーの基礎をまなぶことになる。『追憶　吉田満』では、彼が少尉に任官するまでの生活が、電測学校の同級生によってつづられている。吉田満と電測学校でともにまなんだ中塚昌胤は以下のように述べる。

大学在学中に徴兵延期が停止されて軍隊へ行かねばならなくなった時、私が海軍を志望したのは別に積極的な理由があったわけではない。戦局が日々に厳しくなっていたから、軍隊へ行くからにはこの国土と民族のために死ぬのは仕方がないと思ってはいたが、学生時代にやらされた軍事教練が嫌いで、あの鉄砲を担ぐ陸軍よりは海軍のほうがましだと考えたからである。／そして、海軍に入ってからも、陸戦は真っ平だし、航海など艦（ふね）に乗ったら命がない、できるだけ楽で、安全な処へと考えていた。／しかし、吉田君はこの時代の中で、人間として如何に生きるかを真剣に考えていたのではないかと思う。

（中塚昌胤「縕袍と海軍」『追憶　吉田満』）

おそらく、吉田も中塚同様の心情で海軍を志望したのであろう。しかし、少しずつ心理に変化をきたしていった。その一つが義兄の死だった。義兄の細川宗平は一九四四（昭和十九）年七月に中国で戦病死した。内藤正雄の回想。

月日は忘れたが秋頃だったと思うが、或る日例によって声がかかり煙草盆へ行ったが、この日は何となく元気がないので、

「どうした体の具体でも悪いのか」と聞くと、

「いや実は今日家から便りがあって義兄が戦死したんだ」

と沈痛な顔をして言った。一瞬私は何と言ってよいかわからなかったが、

「そうだったのか。家の方々はさぞがっかりされたろう」

と言うのがせい一杯だった。その時彼は、

「有難う。よし俺はやるぞ。絶対義兄の仇を討つ」

「よし、俺も貴様の仇討に参加する、頑張ろう」

（内藤正雄「海軍電測学校の出会いから」『追憶　吉田満』）


学徒は就寝前の巡検後に煙草盆のところにあつまって一服する。その時の話だ。「仇討」については志垣民郎への手紙でも「いゝ兄貴だつた。この仇はきつと討つ」と書いている（「書簡抄（志垣民郎宛、昭和十九年九月九日）」『吉田満著作集』下巻）。

吉田と生涯交流のあった友人に石原卓がいる。石原は、東京高校、東京帝大、武山海兵団、電測学校とともにし、戦後は日本銀行でも一緒にはたらいた。吉田を深く知る一人だ。

石原卓は、吉田の葬儀で「友人代表」として弔辞を述べている。そこで以下のようにかたったという。吉田は学徒出陣から武山海兵団、電測学校と机を並べているうちに救国の使命に立ち向かう雄々しい軍人に変

身した。また、吉田が大和乗艦を晴れがましげに語ったことを回想したという。石原にとってかつての吉田は、図書委員や文芸部員として、芸術に親しみ、創作もおこない、思想的には、真珠湾攻撃の報に接して歓喜する人々に違和感を持ち、シンガポール陥落など言うなと、時局の変化をいち早くうけいれた志垣に対して釘をさす、そのような男だった。

しかし吉田は変身し、雄々しい軍人となり、大和乗艦を晴れがましげに語ったのである。石原卓は粕谷一希にも「あの懐疑的な彼が、大和乗組をなぜこんなに喜んでいるのか、その変身が私には不思議に思われたもんですよ」とかたっている（『鎮魂　吉田満とその時代』一五九頁）。

「変身」の理由の一つは、義兄の死であったと想像する。さらに中塚がかたるように「この時代の中で、人間として如何に生きるかを真剣に考えていた」結果でもあるだろう。

吉田は大和乗艦を命ぜられたときの心模様を後年ふりかえっている。

> 任官して赴任すべき実施部隊の希望をきかれたとき、私は見張所でも航空隊でもなく、艦船を選んだ。先任将校の古本教官から呼び出しがあって、一人息子なのに何故危険の多い艦船勤務を希望するのか、と質問を受けた。海軍に入った以上、陸上ではなく、フネに乗組んで海軍らしい勤務がしたいから、と正直に答えたのを記憶している。それでも、「大和」乗組を命じられた日の夜は、しばしば目がさめて眠れなかった。それほど、想像もしていなかった配置であった。自分のようなおよそ軍人に不向きの人間には、厳し過ぎる配属命令であった。しかし、やれるかぎりやるほかはない。そんな気分の昂まりが、なかなか収まらずに夜が明けてしまった。
>
> （「海軍電測学校」『吉田満著作集』下巻）

同じ文章のなかで以下のように書く。

無味乾燥な電測学校の校舎の唯一の色鮮やかな思い出は、昭和十九年十二月二十五日、卒業と少尉任官の日のあの晴れがましい朝である。

「晴れがましい朝」という表現にいつわりはないだろう。吉田の心のなかで、真珠湾攻撃の一九四一（昭和十六）年十二月八日から、大和乗艦を言いわたされた一九四四（昭和十九）年十二月二十五日までの間に、いかなる変化があったのか。中塚昌胤にも、また、吉田に対した教官にも、戦局が極めて厳しくなったこの段階における艦船勤務は、かぎりなく死に近づいていくことであるという認識があった。吉田もそのことを十分に承知していた。時局に冷めていた吉田のなかに、その間、激しい葛藤があったことは想像できるが、それがいかほどの重圧であったかは私の想像を超えたものだ。

つきあげてくる苦痛

第一高等学校などに代表される旧制の高校生が深い教養を持っていたことは知っているつもりでいたが、大貫美恵子の『ねじ曲げられた桜』（岩波書店、二〇〇三年）と『学徒兵の精神史』（岩波書店、二〇〇六年）の二著を読み、戦没学徒も極めて深い知性を持っていたこと、浩瀚な書物に接していたことを知った。『ねじ曲げられた桜』の巻末には、四人の特攻隊員の手記からリストアップされた書籍一覧が掲載されている。そこには、英独仏露伊などの原語の哲学書や文芸書、和書、さらに、彼らが耳にし目にしたクラシックのレコードや映画のタイトルが記載されている。そのおびただしい数にはただただ圧倒されるばかりだ。古今東西の著作が原語でならんでいる。おそらく、吉田と住吉も大成寮図書委員として、それらの一部を買いもとめたことだろう。

吉田も、東京高校から東京帝大へとすすむなかで、多くの書物と接したことは間違いないが、彼の思考をあとづける手記はのこされていない。

大貫の著書で取りあげられた特攻隊員の四人とは、林尹夫（『わがいのち月明に燃ゆ』一九六七年）、和田稔（『わだつみのこえ消えることなく——回天特攻隊員の手記』一九六七年）、佐々木八郎（『青春の遺書』一九八一年）、中尾武徳（『探求録　中尾武徳遺稿集・戦没学生の手記』一九九七年）である。

期せずしてその四人とも、吉田満の「同期」だ。和田と中尾は、東京帝国大学法学部の同期生（一九四二年入学）。林尹夫と佐々木八郎は、武山海兵団に同じ日に入団している（一九四三年十二月九日）。吉田は四人と面識はなかったと思われる。また、四人の手記のうち二著が吉田の死後に出版されたものであり、戦後、吉田が自身の著述でふれているのは、林の手記のみである。

そのうち、佐々木八郎の言葉には幾度かふれている。なぜなら、その言葉の一部は、『きけわだつみのこえ』に掲載されていたからだ。「戦中派の死生観」に「その中の一人は遺書に将来新生日本が世界史のなかで正しい役割を果たす日の来ることをのみ願うと書いた」というくだりがある。それは、佐々木八郎のことだと考えられる。

第一高等学校出身の佐々木八郎は、武山海兵団に入団する前の月に、一高のクラス会で戦地におもむく心境を随筆にして読みあげている。それは遺書ともとれるものだった。そこで佐々木は以下のようにかたっている。「出來る事なら我等の祖国が新しい世界史における主体的役割を擔つてくれるとい〻と思ふ」。

世界史における主体的役割という言葉には、「世界史的立場と日本」の影響がある。「世界史的立場と日本」は京都学派の学者による座談で、一九四二（昭和十七）年一月号の『中央公論』に掲載され、その後おこなわれた二つの座談とともに、一九四三（昭和十八）年三月に単行本『世界史的立場と日本』として出版される。『世界史的立場と日本』は、まさに世界史における日本の使命をかたるもので、大東亜戦争の歴史的意義をアカデミズムから称揚したものだ。

佐々木八郎は、「正直な所、軍の指導者たちの言ふ事は單なる民衆煽動の為の空念佛としか響かない」と軍部に対して極めて懐疑的な態度をとっていた。しかし、以下のようにも述べるのだ。

「お互ひに、きまつた道を進んで、天の命ずるま〻に勝敗を決しよう。お互ひがお互ひにきまつたやうに全力をつくす所に、世界史の進歩もあるのだと信ずる」。別のところでは、「こ〻で我々は眞に國民にして同時に世界人である事が出來る」ともいう。佐々木はここで、みずからの出征と、その後の来るべき死を、自らの言葉で、「世界史の進歩」に結びつけようとしているのだ。

吉田はこの「新しい世界史における主体的役割」に幾度もふれている。この言葉は『戦艦大和ノ最期』で臼淵磐がのこしたという「敗レテ目覚メル」という言葉とともに、吉田が終生胸にいだいていたものだ。吉田はその言葉を忘れることなく戦後を生きた。

戦没学徒の手記を集めた『きけわだつみのこえ』には、武山海兵団の「同期」の手記が、佐々木八郎以外にも、板尾興市、渡邊崇、竹田喜好、塚本太郎、杉村裕、市島保男と選ばれている。竹田は東京高等学校でも同期であり、竹田は吉田の友人であった。

吉田はそれら学徒兵の手記をどうよんだのか。一九六七年に書かれた文をひく。

> 戦没学徒の手記を読むことは、私にとって長いあいだ苦痛であった。読むことを好まぬ、というのではない。「きけわだつみのこえ」も「雲ながるる果てに」も、くり返し読みふけったが、終始心苦しさがつき上げて消えなかった。この苦痛はどこからくるのか、手記に書かれた世界が、全く人ごとではないという共感、彼らが空しく死んでいったことへの憤り、そして自分が今こうして安閑と生き残っているといううしろめたさ、そのすべてに苦痛はつながっているが、さらにそれは、別の暗い空洞のようなものから湧き出ているようにも思われた。
>
> （「死によって失われたもの」『吉田満著作集』下巻）

吉田満が軍歌をうたうその背後には、戦艦大和とともに沈んだ三千にのぼる戦死者がいた。同時に小中高大、そして海軍で机をならべた同期もいた。東京高等学校、東京帝国大学、そして、武山海兵団、電測学校でともにまなんだ学徒の多くが死んだ。戦後、彼らの遺稿が公表されるようになる。時間をへても、若き、時に童顔の彼らが眼前にあらわれてくる。

『はるかなる山河に』（一九四七年）も『きけわだつみのこえ』（一九四九年）も『雲ながるる果てに』（一九五二年）も吉田は手にとっている。しかし、その感慨を対外的に発表するのは、一九六〇年代なかばになってからのことだ。つきあげてくる苦痛により、言葉を発することができなかったのだろう。

小学生の同級生・斎大治によれば、同級生五十八名のうち、戦死したのは三十人におよぶ。そのほとんどが、吉田のような士官ではなく、兵としての死であった(粕谷一希『鎮魂　吉田満とその時代』三七頁)。

第二章　おのれの眞實

昭和十九年末ヨリワレ少尉、副電測士トシテ「大和」ニ勤務ス

『戦艦大和ノ最期』（一九七四年版）のかきだしの文だ。一九四四（昭和十九）年十二月二十五日、「晴れがましい朝」をむかえた吉田満は、少尉に任官し戦艦大和に乗艦する。訓練をへて、翌年四月に沖縄への特攻作戦に参加するのだ。

戦艦大和は世界最大の戦艦だった。しかし、実戦ではさしたる役目をはたすことはなかった。すでに大和に代表される大艦巨砲は、時代遅れとなっていたからである。大和建造の経緯はこうだ。

第一次世界大戦後のワシントン軍縮条約、それにつづくロンドン軍縮条約により、主力艦の建造が一九三四（昭和九）年末まで中止された。軍縮条約により、軍艦の総トン数で制限をうけていた日本は、量よりも質を重んじざるをえなかった。そのために巨艦の建造が検討され、軍縮条約の期限切れとなる二年前に大和建造が決定したのである。

大和には当時の国家予算の六パーセント、現代の国家予算で試算すると四兆円をうわまわる莫大な費用がつぎこまれた（栗原俊雄『戦艦大和――生還者たちの証言から』岩波書店、二〇〇七年、六頁）。大和は呉

の海軍工廠で極秘裏につくられ、一九四一（昭和十六）年十二月中旬に竣工、連合艦隊の旗艦となった。しかし戦争はすでに戦艦から航空機の時代にうつっていた。それは、大和完成に先立つ真珠湾攻撃や、マレー沖開戦における日本の勝利でも明らかであった。太平洋戦争で大和は支援任務が主となり、さしたる実戦に参加することなく、一九四五（昭和二十）年の沖縄特攻に出撃し、四月七日に米軍の爆弾と魚雷をあび沈没するのである。

吉田満は本来、電測士として敵の通信を傍受しなければならない任務だったが、哨戒を命ぜられていた。司令塔である艦橋に立ち、敵の襲来を警戒、同時に全艦からの情報を取捨選択し、艦長以下の幹部につたえる任務である。それゆえ戦闘を俯瞰し、多くの戦友が死に行く姿を目撃することとなる。

攻撃から二時間後、長官の伊藤整一が総員退去命令をくだし、吉田は海に投げだされる。戦艦大和の沖縄特攻作戦、いわゆる天一号作戦では、三千三百二十三人が乗艦し、うち生存者はわずか二百七十六人。吉田満はその一人となったのだ。

これから「戦艦大和ノ最期」の内容にふれつつ、作品が書かれた経緯を見ていくが、その前に、「戦艦大和ノ最期」の異なる版について説明をふしておく。千早耿一郎は「戦艦大和ノ最期」には以下の八つの版があることを明らかにしている（『「戦艦大和」の最期、それから』筑摩書房（文庫）、二〇一〇年、二七頁）。

A　文語　一九四五年九月、吉川英治にすすめられ書かれたもの。
B　文語「戦艦大和ノ最期」Aを肉付けしたもの。
C　文語「戦艦大和の最期」小林秀雄にすすめられ、Bを修正したもの。『創元』第一輯（一九四六年十二月）に掲載予定であったが、占領軍の民間検閲支隊の検閲により全文削除。その後、プランゲ文庫に収蔵。吉田の死後、江藤淳に発見され『文學界』（一九八一年九月号）に掲載される。

D　口語「戰艦大和」『新潮』一九四七年十月号に掲載。「細川宗吉」名による執筆。

E　口語「小説軍艦大和」『サロン』一九四九年六月号に掲載。

F　口語　書籍『軍艦大和』『サロン』掲載版を民間検閲支隊の指示により修正したもの。一九四九年八月、銀座出版社発行。

G　文語『戰艦大和の最期』一九五二年八月、創元社発行。

H　文語『戰艦大和ノ最期』一九七四年八月、北洋社発行。

「戦艦大和ノ最期」には、なぜ、文語、口語と文体の異なる版が存在するのか。それは、A、B、Cと推敲をかさねられた原稿が、占領軍の検閲により掲載を禁止されたからだ。

その後、発禁処分を逃れるために、口語になおされ、D、Eが書かれるが、吉田は検閲当局に呼びだされて、厳重注意をうける。改稿ののち書籍『軍艦大和』が世にでることとなる。

一九五二年、日本は独立し検閲が解除され、ようやく文語版が出版された。それがGだ。その後、一九七〇年代になり、若干の修正がほどこされた決定版が出版される。そのHが、現在私たちが手にとることのできる『戦艦大和ノ最期』である。

なお、文語版は正字、カタカナ、歴史的かなづかいで書かれている。書名は新字体で表記し、出版年をふして区別する。

本章では、AからFまでの六つの版が書かれた占領期という時代状況と、改稿の過程を見てゆく。その前に時間をもどし、吉田が大和から救出された場面から物語をはじめる。

その体験を必ず書き誌さなければならない

吉田は三時間の漂流の後、駆逐艦・冬月に救出された。天一号作戦では、巡洋艦一隻、駆逐艦八隻が大和にしたがっていた。吉田はその一隻に救助されたのである。

吉田は多くの戦友が死にゆく姿を目の当たりにした。戦友らが、自らの代わりに死んだ、そのように感ずることも少なくなかった。本来、勤務予定であった電探室は被弾し全壊。吉田は、攻撃直後に電探室におり、同僚の兵士の肉塊が散乱した光景を目撃している。本人の言葉を使えばその生還は「重畳たる僥倖」によるものであった。

引き上げられた冬月は米軍機の爆撃をうけつつ佐世保に回航する。そして、吉田ら生還者は離れ小島の病院分室に収容された。機密漏洩を防ぐためだ。その時のことを後年以下のように書く。

> さわやかな夜毎の床に、息づまる夢が絶えぬ。鮮明な印象が、一点一劃も正確に、心象に刻まれているのだ——戦闘場面が、あらゆる角度、あらゆる写法で、いくこまもいくこまも、くりひろげられる。いる、いる、戦友たちが。いずれも無言。こちらの眸の中を見据えるように、どこか不安定な姿勢で、立ちつくしている。彼らの眉は、かなしげな憤りで、濡れている。唇が、黒く、固い。

(「終りなき貫徹」『吉田満著作集』下巻)

吉田は病床で、死者の夢を見る。後ろめたさを振り切るため、吉田をふくめた軽症者は新任地への派遣をねがいでるが、ききいれられない。命ぜられたのは呉の人事部行きであった。そこで見たものは、大量の郵便物だ。そのほとんどの宛先が故人となっていた。「整理返送ノ事務、心苦シク身ヲ細ル」と「戦艦大和ノ最期」で書く。

吉田は一時帰郷を命ぜられた。帰省の車中で、驕慢な気持ちがわいてきたという。それは、「凄まじいひといくさに揉まれてきた俺は、あんた方とは少々ちがいますよ」という感情だった(「終りなき貫徹」『吉田満著作集』下巻)。

しかし、家に着くと、父は変わらぬ快活な面持ちで酒をつけ、母は食事の準備に立ちはたらく。状差しを見ると、自分が出した電報が、文字が判読できぬほどに涙でにじんでいた。

吉田は出撃前に家に手紙を書いていた。そこには「私のものはすべて処分をして下さい　皆様ますます お元気で、どこまでも生き抜いて行ってください　そのことのみを念じます」と書かれていた。両親は満の生存をあきらめていた。しかし息子は生きていた。電報はそのことを知らせていたのである。吉田は、特攻体験により自分が生死の境を往来したかのように思いあがっていたことを悔やむ。

帰省からもどった吉田は改めて特攻を志願する。配属されたのは、高知県須崎の回天の基地だった。回天は魚雷の特攻だ。だが吉田がまかされたのは、米軍の上陸情報を得るための電探設備の工事だった。須崎の法院山という山の頂に、電探設備を敷設する任務だ。米軍はせまってきており、山から米海軍の船が望見できた。上陸は時間の問題だった。吉田は生きて帰ることはあるまいと思いながら工事を指揮した。だがそこで、八月十五日をむかえるのである。

敗戦の詔書をきいた吉田はすぐには復員しなかった。土地の人に請われ、小学校で代用教員をつとめた。小学校は高学年と低学年の二クラスのみ。教員は夫婦二人だけだった。夫人が妊娠したため、低学年のクラスを吉田が見ることとなった。吉田は子供達と、「潮風と波にしたしみつつ野天の授業を楽しんだ」という。その押岡部落での村人たちとの交流や、その後の再訪記はのちに、二篇の随筆（「伝説のなかの人」『文藝春秋』一九七五年三月号、「伝説からぬけ出てきた男」『文藝春秋』一九七六年四月号）となっている。

しばらくして吉田は、帰省をうながされ両親の疎開先にもどる。そこで、ある人物と出会う。吉川英治である。

父・吉田茂が吉川英治と知りあった経緯も興味深いものがある。父・吉田茂の人柄を感じさせる。吉田茂一家は代官山から恵比寿に居をうつしていた。空襲を避けるために、一九四五（昭和二十）年春、そこから多摩の吉野村の柚木という土地に疎開した。青梅線の青梅の四つ目の駅・二俣尾駅が最寄駅だった。吉田茂は二俣尾から都心へ通勤した。片道二時間かかる。小説好きの友人に、通勤時によむのによい本はないかときくと、『宮本武蔵』をすすめられた。よんでみるとめっぽうおもしろい。きけば作者の吉川英治は同じ吉野村にいるという。吉田茂は、早速吉川邸をたずねた。吉川は驚いたようだが、吉田茂の直截な人柄に好意をいだいた。その時から吉田茂は、吉川の家をしばしばおとずれるようになった。

満が復員後、父・茂は満を吉川の家へ連れていった。吉田が後年書いた文章のなかで、その時のことを「戦後の平和な生活をいかに歩みだすべきかについて親しく教えを乞いに参上した」としている。吉川英治が吉田に「戦艦大和ノ最期」を書くようすすめたことは有名なエピソードなので、ご存知の方も多いであろう。吉川が自らかたったとする言葉を書きのこしている。

怒りたいときも、泣きたいときも、迷ふときも、黙々とこゝしばらくは、親父さんと一しよに鍬を持つて、土へ訴へてゐるんですな。何か、土が答えますよ。いまの人間からは答へは出ません。
(吉川英治「吉田君との因縁」『吉田満著作集』上巻、月報)

この言葉は、自らの体験から来たものであろう。吉田の回想によれば、当時の吉川は筆を絶ち、朝は書道に打ち込み、昼は夫人と野良仕事にはげんでいた(「終戦から「高山右近」までの頃」『吉田満著作集』下巻)。吉川の回想にもどる。

それから一二ケ月後に会ふと、吉田君の頬には、太陽が色ざし、語気に土の香がしてゐた。銀行へ勤務して東京に住むようになるといふ。私は、その前後に、吉田君にもうひとつ云つたことがある。あなたの通つてきた生命への記録を書いておくべきだ。

吉田は吉川の慫慂を別の言葉で記憶している。大和の経験談をかたりはじめたところから引用する。

大家らしい臭みの少しもない氏から、穏やかな人生談義を伺ううち、引き出されるままに戦場での話をはじめた。復員してから、戦争回顧談をあちこちでやらされるうちに、私はしだいにそれが心苦しくなっていた。死んでゆく兵隊の心と、喋る私の心と、聞く人の心と、この三つのものがますます食い違ってゆくような気がしたからである。

（吉田満「占領下の大和」『戦艦大和』角川書店（文庫）、一九六八年）

多くの兵士が死んだ。自分は生きのこった。そのことが心にのしかかっていた。吉田は、帰還後、幾度も戦況報告をさせられた。それも苦痛だった。しかし、吉川英治は他の聞き手とはちがっていた。「氏は端座しても身じろぎもせず、相槌も打たず耳を傾け、やがて私をみつめる眸の中に、涙がわいてきた。それでも氏の視線は、じっと私に注がれていた」。吉田は一時間四十分もの間、話しつづけた。吉川は最後に以下のようにかたった。

君はその体験を必ず書き誌さなければならない。どんな形でもいい。それはまず自分自身に対する義務であり、また同胞に対する義務である。それは日本の記録ではなく、世界の記録として残るであろう。

その言葉にこたえるべく書かれたものが、「戦艦大和ノ最期」の最初の原稿だ。それが、一九五二年版の『戦艦大和の最期』、つまりG版の「あとがき」の冒頭で、「この作品の初稿は、終戦の直後、ほとんど一日を以て書かれた」と述べている原稿だ。ただ、別の文では「半日あまりをもって、ほとんどその骨組みを書き上げた」ともかたっている（吉田満「占領下の大和」『戦艦大和』角川書店（文庫）、一九六八年）。それが、

Aである。

『創元』からの全面削除

吉川英治につづいて「戦艦大和ノ最期」を世におくりだすことに尽力した文学者に小林秀雄がいた。吉田が日本銀行に就職したのは、一九四五年十二月のことだった。友人に宛てた手紙で、日銀にはいったことを知らせ、「地味でこまかい仕事」だと述べ、以下のようにしるしている。「朝六時月光に霜を踏んで家を出、夜九時半寒風の中を暖い火のもとに帰る」(「書簡抄(和田良一宛、昭和二十年十二月三十日)」『吉田満著作集』下巻)。勤め人の生活がはじまったのである。

小林秀雄が日本銀行をたずねたのは翌年の四月一日。銀行の受付から電話をうけた吉田は、「コバヤシヒデオさんという方がご面会です」と言われ、エイプリルフールでかつがれているのではないかと思ったと回顧している。吉田は小林の文に接していたがむろん面識はなかった。

当時の小林は四十代はじめ。二十代で「様々なる意匠」が『改造』懸賞評論に入選し、すでに批評家として名をなしていた。受付に行ってみるとそこにいたのは銀灰色の髪をし、彫りの深い面貌の凄みのある人物。これは本人に間違いないと思ったと回想している(「占領下の大和」『戦艦大和』角川書店(文庫)、一九六八年)。

先に吉川英治のすすめで書かれた「走り書きの草稿」は数日かかって肉付けがなされ一冊のノートとしてまとめられていた。それがBであり、そのノートが友人の手によってうつされていた。その写しが小林の手にわたったのである。

小林は季刊雑誌『創元』の準備をすすめていた。その創刊号（第一輯）に「戦艦大和ノ最期」を掲載したいと述べた。小林は、「敗戦の収穫として求めていたものに、ここで一つぶつかった」とかたった。吉田はもとより発表の意思なく書いたが、おまかせすると答えた。その際に、小林から若干の指摘があり、それに基づいて手をいれたと吉田は回想している。それがCである。

先に「戦艦大和ノ最期」を世に送りだすことに尽力した、と書いたが、吉川と小林では、その果たした役割は多少異なる。吉川は当時五十代、自らが肯定した大東亜戦争が徹底した敗北に終わり、戦後、しばらくの間、何も書けなくなってしまった。戦時下、東京大空襲で養女の園子をうしなっていた。吉野村に疎開後も体調の不良がつづいていた。そのような時期に、吉田満が吉川の家をおとずれたのである。吉川にとっても、吉田満との出会いは少なからぬ意味をもっていたと想像する。

しかし、一世代下の小林は吉川とは違っていた。『近代文学』の座談会に呼ばれた時、僕は馬鹿だから反省なんぞしない、利口な奴は勝手にたんと反省すればいい、と言いはなっていた。戦前のプロレタリア文学の最後尾に位置していた『近代文学』の若き作家に向けて、反時代的な発言をしていたのである。

のちに『サロン』に掲載された「軍艦大和」の推薦文で小林は以下のように書く。「反省とか清算とかいふ名の下に、自分の過去を他人事のように語る風潮が」さかんであり、それは「過去の玩弄」に過ぎない。「自分の過去を正直に語る為には、昨日も今日も掛けがへなく自分といふ一つの命がいきてゐることに就いての深い内的感覚を要する」。敗戦によって多くの人が過去を否定した。小林はそれにあらがう気持ちが強かった。それゆえ、「戦艦大和ノ最期」を「敗戦の収穫」と考えた。

編集作業はすすみ、「戦艦大和ノ最期」のゲラがあがったところで、占領軍により全文削除となる。しかるべき筋を通じて内々に検閲をうけていたが、発表はかなわなかったのだ。

ゲラはGHQの民間検閲支隊・CCD（Civil Censorship Detachment）のチーフの逆鱗にふれ、最初から最後まで朱が入れられ、SUPPRESS（発禁）となぐり書きされていた。そのゲラは吉田の元にのこらず、占領軍の検閲当局により没収された。それがのちに江藤淳により発見される。

占領軍で戦史を調査していたゴードン・ウィリアム・プランゲは帰国の際に検閲にあった資料を米国に持ちかえり、メリーランド大学に寄贈した。プランゲ文庫だ。一九八〇年段階でその数は、書籍と小冊子が四万五千点、雑誌が一万三千点、新聞が一万一千強と膨大な量となる。その資料のなかに、全面削除となった「戦艦大和ノ最期」のゲラがあった。吉田の死の直後に、研究のためワシントンに滞在していた江藤淳が探しだしたのである。そのゲラは全頁にわたって、青鉛筆で線が引かれ、各頁にSUPPRESSと書かれていたという（江藤淳「死者との絆」『落葉の掃き寄せ』文藝春秋、一九八一年）。

では、「戦艦大和ノ最期」の何が問題だったのか。

江藤は、資料のなかから検閲官の意見書を発見した。そこには、「戦艦大和ノ最期」には、「内側から見た日本軍国主義の精髄がある」と、掲載禁止の理由が書かれていた。

検閲の指示命令系統は、日本人の検閲官―作品全体を英訳する翻訳係―米軍将校からなる検閲官、となる。吉田によれば、事前にお伺いを立てていたという。しかし、いざ検閲となると、日本人の検閲係は一部削除で掲載可としていたが、活字メディアを担当する部署のチーフによって、「軍国主義的」という判断がなされ、全面削除のあつかいをうけたのである。

『創元』の創刊は大々的に宣伝されていた。フランス文学者の河森好蔵がラジオで新刊予告をおこない、記念展覧会がもよおされ、掲載される作品の校正刷りが展示されていた。その会場をおとずれた一人に阿川弘之がいた。阿川は立ちつくして「興奮しながら読み通した」と回想している。のちに阿川は、「戦艦大和ノ最期」を「微秒な偶然の間をくぐり抜けて私たちの手に残った日本民族の一つの記念碑」としるしている（阿川弘之「解説」『戦艦大和』角川書店（文庫）、一九六八年）。

局面の打開をはかろうと、小林秀雄が中心となり、出版統制の最高責任者に抗議文を送るが、最高会議で決定したものであり、くつがえすことはできないとの返事がもどってきた。

当時の出版界には、「戦艦大和ノ最期」を世に送りだしたいという思いと同時に、「戦艦大和ノ最期」を使って、検閲に一矢むくいたいという気持ちがあったようだ。その占領期の時代の気分については、次節で述べる。

それから、様々な策を講じて「戦艦大和ノ最期」を世に送る努力がはじまる。翌年に吉田は、文語を口語にあらため「戦艦大和」というタイトルで『新潮』一九四七年十月号に掲載した。作者名は細川宗吉。吉田は、戦死した姉の夫の細川姓を筆名にし、別人が書いたものにしたてて作品を発表したのである。『新潮』版はいたって短いもので、四百字詰め原稿用紙で三十枚強に過ぎない。それがDにあたる。その原稿も何カ所か削除されている（以下の資料において、プランゲ文庫の検閲資料から、削除箇所が明らかにされている『占領期雑誌資料体系文学編Ⅲ』岩波書店）。

翌年に再度、掲載へのはたらきかけがあった。そこで動いたのは吉田健一と白洲次郎だ（なお吉田満は、吉田健一が占領軍にはたらきかけたことは知っていたが、しかし、白洲次郎もかかわっていたことは、知らなかった。後年、白洲の夫人の白洲正子のエッセイを読み、はじめてそのことを知る（「めぐりあい　小林秀雄氏」、また吉田健一との交流は「黒地のネクタイ」参照。ともに『吉田満著作集』下巻所収）。その経緯を明らかにしたのも江藤淳である。

江藤は米国に滞在中、プランゲ文庫のみならず、ワシントン郊外の国立公文書館別館にも足しげくかよった。そこにはGHQ関連の資料が所蔵されていた。そこで、ヤマトケースと書かれたファイルを発見する。そのうちの一つの文書（一九四八年十月十八日付）に、作家の吉田健一が、民間検閲支隊をおとずれ、「戦艦大和ノ最期」の掲載禁止解除を申し入れたことが書かれていた。吉田健一は、父であり、当時総理であった吉田茂に頼み、吉田茂は秘書官であった白洲次郎を派遣して、交渉にあたらせたのである。しかし、その努力はみのらなかった。上記資料の一週間後、十月二十五日の日付の文書には、吉田健一の申し出の経緯が述べられた後、掲載禁止は正当とする内容が書かれていた。

江藤は、吉田健一の動きの背後に、小林秀雄の意向があったと推測する。ちょうどその頃、小林は『創元』第二輯（一九四八年十一月刊）を準備していたからだ。なお、『創元』第二輯には、大岡昇平の「俘虜記」が掲載予定であったが、それも掲載を取りやめた。かつて日本軍は米国と戦った、そのことを思いださせる作品の発表を占領軍は許さなかったのである。

民間検閲支隊の雑誌検閲は一九四七年の暮れに、事前から事後に切りかわっており、吉田健一の行動は、『創元』が事後検閲で発禁処分をうけないよう、占領軍から言質をとるためのものであった。

翌年にも新たなこころみがなされた。『サロン』という雑誌が掲載の意思をしめした。『サロン』は戦後あまた出現したカストリ雑誌の一つだ。表紙には艶かしい女性がえがかれている。そのような雑誌であれば、検閲の眼は行きとどかないのではないかと判断した。分量は先の『新潮』版（D）よりも増え百枚ほど。むろん口語版である。それがEである。

無事「軍艦大和」は『サロン』に掲載され、しばらく音沙汰はなかった。出版社は書籍化すべく準備をすすめた。しかも、口語版と一緒に、全文削除となった文語版も併載しようとした。しかし直前になって、刊行にストップがかかった。出版元の責任者と吉田は民間検閲支隊への出頭を命ぜられた。

その三度目の検閲の資料も、江藤は発見した。二人が民間検閲支隊の出版課に出向いたのは一九四九年七月五日のことだ。吉田らは「超国家主義的宣伝」をおこなったとして、厳重な譴責をうけた。

吉田は釈明した。一九四六年版が検閲にあい、全面削除のあつかいとなった事実そのものを知らなかったと。民間検閲支隊の検閲は、新聞社や出版社に、検閲したこと自体を明らかにすることを禁止していた。検閲のあった部分は、活字を組みかえて、文意がとおるように編集しなおし、出版しなければならなかった。その手法は、伏字やバツ印で検閲部分をかくした戦中の日本の検閲よりも巧妙であった。吉田はその検閲手法を逆手にとって無実を抗弁した。しかし民間検閲支隊は沖縄送りもちらつかせ、吉田を厳しく叱責した。当時、占領政策違反は、沖縄での強制労働が課されることもあった。

しかし、しかるべき外国人に間に立ってもらい、交渉をすることにより、雑誌掲載の作品の何カ所かを削除の上、出版の許可が下りるようになった。しかし、文語版は許されなかった。しかるべき外国人とはドイツ人のヨゼフ・ロゲンドルフだ。ロゲンドルフは戦前から日本に滞在していた上智大学の神父だ。そのような交渉の上にようやく出版されたのが、Fである。

「真実の隠蔽」

吉田と周囲の人々は、手をかえ品をかえて「戦艦大和ノ最期」を世にだそうとした。結局のところ、なぜ、「戦艦大和ノ最期」は『創元』から全面削除のあつかいをうけたのか。一つは作品の内容、つまり、米国の資料に書かれていたとする「軍国主義的」という問題だ。もう一つが、文語という文体の問題であろう。

吉田はのちに何が検閲官をかくも刺激したのか、みずから分析をこころみている。吉田によればそれは、「敗戦後の批判を捨てて、戦時下の実感を憚らずに展開したこと」にあったとする（「占領下の大和」『戦艦大和』角川書店（文庫）、一九六八年）。

ついこのあいだまで、日本は米国と戦っていた。しかし、現在日本はその米国の占領下にある。「戦艦大和ノ最期」はそのことを思いおこさせる作品であった。それは、占領行政にとって厄介者だったというのだ。もう一つの文語の問題も、それは、軍隊の命令用語、歩兵操典のスタイルであって、刺激が強すぎるという理由だったと吉田は解釈する。

吉田の説明はある程度理解できるが、現在の視点から見れば、それがどうして全面削除となるのか、そして、「戦艦大和ノ最期」を敗戦直後の社会に問う真の意味がどこにあるのか、いまひとつ理解がしにくい。そのことを理解するためには、占領期の報道統制をふりかえる必要があるだろう。

占領期の報道規制については、江藤淳の『閉された言語空間――占領軍の検閲と戦後日本』（文藝春秋、一九八九年）を嚆矢として、有山輝雄『占領期メディア史研究』（柏書房、一九九六年）、山本武利『GHQの検閲・諜報・宣伝工作』（岩波書店、二〇一三年）などの研究蓄積がある。

占領軍の報道統制の主要な問題点は、ポツダム宣言、さらには、日本国憲法にうたわれた表現の自由、報道の自由を占領軍は表向き遵守する姿勢をみせながらも、実際には占領軍批判などの言論が封殺され、さらに先に述べた通り、その封殺そのものの事実をかくしていた点にある。

むろん戦時中に日本の情報局も厳しい情報統制をおこなっていた。報道機関（同盟通信、NHK、新聞社など）はそれにしたがい、戦争宣伝をおこなった。しかし、米国が日本を占領すると、その統制主体が、占領軍に変わったのである。

つまり占領軍による統制は、表面上は民主主義と自由をうたい、制限は一部としながらも、実際は大掛かりな検閲をおこない、さらに、それと対となる思想管理もするというダブルスタンダードにあった。くわえて、日本の報道機関は、占領軍の宣伝工作に全面的にしたがい、むしろ、積極的にその宣伝に加担した。

その一対となる検閲と宣伝は、前者が先にあげた民間検閲支隊（CCD）が担当し、後者が民間情報教育局（Civil Information and Education Section、略称CI&E）がになった。CCDとCI&Eは組織上同格ではない。CCDの上には、民間諜報部（CIS）という組織があり、CISとCI&Eが同列となる。

CCDの検閲は、放送（ラジオ）、活字のみならず、私信にもおよんでいた。一次検閲には多くの日本人が関わっていた。また、検閲における郵便検閲の比重は高く、検閲者の四分の三が郵便検閲にあたっていた。

山本武利の試算によれば、占領期の日本人検閲係は、延べ二万から二万五千人となる。うち郵便検閲にたずさわった人数は一万から二万。郵便検閲は、検閲であると同時に、占領軍による「世論調査」という機能もあわせもち、それが、占領政策に反映されていたのである。

ここでは、「戦艦大和ノ最期」の検閲問題を考える際に、同作品が全面削除というあつかいを受けた前年の末におこなわれた報道キャンペーンにふれておく。英語ではWar Guilt Information Program、江藤の訳では「戦争についての罪悪感を日本人に植えつけるための宣伝計画」である。有山はそれを「戦争有罪キャンペーン」、山本は「戦争罪悪観工作」と呼んでいる。ここでは「戦争罪悪観宣伝」と呼称する。このキャンペーンは、民間情報教育局によって主導された。

この問題については、特化した書籍（櫻井よしこ『GHQ作成の情報操作書「眞相箱」の呪縛を解く――戦後日本人の歴史観はこうして歪められた』小学館、二〇〇二年、保阪正康『日本解体――「眞相箱」に見るアメリカGHQの洗脳工作』扶桑社、二〇〇三年）も出ているので、詳細はそちらにゆずるが、キャンペーンの目玉となった書籍『太平洋戦争史』（高山書店、一九四六年四月）や『眞相箱』（コズモ出版社、一九四六年八月）の記述をひきながら、「戦艦大和ノ最期」がなぜ全面削除となったのかを考えてみたい。

『太平洋戦争史』は、占領軍の民間情報教育局が情報を提供し、一九四五年十二月八日、つまり、真珠湾攻撃の日から各新聞で連載された記事「太平洋戦争史　真実なき軍国日本の崩潰」をまとめたものだ。同時期に、民間情報教育局は、NHKラジオで、日本軍の暴虐行為を暴露した「眞相はこうだ」を放送、それがのちに、『眞相箱』となった。

占領軍はすでに、一九四五年九月十六日に「比島日本兵の暴状」という記事を各新聞に掲載し、日本軍のフィリピンにおける残虐行為をつたえていた。

「太平洋戦争史」は十日にわたって連載され、それがまとめられ、翌年の四月に刊行されたのである。訳者は中屋健弌（中屋健一の筆名）、共同通信の記者であった。共同通信は国策通信社・同盟通信が、敗戦後解散し設立された通信社だ。元同盟通信の記者を訳者として関与させることにより、占領軍の宣伝をより効果的にするという判断がはたらいたものと思われる。解体され生まれた共同通信も、その期待にこたえようとしたということなのであろう。

『太平洋戦争史』の序言は以下のようにはじまる。「日本の軍国主義者が国民に対して犯した罪は枚挙に暇がないほどである」。そして、「これらの戦争犯罪の主なものは軍国主義者の権力濫用、国民の自由剝奪、捕虜及び非戦闘員に対する国際慣習を無視した政府並びに軍部の非道なる取り扱い等である」とし、「これらのうち何といつても彼らの非道なる行為で最も重大な結果をもたらしたのは「真実の隠蔽」であろう」という。

さらに、この「真実の隠蔽」は最近のことだけではなく、一九二五年の治安維持法の施行によりはじまったとする。同書では、「太平洋戦争」を、一九三一年の満洲事変で起こったという立場をとり、最終章の二十章では、日本が無条件降伏したという。

中屋健弌もその「訳者のことば」で同様の立場を主張する。「今次戦争が日本にとって全く無意味な戦争であったことは、既にわれわれが充分了解している」とし、「この聯合軍総司令部の論述した太平洋戦争史は、日本国民と日本軍閥の間に立つて冷静な立場から第三者としてこの問題に明快な立場を与えている」という。邦訳に際して訳文は「総司令部民間情報教育局当局の厳密なる校閲を仰いだ」というのだ。

『真相箱』は民間情報教育局に寄せられた種々の疑問に答えるという形式をとりながら、太平洋戦争の真相を述べたものだ。その「はしがき」は以下の言葉ではじまる。「太平洋戦争に関する正式の報告書、文書類、戦争記録等は、凡て軍部の干渉によって事実を歪曲され、このため同戦争の勃発、推移及び敗戦の結果について、真相を知ることは、極めて困難であります」(『真相箱』連合国最高司令部民間情報教育局、コズモ出版社、一九四六年)。どちらの書籍も、戦時下において、戦争の真実があかされていなかったと主張するのである。

『閉された言語空間』で江藤は、『太平洋戦争史』をひきながら、このキャンペーンによって、「日本人が戦った戦争、「大東亜戦争」はその存在と意義を抹殺され、その欠落の跡に米国人の戦った戦争、「太平洋戦争」が嵌め込まれた」と主張する（『閉された言語空間』文藝春秋（文庫）、一九九四年、二六七頁）。

さらに「実際には、日本と連合国、特に日本と米国のあいだの戦いであった大戦を、現実には存在しなかった「軍国主義者」と「国民」とのあいだの戦いにすり替えようとする底意が秘められている」（『閉された言語空間』二七〇頁）というのである。

江藤は、戦後日本の歴史記述が「この『太平洋戦争史』で規定されたパラダイムを依然として墨守している」とする。つまりは、戦後はそのような「閉された言語空間」によって封じこめられているというのだ。

そのような江藤の主張に異論のある読者もいることと思う。そのような歴史認識を、日本人はまなび、自らもえらびとったという考え方である。ここではその当否についてはふれない。

ただ、占領期に歴史解釈のくみかえがあり、それを占領軍と日本の報道機関が共同しておこなったこと、その問題を米国の資料を駆使して明らかにした江藤の炯眼と検証能力には頭がさがる思いがする。その指摘は、戦後を考える上で極めて大きな功績であることはまちがいない。

話をもどす。『太平洋戦争史』においては、「軍国主義者」と「国民」を分け、国民は戦争の真実を知らされず、騙されていたという主張がなされていた。

しかし、吉田の主張は何か。それを雄弁にかたったものに、『サロン』一九四九年六月号に掲載された「作者のことば」がある。やや長いが全文引用する。

戰ひは終わつた。／疲れはてたからだと、傷ついたこゝろをいだいて、私は故鄉の焦土に立つてゐた。敗戰のこの衝擊のなかから、それを踏みこえて新生を打ちたてねばならない。復興の鎚音とともに、魂の新生をこそ熱望するこころが、たかまつてきた。そのいとぐちは、どこにあるだらうか。眞の平和、眞の建設は、どこにのぞみうるだらうか。／自分がひとすじに生き拔いてきた道を、赤裸々にみつめかえして、それを胸からえぐり出すことに、新生への芽生えがあるのではなからうか。だが私が周圍の多くの人のうちに見たのは、戰ひにたいする醜い呪いや罵りであり、たゞいたづらな卑屈や屈從であつた。一切の否定、自己蔑視であつた。／もちろん犯した過りは正されつぐなはれねばならず、責めは果たされねばならない。それを怠つては、一歩の生命の歩みもない。／だがそのためにこそ、おのれの眞實を、もう一どありくとさぐりあてて見ることが、必要なのではなからうか。すくなくとも眞劍に、みづからが生き拔いてきたなまくしい體驗から、何一つ新生への糧を汲み得ないとは、むしろおのれへの冒瀆といふべきではなからうか。／むなしく喪はれた夥しい生命、かれらのきき得ざるひそかな聲は、私たちに、このやうに眞實を吐きつゝ、逞しくめざめてゆくことを、願つてゐるのではなからうか。私は戰ひの眞唯中に、ふたたび自分を置いてみた。幼く、偏見にみち、傲つてはゐたけれど、ひたむきに生きようとし、死なうとした裸かの自分、それを憶せずに描いてみた。／あらくしい筆あと。しかし私は眞實を書いた。

（吉田満「作者のことば」『サロン』一九四九年六月号、強調は引用者）

強調を付した「眞實」という言葉の使い方を見れば、『太平洋戦争史』『真相箱』との違いはあきらかだ。新聞連載の「太平洋戦争史」には、「真実なき軍国日本の崩潰」という副題がついていた。「太平洋戦争」には「真実」がなかったというのである。そして、書籍『太平洋戦争史』では、「真実」は国民に知らされていなかったという。つまり「真実の隠蔽」があったというのである。

しかし、吉田はそのようなとらえ方をしなかった。自らは幼く、偏見に充ち、驕っていたかもしれないが、そこには自分の「眞實」があったと述べる。そして、その「眞實」の自分を凝視しなければ、新生への道は歩めないと主張するのだ。さらに、うしなわれたおびただしい生命も、私たちに「眞實」をかたることをねがっている、というのである。

占領軍の報道統制は、一九四五年九月が大きな山だった。八月末から九月はじめに来日した占領軍は、九月十日にはやくも「言論及新聞ノ自由ニ関スル覚書」を発し、報道に制限を加えることをあきらかにする。しかし、九月中旬までは、日本の情報局と占領軍の二重権力の情況がつづいていた（有山輝雄『占領期メディア史研究——自由と統制・一九四五年』柏書房、一九九六年、二五八頁）。九月十六日に、占領軍が発した「比島日本兵の暴状」の記事に対して、朝日新聞は、「かかる暴虐は信じられないことである」という読者の声を紹介しつつ、宣伝に抵抗した。

しかし、その記事も一因となり、朝日は、九月十八日から二日間の発行停止処分をうける。先んじて九月十四日には同盟通信に業務停止命令がくだされていた。九月十八日には、「日本新聞規則ニ関スル覚書」、いわゆるプレスコードが発令されていた。報道は事実に基づかねばならないとしながらも、連合国、占領軍への批判は禁じられた。

九月三十日には「日本における民間検閲の基本計画」が発せられ、軍国主義の影響力の排除がうたわれた。その三日前の九月二十七日、昭和天皇がマッカーサーを訪問し、二人がうつる写真が公表された。東京裁判の開廷にさきだち、占領軍は、軍国主義者に責任を嫁すそのような戦略をとったのである。

江藤がかたる対立の図式は、軍国主義者対国民、というものだ。しかし有山輝雄は、占領軍の意図は、軍国主義者対天皇、国民という構図であったという。つまり、『太平洋戦争史』を中心とした、戦争罪悪観宣伝には、「天皇・国民・マスメディアの責任を免除するというねらいを伏在させていた」というのである（有山輝雄『占領期メディア史研究――自由と統制・一九四五年』二五八頁）。

報道機関は、民間検閲支隊の統制にしたがうことが、帝国日本の戦争報道に協力した自らの罪の軽減につながると考えた。戦時に、情報局の統制をうけたように、メディアは占領軍の検閲をうけいれ、むしろ、その宣伝を率先垂範し、組織の生きのこりをはかったのである。

吉田はそのような社会の流れ、つまり「戰ひにたいする醜い呪いや罵りであり、たゞいたづらな卑屈や屈從」が支配する空気に抵抗した。むろん、焦土に立つ人々が、戦いを忌避するのは故なきことではない。多くの人が戦争などもう真っ平だと思ったことだろう。

しかし、吉田の主張は少し違っていた。「犯した過りは正されつぐなわれねばならず、責めは果たされねばならない」。戦争の責任は負わねばならない。しかし、その前にやることがあるはずだ。それは、「おのれの眞實を、もう一度あり〳〵とさぐりあてて見る」ことである。そうしなければ、それはおのれへの冒瀆となり、新生への糧はくみとれない、そのように考えたのである。それは、先に掲げた小林秀雄の言葉とも通じるものがある。

それは、敗戦直後、東久邇総理が説いた「一億総懺悔」でも、軍国主義者が「真実を隠蔽」したとする占領軍の戦争罪悪観宣伝とも異なる主張である。

占領軍は、そのような主張が、自分達の宣伝と鋭く対立するものであり、「占領行政の厄介者」であることを十二分に認識していた。

文語の問題もその文脈のなかで、とらえることができる。昭和天皇の人間宣言も、日本国憲法も、英語の翻訳調ののこる口語で書かれている。文語は過去の帝国日本につながるものだ。おそらく吉田らが復唱したであろう海軍の「海軍艦船職員服務規程」も、陸軍の「歩兵操典」もカタカナ文語で書かれていた。「戦艦大和ノ最期」の文体はそれらの延長線上にある文体だ。「内側から見た日本軍国主義の精髄」が文語で書かれることは、占領軍が許すことはできないのである。

ただ、ここで付言しておくべきことは、前章で述べた通り、吉田が救国の使命に立ち向かう雄々しい軍人となったのは、自らがえらびとったものではなかったということだ。多くの戦没学徒と同様に、長い苦悩の果てに獲得したものであった。しかし吉田は「真実の隠蔽」によって、自らが「雄々しい軍人」となったとは考えなかった。そのような軽々しい断定では、心の整理が到底つかないほどのおびただしい数の死者を見ていたから、そのことも一因としてあげられるであろう。吉田は、自らが「雄々しい軍人」となったこともまた「おのれの眞實」と位置づけた。それが吉田にとっての戦後の出発点となった。

第三章　一九四六年版と五二年版

吉田満の妻・嘉子は、江藤淳に好意を抱いていなかった。嘉子を知る人は、江藤についての否定的な発言をきいている。

すでに述べた通り、占領軍の民間検閲支隊（ＣＣＤ）の検閲で全面削除となった「戦艦大和ノ最期」（一九四六年版）は江藤淳により発見され『文學界』（一九八一年九月号）に掲載された。その同じ号に江藤は「「戦艦大和ノ最期」初出の問題（以下「初出の問題」と略称）」を発表している。そこでの主張が、嘉子にとって納得のいくものではなかったからだ。嘉子は江藤の依頼により、異なる版のコピーを提供していたが、依頼時の江藤の説明と「初出の問題」での主張にもくいちがいがあった。

嘉子は夫が生きていたら、こころよく思わなかったであろう、否、かたらなかったであろうことを、江藤が主張している、そのように感じたのである。

『吉田満著作集』に一九四六年版の「戦艦大和ノ最期」（Ｃ）を掲載することにも嘉子は逡巡したという。一九四六年版が江藤の解釈によってひとり歩きすることを心配した。出版元の文藝春秋は、一九四六年版（Ｃ）と一九七四年版（Ｈ）の両方を『吉田満著作集』に掲載した。編集者であった東眞史はそのことで嘉子からしかられた。吉田夫妻は、東の仲人であり、嘉子は東と気楽に話ができたからだ。

本章では、江藤淳の「初出の問題」から出発し、一九四六年版と一九五二年版の異同について考えてみたい。時に説明がくどくなるが、この問題は『戦艦大和ノ最期』をかたる際に、避けて通ることができないからである。

戦後思想の流入

吉田満と江藤淳との親交は、一九七二年暮れにさかのぼる。吉田は手紙で江藤に江藤らが主宰する『季刊藝術』への寄稿をお願いした。吉田が日本銀行の政策委員会庶務部長の時だった。江藤によれば、その翌年の早春からつきあいがはじまったという（江藤淳「生者と死者」『落葉の掃き寄せ』）。江藤は批評で『戦艦大和ノ最期』にふれたこともあり、吉田のほうから江藤に接触をはかったのである。吉田はその後、同誌で大和に乗艦し落命した臼淵磐（「臼淵大尉の場合」）、中谷邦夫（「祖国と敵国との間」）の二人の物語と、何篇かのエッセイを発表している。

江藤は吉田満の葬儀の直後の一九七九年九月末から九カ月間の間、国際交流基金の派遣研究員としてワシントンのウッドロウ・ウィルソン・センターに滞在した。その折に、メリーランド大学のプランゲ文庫で民間検閲支隊によって発禁となった「戦艦大和ノ最期」の原稿を発見した。そのことはすでに書いた。

「初出の問題」では、『創元』第一輯（一九四六年十二月号）に掲載予定であった一九四六年版（C）と、その後、口語に書き換えられ『サロン』に掲載された「小説軍艦大和」（E）、さらに吉田自身が決定稿とした一九七四年版（H）を比較し、その違いについて検討をくわえている。

江藤は勤務する東京工業大学の授業で「事実・虚構・真実」という講義を担当し、そこで吉田の三つの版を比較して、学生にレポートを書かせ、そのいくつかを引用しながら三つの版の相違について述べている。江藤によれば、多くの学生は口語版よりも文語版を、また一九七四年版よりも、四六年版を「すぐれた作品」としたという。まず確認しておくべきことは、一九四六年版と七四年版とでは分量にかなりの差があるということだ。四六年版は四百字詰め原稿用紙で百三枚、しかし七四年版は二百三十五枚となる。二倍近い違いがある（千早耿一郎『「戦艦大和」の最期、それから』筑摩書房（文庫）、七三頁）。内容をみると、前者においてはその時点における記録性でまさり、後者は記録の補塡があり文学的になっている、というのが江藤の見立てであった。

特に、作品の末尾に対する江藤の評価はつとに有名だ。四六年版の掉尾は以下のようにしるされている。

徳之島西方二〇浬（マ マ）ノ洋上、「大和」轟沈シテ巨體四裂ス　水深四三〇米
乗員三千餘名ヲ數ヘ、還レルモノ僅カニ二百數十名
至烈ノ闘魂、志高ノ錬度、天下ニ恥ヂザル最期ナリ

しかし七四年版では（沈没地点は修正している）、

徳之島ノ北西二百浬ノ洋上、「大和」轟沈シテ巨體四裂ス　水深四百三十米
今ナオ埋没スル三千ノ骸（ムクロ）

彼ラ終焉ノ胸中果シテ如何

学生の一人がその結びの変化に「戦後思想の流入」を指摘する。「天下ニ恥ヂザル」と戦友たちの死をたたえていた描写が、彼らの心中を察する内容に変わったからである。その学生の指摘を受けて江藤は述べる。

このときおそらく吉田氏のなかで、なにかが崩壊したに違いない。それはCCDの「厳重な譴責」によって崩壊したのではなく、それ以前に、発表を予期して筆写本を口語体の『小説軍艦大和』に改稿する過程で、崩壊したのである。換言すれば、吉田氏は、このときはじめて敗北したのである。／それと同時に、学生の指摘する「作者（へ）の戦後思想の流入」がはじまった。

（江藤淳「「戦艦大和ノ最期」初出の問題」『落葉の掃き寄せ』）

「このとき」とは、『サロン』版を書籍化すべく準備し、それを察知した民間検閲支隊から呼び出しをうけたときのことである。江藤は、その前後から吉田満のなかに、「戦後思想の流入」がおこり、その視点に立った書き換えがなされたというのだ。その象徴的な違いが、末尾の文にあらわれているというのが主張である。江藤は『落葉の掃き寄せ』のあとがきで、自身の米国行きの目的を「敗戦、占領とその結果実施された外国権力による検閲が、第二次大戦後の日本文学にどのような影響を及ぼし、痕跡を遺しているかという問題」を調べることにあったとかたっている（江藤淳「あとがき」『落葉の掃き寄せ』）。

江藤は米国行の前年に文芸評論家の本多秋五との間で、いわゆる無条件降伏論争をおこなっている。江藤の主張は、ポツダム宣言の受託による降伏は、条件付きのものであったというものだ。それゆえに、米国の占領は、ポツダム宣言を逸脱しており、日本国憲法の成立も不当となる。

江藤はさらに、吉田による改稿が「ある大きな時代の圧力によって、作者の心を支えていたものが無残にへし折られた〝うなだれた形〟」であるとし、戦後、占領期の検閲が空気のように存在し、拘束しつづけた証であるとする。

江藤の業績のなかで極めて大きな比重をしめる占領史研究は、この「戦艦大和ノ最期」の「初出の問題」からはじまった。江藤は米国で、『創元』創刊号の校正刷りを見てみたいという強い希望をもっていた。さらに、「この念願は、渡米直前に吉田氏の急逝に逢って以来、一層強くなっていた」という(江藤淳「死者との絆」『落葉の掃き寄せ』)。

江藤の眼に一九四六年版は、七四年版と全く異なるものにうつった。それにしても、「へし折られた〝うなだれた形〟」という表現は穏やかなものではない。「初出の問題」のなかでは、「このような敗北が吉田氏のみならず、いかに多くの人々の内部で起こったか」(江藤淳「「戦艦大和ノ最期」初出の問題」『落葉の掃き寄せ』)と述べており、吉田だけが敗北したといっているわけではない。「初出の問題」の意味するところは、「あの吉田満をしてをや」ということなのではあろう。

この論考をかわきりに彼の占領史研究ははじまった。占領軍の検閲が、戦後の文学作品を拘束しつづけている、その仮説を証明するという目的のためには、それ以外の瑣事に配慮する余裕はなかったのかもしれない。

吉田満に近しいものの眼には、「江藤が吉田を裏切った」、そのように感じたことも無理からぬことだ。妻・

嘉子が吉田の死後、江藤に対して否定的な発言をしていたのはそのような理由による。

嘉子夫人は二〇〇〇年代に入ってから、吉田のノート、手紙類などを横浜にある神奈川近代文学館に寄贈しているが、そのなかに、江藤淳から嘉子夫人に宛てた手紙が十四通ふくまれている。吉田嘉子が、江藤の「初出の問題」の当否を後世にゆだねたといえるだろう。初出原稿のノート類のコピーを提供する際に、江藤が嘉子にかたっていたことと、その後の主張に食い違いがあったのか否かは、その手紙の検証によってあきらかになろうが、その点についてはここではふみこまない。

ここで指摘しておくべきことは、江藤が、一九四六年版とその後の版に変化があるとした点だ。吉田は一九五二年版のあとがきで、それが文語版による「本来の形」での公刊であったと書いている。しかし、江藤はそうではないと感じた。その点について考えてみたい。

「無意味に死ぬ」こと

千早耿一郎は『「戦艦大和」の最期、それから』で、江藤のこの論に対して反論を述べている。千早は、「戦艦大和ノ最期」の原稿を八つに分けて、それぞれの節あたりの量の増加と、テキストの分析をこころみている。本書でもその先行研究をつかわせていただいた。

そもそも千早が「戦艦大和ノ最期」のテキストの違いを検討したのは、江藤の指摘への反論を目的としていた。江藤は、「戦艦大和ノ最期」の版を六つとしており、千早はそれをさらに分けて、見出しごとの字数を調べ、内容を照合したのである。

千早（伊藤健一）は日本銀行の同人誌『行友』で吉田と同人であった。吉田の死後、家族とも近しい関係にあった。吉田の死後、呉に開設された大和ミュージアム（呉市海事博物館）に吉田の遺品を寄贈した際も、嘉子に同行している。嘉子から江藤についてあれこれ聞いていたことと思われる。

千早の仕事は、「初出の問題」、つまり異本問題の基礎資料となる丁寧な作業である。彼の結論を簡潔に述べると、変化はあった、記憶の補填はあったとする。しかし、彼の結論は、鶴見俊輔の言う吉田の「転向」の過程をしめすものだというのである。

鶴見の言う「転向」とは何か。本論から少し迂回することとなるが、ここで説明をくわえておく。序章でも書いた通り、この吉田満の転向論（「軍人の転向」）が、吉田満と鶴見俊輔の「機縁」となったものであり、吉田が「私の立場の核心」に及んでいないと指摘したものでもある。

鶴見によれば、転向とは「権力によって強制されたためにおこる思想の変化」だという（鶴見俊輔「序言　転向の共同研究について」『共同研究　転向』戦前篇上、平凡社）。本来、転向という語は、「当局が正しいと思う方向に個人の思想のむきをかえること」を意味していた。しかし、転向研究ではそのような権力による強制に、個人の自発性の要素をいれ、「屈辱的な情緒」を排除した点にその画期的な点がある。つまり、転向は誰にでもおこりうることであり、思想を正しさにおいて、その高みから眺めることはしない、転向を研究する場合は、そのような態度でもって検討すべきだというのだ。

その転向研究の一ケースとして、吉田満が取りあげられたのだ。「軍人の転向」で鶴見はまず軍人とは何かを定義する。それは、命令系統が明確であり、上に対する強い忠誠が求められるものだという。戦後「軍人以外の諸グループにおいては、敗戦による思想の変動は、あるていどあいまいにすることができた」。しかし軍人は時代の変化に敏感に反応せざるをえなかった。

さらに、敗戦直後の占領軍の追放政策と戦犯裁判では、日本の軍人にその責任が重くのしかかった。鶴見は、戦後の追放者の数字をあげ、軍人の占める比率が約八割に及んだことをしめす。なお官吏は一パーセントに過ぎない。そのようなかたよった責任追及は、軍人に対して極めて厳しいものとなった。

鶴見によれば、吉田の「戦後転向はすでに戦争のまっただなかにきざしていた」という。それは、臼淵磐の「敗レテ目覚メル」の言葉にあらわれている。それを書きのこした吉田のなかにすでに、戦争への懐疑がやどっていたというのである。

臼淵のこの言葉は『戦艦大和ノ最期』をよまれていない読者もご存知の方が多いだろう。映画『男たちの大和』では、臼淵を演じた長嶋一茂がこの言葉を述べていたし、呉の大和ミュージアム（呉市海事博物館）には、大和の戦没者名簿の横に大きく掲げられている。

戦艦大和が沖縄特攻のために呉を出港した後、艦内では、「必敗論圧倒的ニ強シ」という様相であった。片道の燃料しか積まずに出撃する。艦隊をひきいた長官の伊藤整一も、当初、無謀な作戦に首を縦にふらなかった。艦内では学徒兵と兵学校出身者の間で激論がかわされた。職業軍人である兵学校出身者はこのようにかたったと吉田は書く。七四年版からひく。


國ノタメ、君ノタメニ死ヌ　ソレデイイヂヤナイカ　ソレ以上ニ何ガ必要ナノダ　モツテ瞑スベキヂヤナイカ対して、学徒出身士官は「色ヲナシテ反問」した。

君國ノタメニ散ル　ソレハ分ル　ダガ一體ソレハ、ドウイウコトトツナガツテヰルノダ　俺ノ死、俺ノ生命、マタ日本全體ノ敗北、ソレヲ更ニ一般的ナ、普遍的ナ、何カ価値トイフヤウナモノニ結ビ附ケタイノダ　コレラ一切ノコトハ、一體ナニノタメニアルノダ

学徒兵はこれから迎える自らの死が何を意味するのか、その答えを見いださないと死ねない、そのように考えた。

兵学校出身者と学徒兵との論争は、最後は「鐵拳ノ雨、亂闘ノ修羅場」となった。その後で、上記の「敗レテ目覚メル」という臼淵の言葉が述べられたというのである。そして、「コレニ反駁ヲ加ヘ得ルモノナシ」となり、論争はおわった。

進歩ノナイ者ハ決シテ勝タナイ　負ケテ目ザメルコトガ最上ノ道ダ
日本ハ進歩トイフコトヲ軽ンジ過ギタ
私的ナ潔癖ヤ徳義ニコダハツテ、本當ノ進歩ヲ忘レテヰタ
敗レテ目覺メル、ソレ以外ニドウシテ日本ガ救ワレルカ
今日目覺メズシテイツ救ハレルカ　俺タチハソノ先導ニナルノダ
日本ノ新生ニサキガケテ散ル　マサニ本望ヂヤナイカ

なぜ、吉田満はこの言葉をのこしたのか。鶴見によればそれは「天号作戦の実行にさきだって、大東亜戦争の敗北を見てとり、このような無謀な戦争を国民と軍人にしいた日本国家の智恵のなさ、日本文化のたよりなさを自覚して、戦時下の国家主義からさめてしま」っていたからだという。同時に吉田は、「思想としてはすでに転向しながらも、行動形態においては最もきびしく旧来の軍人としての行動ルールをまもろうという意識が最後までつらぬく」。

後者の証明として、大和沈没後、重油のただよう海に漂流していても、兵に対して責任を持つように自らにかたりかけるシーンをひく。鶴見はいう。「外部世界における旧階層秩序の崩壊を意識しながらも、それと平行して自己の内部においてはもはや外の世界と見合うところのない旧来の階層秩序の折り目正しさにしがみついている」。

鶴見の分析は、そのような分裂した思考が、戦後、サラリーマン生活のなかにもちこされるようになったというのである。

鶴見が吉田満を「軍人の転向」の一人として取りあげたのは、それは、転向研究全体の目的である、権力による強制と個人の自発性の織りなすところに、吉田がいたという点、それを明らかにするためであったと考える。同時に、その軍人としての行動ルールが戦後にも継続し、それが戦後復興を支える精神となっていったという点を主張したかったのだろう。

話を千早の主張にもどす。それは、「戦艦大和ノ最期」の変化を、権力の強制と個人の自発性が織りなすところ、特に後者の点をもって吉田の思想を考えるべきというものであった。しかし江藤は、新たな権力、つまり占領軍の強制によって、吉田の思想の変化をとらえたのである。

江藤の吉田論に反論を述べた批評家に加藤典洋がいる。

加藤典洋の指摘は二つだ。ひとつは、江藤淳の「戦艦大和ノ最期」の掉尾の変化の指摘には無理があるという点だ。江藤淳が「戦後思想の流入」とした、「今ナオ埋没スル三千ノ骸　彼ラ終焉ノ胸中果シテ如何」という文は、実は、最初の「走り書きの原稿」、つまりA版の末尾にもあった。しかし、江藤は、それを「未定稿ノート」であるとし、一九四六年版をあくまで定稿として、それをその後の版との比較の基準としたとする。

ふたつめは、江藤はむしろ、その掉尾以外のところで、その変化に「戦後思想の流入」を感じとったのだという主張だ。それは、江藤が「戦艦大和ノ最期」によみとった戦艦大和に代表される崇高なものへの喪失への深い哀悼とは全く異なる、異質なものの存在だという。それは臼淵磐の先の言葉に代表される、加藤の言葉を使えば「ケシ粒たち」、つまり兵士の声だというのである。

臼淵は「無意味に死ぬ」ことを主張した。その先に、新生日本があるとかたった。その声を吉田は戦後にとどけた。

この兵士たちが夢想した「新生日本」の問題は、吉田の思想の核となる。よって、丁寧な論証を必要とするため、次章でいま一度占領期の吉田の心の軌跡をあとづけることにより、検討をこころみたい。

ここではひとまず、加藤の吉田論を以下のように簡略化して整理する。それは、「天下ニ恥ヂザル最期」と「彼ラ終焉ノ胸中果シテ如何」が「ともにそのいずれか一つへの帰着に抵抗する形で拮抗していることが、この『戦艦大和ノ最期』が、戦争世代の声を伝える書である所以であり、また、日本の第二次世界大戦の戦争文学たりえている理由」というものだ（加藤典洋『戦後的思考』講談社、一九九九年、一六一頁）。

つまり吉田は、戦時の思想で、そして戦時の言葉で、戦艦大和の物語をのこした。同時に、大和に乗艦し散っていった人々の言葉ものこした。その声は時に、軍国日本の言葉、例えば「軍人勅諭」や「戦陣訓」などとは異質なものがふくまれていた。米軍と戦うことのみに意味を見いだすのではなく、「無意味に死ぬ」、その先に、進歩の覚醒をうながし、新生日本を期待する、まさに「敗レテ目覚メル」そのような声も存在していた。吉田は、それをその時代の言葉でのこした。戦後の少なからぬ作品にあったように、戦後の思想でその時代を裁断することをしなかった。それが、『戦艦大和ノ最期』が戦争文学の傑作足りえている理由だというのである。

江藤の「戦後思想の流入」、鶴見の「転向」という地点からの解釈、さらに、加藤の異質なものの混在という指摘は、どれも極めて示唆にとむもので、吉田の思想の一面を鋭くついている。本書の目的である「吉田満が伝えたかったこと」を考える際に、重要な補助線となる。この問題をこれから、吉田の戦後の営みを追いながらみていくが、やや先んじて、三氏の論につけくわえて、二つの点を述べておきたい。それは私の仮説のようなものだ。

ひとつは、吉田の普遍的なものへの態度といった問題だ。「軍人の転向」で鶴見は二人の軍人を取りあげている。吉田満と今村均だ。今村均は、陸軍士官学校を出た職業軍人で、オランダ領東インド諸島攻略軍の司令官をつとめ、戦後、現地のマヌス島で服役する。今村は、その獄中で自叙伝を書く。しかしそこでの反省の弁は、鶴見によれば、「十五年戦争の責任者としての自分たち軍人の行動についてあくまで軍人としてのルールの逸脱という視角から」のものだという。鶴見は、そのような思考を軍人の思考として重視する。

しかし同時に、ナチの司令官がニュルンベルク裁判で死刑を宣告された際、軍人としての義務より、人間としての義務に従うべきであったとかたった言葉をひき、今村には、そのような自然法意識、人類意識は見られず、日本軍人の思考方法からの反省があったに過ぎないと断ずるのである。前者を鶴見は、「全体人」、後者を「部分人」として分類する。鶴見は、この解釈を、吉田満について適用しているわけではない。ただ、人間には、このような人類普遍につながる価値があるという前提に立って論をすすめている。そのようによめる。

加藤も吉田がのこした臼淵の言葉に代表される思考によって、人は「一歩一歩、階段を踏みしめるように「普遍」に近づく」とかたっている。「それ以外の方法は、わたし達に与えられていない」からだという（加藤典洋『戦後的思考』一七六頁）。

私も、「一歩一歩、階段を踏みしめるように」という言葉は、吉田の思考の軌跡をかたるにふさわしい言葉だと思う。また、そのような思考の営為が「普遍」へつながっていくことも、吉田は意識していたと感ずる。臼淵磐のくだりで、学徒兵に以下のようにかたらせている。「日本全體ノ敗北、ソレヲ更ニ一般的ナ、普遍的ナ、何カ価値トイフヤウナモノニ結ビ附ケタイノダ」。さらに、吉田は、吉川英治が吉田にかたったとする言葉のなかの「世界の記録」という語を書きとどめている。戦艦大和の兵士の記録が、世界性を帯びたものになるだろう、そうしなければならないという気持ちが吉田のなかにあったのだと思う。

ただ、そのような普遍という問題を考える際に、吉田のなかには、たえず、共同体、つまりは国家や組織の問題があったと考える。当然、そこには組織をみちびく指導者、エリートといった問題が存在していたのではないか。自らの思考が、一足飛びに世界へ、普遍へとつながっていくとは考えてはいなかったのではないか。

もうひとつが正義についての疑問だ。鶴見の論のなかには、世界には普遍につながる正義があり、それを内側に取り込むことにより、新たなものが生まれるという意識がどこかにあるようによめる。むろん、鶴見は、正義を一点においているわけではない。その高みに立つ危険性も指摘している。ただ、普遍的な正義といったものに対する考えが、鶴見と吉田ではその解釈が異なるように思える。

吉田には正義というものを身内につくることは困難だという強い自覚があった。次章で述べるが、吉田は戦後、キリスト教に帰依した。そのような信仰の立場もあり、吉田は正義に対して終始慎重であった。そのような態度が、たえず、自己の利益の誘導につながる、そのような危険性への意識が極めて強かった。そこには当然、人間の罪の問題がよこたわる。

吉田の信仰を背景とした思考ついて、江藤が少しふれている。江藤は、吉田がクリスチャンであることを、葬儀に出席しはじめて知った。江藤は、吉田の葬儀の二カ月後に発表した文章「生者と死者」(『落葉の掃き寄せ』)で、クリスチャン吉田満という視点から、「戦艦大和ノ最期」をかたっている。

長官・伊藤整一が総員退去を指示し、艦と運命をともにすべく、長官室に去った。「死生ノ寸刻」と見出しのついた節の場面だ。大和は沈没し、吉田も死ぬ。その刹那、「胸奥ヨリノ声、殆ンド肉声ヲモッテ迫ル」。「声」は何を言ったのか。

オ前、憐レムベキモノ　遂ニ空シク死ノ軍門ニ降ルカ　死ニ行クオ前ノ血肉タルモノ、アリヤナシヤ
顧ミテ、ミズカラニトルベキモノノ、一片トテアルカ

吉田はその声に、肉親、師友などをあげて自らは幸せ者であったと答える。しかし、「声」はたたみかけるように問う。

ソノイズレニ眞ノオ前アリヤ　ソレラスベテヨリ、死ニ行クオ前ニ加フベキ何モノノアリヤ、アラバ示セ

吉田はその「声」に必死にあらがい、答えをだそうとするが、「声」は執拗に吉田を責めたてる。そして、吉田は「ヤメロ、詰問スルナ、ワレハ自ラヲ裁ク」と叫ぶ。しかし「声」は「コノ時ニ及ビナオ自ラヲ欺クトハ」と吉田を断罪するのである。

そのくだりをひきながら江藤は、吉田は裁かれることを求めていたのだと分析する。江藤はいう。「敵によってでもなく、「ミズカラ」によってでもなく、ただ一視同仁の、公正な神の「裁」きを切望していたのだ」と（江藤淳「生者と死者」『落葉の掃き寄せ』）。吉田の葬儀の折、吉田が愛誦した讃美歌三百二十番「主よみもとに近づかん」を聞きながら江藤にやどった想念である。

この「生者と死者」という原稿は、「「戦艦大和ノ最期」初出の問題」や「死者との絆」とともに、『落葉の掃き寄せ』におさめられている。

江藤の「初出の問題」について少し弁護をこころみたい。

『落葉の掃き寄せ』のあとがきで、「『戦艦大和ノ最期』初出の問題」は、「脱稿したとき意を尽くしていな

いように感じていた」と書きのこしている。しかし、『死者との絆』と併読してみると、やはりこのままでよいような気持ちになったので、一切加筆しないことにした」とかたっている（江藤淳「あとがき」『落葉の掃き寄せ』）。

江藤自身、書籍出版の折、「初出の問題」の原稿をそのままの形で発表することに臆するものがあったことがうかがえる。江藤も、自らの論証が加藤がかたるように「強引すぎる」という気持ちが一抹あったのではないかと想像する。しかし、「死者との絆」「生者と死者」との併読によって、読者に自らの吉田満論を全的に理解してもらえると思ったのではないか。

江藤はその後、旧知の日本文学研究者リチャード・H・マイニアに話をもちかけ、『戦艦大和ノ最期』の英語訳の刊行をたすけた（YOSHIDA MITSURU "REQUIEM FOR BATTLESHIP YAMATO" Translation and Introduction RICHARD H. MINEAR University of Washington Press 1985）。それは、江藤が「うなだれた形」と称した版である。江藤は吉田の死後におこなわれた記念祭で、その英訳を吉田の墓前にささげるというスピーチをおこなっている。

何が書き加えられたのか

江藤淳がかたる「敗北」、「うなだれた形」を検討するために、あらためて、版の異なる「戦艦大和ノ最期」を比較することが必要だろう。『吉田満著作集』の上巻には、一九四六年版と一九七四年の決定稿が掲載されている。

しかし「戦艦大和ノ最期」の文語版がはじめて世に出たのは一九五二年版（創元社版）だ。一九五二年版と、一九七四年版は分量的には大きな違いはなく、前者が四百字詰め原稿用紙で二百二十六枚、後者が先に述べた通り二百三十五枚だ。吉田自身も七四年版出版にあたり「このたびさらに二十余年をへて再刊されるにあたっては、その後に公刊された戦闘詳報、戦記等を参照し、不正確な記述、公式記録の引用に増補修正を施して決定稿とした」と書いており（「「戦艦大和ノ最期」あとがき」『吉田満著作集』下巻）、一九七四年版は事実関係のみの改変と思われる。

ということは、占領期の変化を比較するためには、一九四六年版と一九五二年版を照合するのが適切であろう。

一九四六年版と一九五二年版を通してよんで感ずることは、後者に心理描写が増えた点である。それは、特攻に向かう自身の心模様の記述もあれば、大和の他の乗員の描写もある。特に後者は、四六年版においてほとんどなかったものだ。吉田は「乗員三千、スベテミナ戦友、一心同體ナリ」と書いており、その一心同体の戦友たちが、無残に死んでいったその心模様を一九五二年版で加筆しているのである。加藤の言葉を使えば、「ケシ粒たち」の声である。

では具体例をしめし見てゆきたい。

一九五二年版で最初に出てくる戦友は中谷邦夫だ。通信士・中谷邦夫少尉は、米国のカリフォルニア出身の日系二世。慶応大学留学中に学徒兵として召集された。米国の弟二人は、米陸軍の一員として欧州戦線に参戦した。兄弟が日米に別れて兵役についたのである。

中谷は「淳朴ノ好青年ニシテ、勤務精勵」、英語を母語とするため、米軍の信号傍受は彼の独壇場であった。

しかし、米国の日系二世ゆえに白眼視され、衆人環視のもとで罵倒されることもたびたびであった。中立国を通じて母からの手紙がとどいた。その手紙を中谷が嗚咽しながらよむ場面を、『戦艦大和の最期』では最初の戦友としてえがくのだ。開戦後、戦艦大和は左舷に魚雷を集中的にあび、中谷少尉は「敵信傍受ノ勤務ノマヽ散華」する。

なお、中谷の母・菊代とは、吉田が日銀ニューヨーク事務所勤務時に交友をもち、その後、日系一世の中谷の父母と、二世の子供達の物語を「祖国と敵国の間」というタイトルで、『季刊藝術』に発表している。そのことは先に書いた。中谷邦夫ら日系二世と、その母・菊代と吉田の交流については、第五章「日本銀行ニューヨーク駐在員事務所」でふれる。

次に登場するのが、沖縄特攻作戦の指揮をつとめた指揮官・伊藤整一だ。伊藤は当初、飛行機による援護もないこの特攻作戦を無謀として、作戦に反対した。「切歯扼腕セリ」と吉田は書く。このような伊藤の描写は、一九四六年版にはない。なお、中谷と同様、伊藤整一については『提督伊藤整一の生涯』をまとめている。

中谷と伊藤ののちに、吉田は二人の対照的な人物を登場させる。鈴木少尉と江口少尉だ。出撃の前夜、酒保がひらかれ無礼講がはじまる。特攻に向かう艦にもはや余分な酒や食べ物は必要ない。大和には、燃料も往路の分しか給油されていないとされていた。死ぬ前の最後のねぎらいである。酒宴がはじまった。乾杯の折、学徒兵の鈴木少尉は杯をおとしそれが割れる。死を前にして動揺したのである。周囲から侮蔑の視線がそそがれる。それに対して吉田は以下のように書く。

サレド蔑視スル者ヨ、自ラハ恃ムニ何ヲ以テスルカ　何ニヨツテ平靜ヲ保ツカ……絢爛タル特攻ノ死ヲ假想シ、異常ノ故ノ興奮ニ縋レルニ非ズヤ……彼ラミズカラヲ僞レルナリ

鈴木少尉は自分たちのなかにいる。みな自らを欺いている。そのように吉田は、五二年版で加筆するのだ。次に登場するのが江口少尉だ。江口は最後の酒宴となっても、下士官の入室態度を叱責し、精神棒をふるって体罰をくわえる。「足ノ動キ、敬禮、言辭、順序、スベテニ難點ヲ指摘シテ際限ナシ」というありさまだ。吉田は書く。「江口少尉、ソノ氣負ヒタル面貌ニ溢ルヽモノ、覇氣カ、ムシロ稚氣カ」。江口も、鈴木と同様に、死に向かう自分を制御することができない。それを、吉田は書きのこすのである。

一九五二年版では、戦線から去り行くものと、特攻におもむくものとの別れの場面が印象的だ。例えば米軍の機雷にふれ回航する駆逐艦・響。「見送ル残存艦ノ甲板上ニ、羨望ノ眸、悔恨ノ嘆息」がただよう。他の部署へ転勤辞令を受け取って退艦する兵の描写は以下だ。

「出撃ヲ前ニシテ退艦スルノハ、マコトニ殘念デアリマス」マナ尻ハ無念ゲニ翳リタルモ、ソノ口吻ニ、危フク虎口ヲ脱セシ安堵窺ハル

死んでいった者への愛惜を帯びた描写は切々たるものがある。特に心にのこるのが愛する女性を日本にのこした戦友についての記述だ。

例えば森少尉。「艦内随一ノ酒量、闊達ノ氣風ヲ以テ聞エ、マタソノ美シキ許婚者ヲ以テ鳴ル」。その森少

尉の独白を吉田は書きとどめる。

「俺ハ死ヌカライゝ　死ヌ者ハ仕合セダ　俺ハイゝ　ダガア奴ハドウスルノカ　ア奴ハドウシタラ仕合セニナツテクレルノカ」。森は自らの死の後、許婚者が再婚することを望むが、そのことを伝えるすべがない。

なお森少尉は、大和沈没の際、鉄兜、防弾チョッキを脱いで海に飛び込むこともなく、艦上で頑張れと周囲を鼓舞しつづける。ある兵によれば洋上に漂流する森を目撃するが、しかしその後、森の姿を見た者はない。

例えば片平兵曹。「三十三歳、電探理論ノ精緻ト實測技倆ノ抜群ヲ以テ鳴ル　彼、郷里ニ懐妊中ノ妻ヲ遺ス　シカモ待チ焦レタル初子ナリ」。片平は吉田より年長だ。しかし、吉田は片平の上官にあたる。吉田は、四月七日の開戦の朝、職場の電探室を出て、大空に包まれ、潮風が吹くよい位置を見つけ朝食をとる。吉田はその場所を独占するのは忍びないと片平兵曹を呼ぶ。しかし、片平は急いで食事を終え、鋭く会釈し足早に立ちさる。吉田は直属の上司であり、手紙の検閲を通じて、片平に妊娠した妻がいることを知っている。片平も年少の上官に事情をきかれることを拒む気持ちがある。吉田は片平が立ちさったときの様子を以下のように書きつける。「孤獨ヲ求メン焦燥ノ色アラハナリ」。

例えば山田軍医。山田は「醫師トイハンヨリハ詩人、武將トイハンヨリハ文人」であり、「醇乎タル風格ヲ以テ深ク衆人ニ親シマル」人物であった。そのような軍医が、戦艦大和の出港後、連夜の大酔で暴力沙汰を起こした。

山田は大和乗艦直前に芳紀まさに十八歳の女性と結婚した。しかし、大和出港の前、当直のため上陸がかなわず、妻との別れがかなわなかった。吉田は、大和から生還してのちに、山田の妻と会い、そのことを知る。軍医の山田が自分をうしなったのは、上陸できず妻に会えなかった夜からのことだと吉田は書きのこす。

四月七日、米軍の攻撃をうけケガ人の治療にあたっていた軍医は全員死ぬ。そこに山田もいた。妻子をのこして死んでいったものへの吉田の記述はことのほか濃い。吉田は以下のように書く。

顧ミレバ妻ワレニナシ　子モトヨリナシ　ワガ死ヲ悲シミクルヽ者ハ骨肉ノミ　ワレ未ダカノ愛戀ノ焰ヲ知ラズ

自らに愛する女性はいない。愛する人を残しての死と、それをいまだ持たないものの死とどちらが不幸か。結論のだしようがない問いだ。

死んでいったものへの愛惜は、上記に留まらない。では、自らの心情についてはどうか。四六年版を読むと、それは、石原卓が弔辞で述べた雄々しい軍人の立場がより鮮明にえがかれている。その代表的な例が、冒頭四月二日早朝の描写だ。長いが頭から引用する。

昭和二十年四月　當時、少尉、副電測士乙トシテ勤務セリ
二口　呉軍港ニ六番「ブイ」繫留中
早朝
各部修理、兵器增備ノ爲、入渠ノ豫定ナリシモ、突如
艦内令達器「〇八一五ヨリ出港作業ヲ行フ　出港ハ一〇〇〇」
カカル不時ノ出港ソノ前例ナシ　サレバ待望ノ時カ

通信士、信號ノ動キヲ傳フ　我レヲ待ツモノ出撃ヲ措キテ他ニアルベカラズ
アァ如何ニ此ノ時ヲ、此ノ時ヲノミ期シテ待チシカ
我等ヲ他ニ別チシモノ、ソノ結實ヲ得ザルベカラズ
日夜ナキ訓練、コノ一擧ニ終始セン

では五二年版ではどうか。なお始まりから五行目、「出港は一〇〇〇」は内容的にかわらないのでそこは省略する。その後の心理描写は以下の通りだ。

カヽル不時ノ出港、前例ナシ
サレバ出撃カ
通信士ヨリ無電オヨビ信號ノ動キ激シ、トノ情報トドク
ワレヲ待ツモノ出撃ニホカナラズ　入渠準備ト稱シテノ碇泊モ、眞實ハ出動ノ僞装ナラン
我ラ如何ニコノ時ヲ期シテ待チシカ
我ラ國家ノ干城トシテ大イナル榮譽ヲ與ヘラレタリ　イツノ日カ、ソノ證シヲ立テザルベカラズ
我ラ前線ノ將士トシテ過分ノ衣食ヲ賜ハリタリ　イツノ日カ、ソノ知遇ニ報イザルベカラズ
出撃コソソノ好機ナリ
マタ日夜ノ別ナキ猛訓練モコヽニ終始シ、過勞ト不眠ノ累積ヨリ遂に我ラヲ解放セン

一読してわかる通り、四六年版は感情の高ぶりがあり、それが文章にあらわれている。その代表例が、「此ノ時ヲ」のリフレインだ。この部分は江藤によれば、占領軍の検閲資料に「徹頭徹尾軍国主義的」とする例として引用されていたという。

しかし五二年版は説明的な文章となっており、出撃を待つ理由が、「大イナル榮譽」、「過分ノ衣食」、そして猛訓練からの解放に求めており、そこには、いくらか身を引いた視点がある。

自己の心理をえがく際にも、一九五二年版には冷静な眼がある。闘いに向かう自分がいて、それを客観的に眺める自分がいる。その代表的な事例が、先の「声」がでてくるシーンである。「声」は吉田を責めた。

しかし、最後に吉田を助けたのも内面の「声」だった。戦闘二時間、そして沈没し三時間弱、重油の海で幾人もの戦友が没していくなか、駆逐艦・冬月があらわれる。戦友たちが、我先にとロープを手繰りよせるが、つぎつぎに海に没する。吉田は、縄梯子を見つけ、両の手の六本の指の第二関節を梯子にかける。身をあげようとするが、その膂力はもはやない。吉田は、「放スカ、放シテヤルカ……樂ニナリタイ、死ンデヤレ」と思う。しかし、「生キロ、生キロ、コヽマデ來テ死ンデ相濟ムカ、死ンデ許サレルカ」と叫ぶ声が身内でこだまする。吉田は生還する。

戦艦大和の沖縄特攻作戦、いわゆる天一号作戦では、三千三百三十三人が乗艦し、うち生存者は二百七十六人。三千人の兵士が死んだ。それが、五二年版の末尾の「今ナホ埋沒スル三千ノ骸(ムクロ)」の意味するところである。大和には、他に巡洋艦一隻、駆逐艦八隻がつきしたがっており、推定で三千七百二十一名あまりの命がこの戦いで消えた。

艦隊の指揮をつとめる伊藤整一が、切歯扼腕し、さらに、海軍兵学校出身の士官の間でも、必敗論がまさっていた作戦で、これだけの人々が亡くなったのだ。五二年版で多く書きくわえられたのは、死者の記憶と自身が死に向かった時の心境だ。

では一九四六年と五二年の間に、吉田に何があったのか。まずは大和から生還して以降の吉田の足跡をたどりながら、加筆された部分で吉田が何をつたえようとしていたのか、それを読みとる手がかりを探してみたい。

第四章　新しく生きはじめねばならない

吉川英治のすすめにより短時間で書きあげ、それに手をくわえた手稿（B）は友人の間でまわし読みされていた。その一つが小林秀雄の手にわたったことはすでに述べた。もう一人その原稿をよみ、吉田に連絡をとった人物がいた。今田健美（こんだたけみ）である（「死を思う」『吉田満著作集』下巻）。

大和から生還をとげた吉田の心のなかで大きな問題としてあったのは、死を見つめることができなかったことだった。確実な死を前にしながらも「笑いさざめき酒盃を傾け眠りほうけた。平静をよそおって、実は意識をしびれさせようとしていたのだ。磊落と見せながら実は恐怖を紛らわしていたのだ」と言う。自分は死を見つめることを避けていた。そして、生きのこる体験を通して欠けていたものをふりかえる。

それは「立派に生きること、それのみが立派に死ぬ途なのだ」という覚醒だった。そのような考えにいたる過程で影響をあたえたのが、カトリックの神父・今田健美であった。吉田は今田神父との出会いを述懐する。

この手記がはからずも、知人の手からその人のひそかな好意で或る神父様の目に触れたのだ。何という御摂理。泊りがけで話しに来たまえというおさそいが神父様からとどけられた。私は乗りこんで行った。あれをどう読んだというのだ。何か与える用意でもあるというのか、と心に反問しつづけながら。

／その夜はほとんど何一つ理解できなかったと言ってよい。ただ不思議な感銘を受けた。この人こそ本当に読んでくれたと確信できた。自分の心を初めて汲んでもらえたと感謝とよろこびが湧いた。その感動をたよりに、私はそれから怠りがちな勉強をつづけた。しかしその人は、未知の人から友へ、更に知己となり、師となり、ついに兄となり父となった。

（「死を思う」『吉田満著作集』下巻）

吉田は一九四八年三月の復活祭の日に今田が司祭をつとめるカトリック世田谷教会で洗礼をうける。この文章はその年の秋に『カトリック新聞』（一九四八年十一月十四日・二十一日号）に寄稿したものだ。吉田満がカトリックに帰依した経緯は、「死・愛・信仰」（『新潮』一九四八年十二月号）でも述べている。そこでも神父との邂逅を回顧する。吉田にとって今田との出会いは魂がゆさぶられるものであった。

今田は「戦艦大和ノ最期」の原稿を「両の手に抱いてそれを握りしめながら、……繰り返し拝見しました。声に出してよみました」とかたった。吉田は「初めて、自分の苦衷を汲み共に進んでくれる人に逢えたよろこびが先ず私を領した」と書く（「死・愛・信仰」『吉田満著作集』下巻）。

吉田が今田神父と出会ったのは、一九四六年初めではないかと推測する。吉田満は、一九四六年七月四日付の志垣民郎宛ての手紙で、「最近カトリック的な考への影響を受けつゝある」と書いているからだ。日銀に入行した翌年のことである。

その後、一九六〇年代になってから入信の動機を振りかえる文章のなかでも、「入信の動機というものは、複雑で微妙だから、これを正確にとらえることはむつかしい」としながらも、「私の場合は、死の体験が、それだった」とし、死を前にして、自分を喪失してしまったそのことにあったとかたっている（「死と信仰」『吉田満著作集』下巻）。

ワレ電話一本ニテ督促

大和から生還して二十年もの年月を経て、入信の動機を、死を見つめることができなかったことに求める。その言葉にいつわりはないだろう。ただ、本人もかたるように、それは、複雑で微妙なものなのだとも思う。私が『戦艦大和ノ最期』をよんだ時、その戦闘場面の映像的な描写と、死に行く人々への哀切のこもった筆致に心うごかされながら、どうしても穏やかによめない場面があった。「間斷ナキ猛襲」という見出しのついた節の終わりのほうの文章だ。

空からの爆弾と海からの魚雷はたたみかけるように大和をおそった。攻撃は波状に押しよせ、第二波の攻撃がおわるやいなや第三波がくる。その第三波で、臼淵磐は直撃弾をあび「一片ノ肉、一滴ノ血ヲ殘サズ……虚空ニ飛散」する。

米軍の雷爆混合の攻撃は戦艦大和の左側に集中、大和の左舷は一部浸水する。攻撃による浸水を食いとめるために、防水区が細かく区切られており、通常であれば防水遮断がなされ、浸水はとめられる。しかし、相次ぐ攻撃により担当する応急科員にも死傷者が出て、防水遮断ができなくなる。

左舷の被弾により傾斜は五度を超え、砲弾の運搬にも支障をきたし、士気にも影響をあたえはじめる。すみやかに注水をおこない、左右の均衡をはからねばならない。その注水の判断は、管制所の所掌だ。そこにも、魚雷一本、直撃弾三発があびせられ、機能不全におちいる。

艦長は傾斜復旧を急ぐよう幾度も指示する。しかし復旧するためには、もはや防水区以外に注水するしか方法がない。注水場所としてだされた候補が機械室及び罐室だった。そこは注水可能な最大、最低位のところで、傾斜をいくらかでもなおすには適切な場所だ。しかしそこでは、数百名という機関科員がはたらいている。

副長が無断注水を決意する。副長とは艦長の次に位置するポストだ。吉田は書く。「全力運轉中ノ機械室、罐室―機關科員ノ配置ナリ　コレマデ炎熱、噪音トタタカヒ、終始黙々ト艦ヲ走ラセキタリシ彼ラ　戰況ヲ窺ウ由モナキ艦底ニ屏息シ、全身汗ト油ニマミレ」て仕事をしているのである。その部屋との連絡は手先信号しかなく、もはや連絡がとれない。

数百人の機関科員を一度に殺すこの決定を指揮所に伝えることに応急科員は躊躇する。そこで吉田が、督促するのだ。「「急ゲ」ワレ電話一本ニテ指揮所ヲ督促」と吉田は書きのこしている。その後、以下のようにつづける。

當直機關科員、海水奔入ノ瞬時、飛沫ノ一滴トナッテクダケ散ル
彼ラソノ一瞬、何モ見ズ何モ聞カズ、タダ一塊トナリ溶ケ、渦流トナリテ飛散シタルベシ
沸キ立ツ水壓ノ猛威
數百名ノ生命、辛クモ艦ノ傾斜ヲアガナフ

最終的に大和は沈没する。そのわずかな時間の傾斜復旧のために数百人の機関科員を犠牲にするのである。むろん、それはあくまで結果から見たものだ。その時は、大和の傾斜をただし、米軍と戦う、その見込みがあったのではあろう。

もとよりその決定を下したのは吉田ではない。しかし、他の兵士が躊躇した指示を吉田がしている。そのことを吉田満は、冷徹に書きとどめている。

この場面は、一九四六年版でもえがかれてはいるが、督促した主体に「ワレ」という主語はふされていない。口語の『サロン』版では、「私は」という主語がしるされている。五二年版にも「ワレ」はある。

このくだりを読んだ時に、吉田が生還後、再度、特攻を志願したことが理解できた。それ以外の選択は考えられない。注水指示し、生還した副長の能村も、大和からの生還後、以下のようにかたったと吉田は書きとどめている。「ヨリ以上ノ死ニ場所ヲ得ル、ソレデ何ヲ言フコトガアルカ」(『戦艦大和ノ最期』一九四六年版)。上官がより以上の死に場所を得るしか、おさまりのつかない意思決定である。

しかし戦後、副長の能村はこの事実を否定したという。戦艦大和に上等水兵として乗艦した八杉康夫は「これは吉田満さんの創作ではありません。悲しいけれども事実なのです」と吉田の記述を肯定している(八杉康夫『戦艦大和　最後の乗組員の遺言』ワック、二〇一五年、二〇一頁)。八杉は『戦艦大和ノ最期』の臼淵磐の発言の信憑性に疑義を呈しているが、この注水の事実は認めている。

吉田自身、入信の動機は死を凝視できなかったことと書く。そこには、死に際して自らを失ったこと、死を見つめることができなかったこともふくまれるであろう。さらに、「重畳タル僥倖」により自らが助かったこと、その代償として多くの戦友が非業の死をとげたこともあろう。くわえて、戦友の死に自らも手を貸したという責任もあったことと思われる。

吉田は後年、歌人・岡野弘彦の歌をしばしば口ずさんでいた。岡野もまた学徒兵であった。


辛くして我が生き得しは彼等より狡猾なりし故にあらじか

NHKの制作者であった吉田直哉も、友人の志垣民郎も、吉田がこの歌を口にする姿を書きとどめている。『冬の家族』(角川書店)の出版は一九六七年なので、吉田がこの歌に接したのは、それ以降のこととなる。岡野弘彦は、折口信夫の最晩年の門弟だ。『冬の家族』のあとがきで岡野は、もともと自分は歌への執意がうすかったが、一九五三年に突然、戦時のなまぐさい記憶が心にふきあがってきたと書きのこしている。

戦時の思いをつづった一連の歌「たたかひを憶ふ」が所収された歌集の出版は、戦争が終わってから二十年以上経ってからとなる。兵士として戦争にくわわったその時の思いを言葉にすることは、容易なことではなかったのだろう。

狡猾なりし故にあらじか——、そのような感情も吉田を入信にみちびいたのではないか。江藤淳が述べたように、自らを裁くものを神に求めたのではないか。

復員軍人の神父

吉田は今田健美と出会い「自分の苦衷を汲み共に進んでくれる人」に会えた喜びを感じた。今田健美とはどのような人物なのか。今田には三度の応召経験があった。戦後、焼け野原の世田谷で宣教をはじめ、多くの有為な若者を信仰にみちびいた。今田神父の生涯も、戦前から戦後にかけての日本人の心模様を理解するよい手がかりとなるので紹介しておきたい。

今田健美は、一九一〇（明治四十三）年に北海道渡島の七飯で生まれた。今田家は代々カトリックを信仰し、健美は生後まもなく幼児洗礼を受けた。その後、一家は函館にうつり、小学校四年を修了したのちに、十歳で東京神田の帽子原料貿易商・吉沢音吉商店で丁稚としてはたらく。十三歳から十六歳の間は、吉沢商店の中国青島支店に勤務。その後、東京公教神学校に入学する。吉沢商店の吉沢家もカトリックの家で、店主の支援のもとに、今田は司祭をめざして神学校にかようのである。その自伝で、小学校卒の自分がいかにラテン語などの勉強に苦労したかを回想している（「自叙伝」『種蒔く人――今田健美神父遺稿・追悼文集』下巻、「今田健美を偲ぶ会」事務局、一九八四年）。

六年の神学校を終えて、一九三五（昭和十）年に司祭に叙階されるも、その三年後から三度の召集をうけることとなる。身長の低かった今田は衛生兵として徴兵され、第一次召集では中国に一九三八年から一年四カ月、第二次は四一年から満洲に一年八カ月、そして、第三次は四四年から内地勤務で一年九カ月、都合五年あまりの軍隊生活を送ることとなる。その三度の軍隊経験が、「戦艦大和ノ最期」を共感を持ってよんだ下地となったものと考えられる。

敗戦の二カ月後に復員した今田は、戦災で荒野となった世田谷に教会設立を思いたち、各方面にかけあったことを回想録にのこしている。幸い、東京大学教授であった中西不二夫が二階を貸すことを承諾し、中西邸の二階の八畳と七畳の和室を「教会」とした。一九四六年二月のことだった。そして、翌月の三月十七日にはじめての主日（日曜）ミサをおこなった。神父今田の教会活動を助けた平井マリによると、「飯ごうでご飯を炊き、空き缶で味噌汁を作」るそのような生活であったという（平井マリ「今田神父さまにおつかえした二十年」『種蒔く人――今田健美神父遺稿・追悼文集』下巻）。

吉田が今田神父と床をならべ話をしたのは、その中西邸の二階の教会であったと考えられる。正式に主日礼拝をはじめる前のことだ。

教会には吉田をふくめて多くの若者達があつまった。そのなかには、濱尾実、文郎兄弟がいた。濱尾実の回想によれば、一九四六年の夏に、濱尾兄弟は、母にしたがい、今田神父のもとを訪ねた。実が大学生、文郎が高校生だった。濱尾の父は子爵であり、小説家でもあった濱尾四郎だ。しかし、濱尾四郎は四十四歳の若さで他界する。のこされた母は子供達に信仰をさずけた。

兄の濱尾実は、母の命で一度だけ教会に行くこととしたが、その時にきいた「公教要理」に魅せられて、毎週神父のもとにかようようになった。公教要理とは、キリスト教の基本的な教えの要約書だ。

その後、その年のクリスマス前に、濱尾兄弟は洗礼をうける。のちに、兄の濱尾実は明仁皇太子の教育係を経て、浩宮皇太子の東宮侍従となり、その後は教育評論家として活躍する。弟の文郎は、神学校卒業後司祭となり、日本人として五人目のローマ枢機卿につく。

他にも今田神父の下には多くの若者達があつまったことが記録されている。戦後、多くの知識人がキリスト教に救いを求めた。「心の空虚を満たしたいという希望の強かった時代」であったからだ（松本信子「東銀カトリック研究会」『種蒔く人』下巻）。吉田も戦艦大和の死者の記憶という重荷をかかえ、今田のもとにかよった。吉田は今田の公教要理をまとめる仕事にも参加している。

吉田満（前列左端）と今田健美（前列中央）＝ 1949 年春（『種蒔く人』下巻）

小学校を出てから丁稚としてはたらき、三度の応召経験のある今田は、人間的にもまた、聖職者としても、魅力的な人物であったことがうかがえる。彼が説いた公教要理や文章、さらに、今田を偲ぶ回顧録が掲載されている『種蒔く人』上下巻が現在、神父今田健美の足跡をたどるまとまった活字資料だが、そこに掲載された今田の面貌は、なんとも凄みを感じさせるものだ。

『種蒔く人』には、吉田満もうつっている一枚の写真が掲載されている。濱尾文郎と福島禎一が今田神父の両脇にいる。濱尾の左に吉田がすわっている。濱尾と福島が神学校に入学する際に、今田を慕う青年達と一九四九年春にうつしたものだ。その写真の吉田は何か不安げだ。吉田は前年一九四八年の復活祭の日（三月二十八日）に洗礼をうけた。そのことはすでに書いた。その翌年の五月二十日に、世田谷教会で今田神父の司式で中井嘉子と結婚した。写真は一九四九年春とされ、結婚直前のものと思われる。

嘉子の母・静江はプロテスタントであり、嘉子も幼少の頃から、プロテスタントの教育をうけていた。吉田は、最終的にカトリックを捨て、プロテスタントに改宗するが、その苦悩が顔にあらわれているように思えるのだ。

ここで、この時期の吉田満の「横顔」、つまり日本銀行行員としての姿を見ておこう。すでに述べた通り、一九四五年十二月に吉田は日本銀行に入行する。当時友人の和田良一に宛てた手紙のなかでは、日銀の仕事を「地味でこまかい仕事」であり、「朝六時月光に霜を踏んで家を出、夜九時半寒風の中を暖い火のもとに帰る」と書いていたことはすでに紹介した。新人として、仕事に慣れることに精一杯、そのような姿がうかんでくる。

翌年一九四六年には統計局産業統計課に配属された。その時の上司は外山茂だった。外山は自由主義者として戦時中追放処分となった河合栄治郎の教え子であり、また、アララギ派の歌人でもあった。日銀のなかで吉田を理解し、支えた先輩の一人だ。吉田の死後編集された『追憶　吉田満』の編集代表にも名をつらねている。

外山を上司とした吉田は、友人宛ての手紙で、統計学の教えを請いに、大学の先生をたずねていると書く。日銀では知的な仕事をまかされるようになっていた。

同年の七月四日の志垣民郎宛ての手紙で、カトリックへの興味をかたったことは先に書いた。同時に以下のように書く。「生涯結婚はすまい……結婚生活は霊と肉との生活である」（「書簡抄（志垣民郎宛、昭和二十一年七月四日）」『吉田満著作集』下巻）。

一九四六年の吉田は、自らが生きのこった意味を考え、精神的世界を見つめるようになっていた。つまり、『創元』に掲載を予定していた「戦艦大和ノ最期」の改稿作業の前に、すでにカトリックとの出会いがあったのだ。

また、一九四六年九月二十六日の伊藤夏生宛ての手紙においては、最近ＧＨＱの関係の仕事をし、米大学のプロフェッサーとの交渉をしている、真に恵まれた仕事だとかたっている（「書簡抄（伊藤夏生宛、昭和二十一年九月二十六日）」『吉田満著作集』下巻）。一九四七年六月十日の手紙でも、参事室に勤務、戦後日本の経済について総合的な英文書の執筆をしているとしている（「書簡抄（志垣民郎宛、昭和二十二年六月十日）」『吉田満著作集』下巻）。四中、東京高校で見せた優れた能力を発揮させ、日本銀行で取りたてられていく、そのような姿がよみとれる。

一九四九年五月に吉田は嘉子と結婚する。吉田のなかで、四六年当時強かった純粋なものを求める心、それを通じて精神の内奥に向きあいたいという気持ちが、日本銀行における重要な仕事への登用や、自身の結婚によって、少しずつ現実の暮らしや仕事を重視する視点に変わっていったのではないか。

今田神父は、人間的にもまた聖職者としても、極めて魅力的な人間であったということは、彼の足跡を見れば明らかだ。同時に、宣教にかなり強引なところがあったようにも見うけられる。

濱尾文郎の回想によれば、今田神父のもとにかよい始めて数カ月で、神父から洗礼を受けるように言われた時、濱尾は「まだ要理を全部よく理解してませんので、もう少し先で……」と躊躇したところ、神父から「洗礼も受けないで、教えをわかろうとするのは生意気だ」と一喝されたという（濱尾文郎「宣教の情熱に生きた師」『種蒔く人』下巻）。

また、信徒の相原敏子は教会にかよいはじめて七カ月、公教要理を充分に理解できなかったが、洗礼をうけるために懸命に勉強をしたことを回想している。濱尾文郎の回想のタイトルの通り「宣教の情熱に生きた師」であったということなのだろう。戦争が終わり、現実の社会での楽しさを享受しはじめた吉田にとって、そのことが、徐々に重荷となっていったのではないか。

一九四八年三月に吉田とともに三十人が洗礼をうけている。うち九人が日本銀行の行員であった。そのなかには、のちに、シャルトル聖パウロ修道女会の修道女となる加瀬嘉子や、また、先に神学校にすすんだと紹介した福島禎一もいた。

実は、今田健美は日銀内部でおこなっていたカトリック研究会で、講師(指導司祭)をつとめていた。戦後、さまざまな会社で「職場伝道」がおこなわれていたがその一つであった。「戦艦大和ノ最期」の手稿が友人の手によって、今田神父にわたった。今田神父は日銀の吉田を含むカトリック研究会で、講師をつとめていたのである。それらのうちの何人かが、吉田と一緒に一九四八年三月に受洗したのだ。

満の長男・吉田望氏によれば、日銀を辞めて聖職者となったなかには、吉田自身が日銀カトリック研究会に誘った人もいたという。だから、カトリック棄教後、彼ら彼女たちに対して「きまずかったのではないか」という。

吉田は占領期、精神的な救いをカトリックに求めながら、同時に、仕事と結婚という、現世の幸福も少しずつ勝ちえていった。キリストの使徒として、宣教に情熱を燃やす今田に対して、当初は強くひかれながらも、同時に、俗世との関係に距離を置くカトリックに対して、自分とは相容れないものを感じるようになっていったのではないか。「死・愛・信仰」で以下のように述べる。

だが同時に、神父の中には一脈及びがたいもの、触れがたい一面もあった。たとえば壮年のその人が、事実上の独身生活、貞潔の生涯を送るということが、如何にして可能であろうか。彼は自由意志でその生涯を選び、しかも嬉々として貞潔を守りつづけている。

（「死・愛・信仰」『新潮』一九四八年十二月号）

ここでふれているのは、先に示した志垣に書き送った「霊と肉」のうちの後者の問題だ。吉田が一九五二年版の「戦艦大和ノ最期」の改稿の過程で、異性の問題を意識していたことは、愛する女性を持つ死者への愛惜のある文章でうかがうことができる。自らは愛する人を持たなかった。しかし、愛する人を持ち死んでいった戦友がいた。一九四九年五月に彼は結婚し、愛する人を持ち、一家をなすようになった。「愛恋ノ焔」も知ることになった。仕事においても、「地味で細かい仕事」から、戦後の経済復興にいささかの貢献ができるそのようなものに変わっていった。何かが変わった。吉田は洗礼を受けた日に「今田神父様に捧ぐ」とする歌をいくつかのこしている。二首紹介する。

わがすでにわれにはあらずわがうちに生(あ)れ出でましぬあらたなるもの

吾(あ)をつつみながれつらぬき揺りつつもむなしきわれにあふるるひかり

戦艦大和から帰還し、改めて特攻を志願したが、与えられた任務は、高知須崎のレーダー基地の設営だった。そこで敗戦を迎え、戦争では死にきれず、ふりかえれば死に際しても、そこから目を背けていた自分がいた。

多くの友が死に、遺族に対してもどのように相対してよいのか、わからなかった。「うしろめたい」という感情ばかりがつのる。そこに、神父があらわれ、一条のひかりが照らす。吉田は洗礼をうけた。

後年、今田も自身の宣教のあり方を悔いるような言葉をのこしている。吉田の死後、夫人の嘉子は、吉田が今田神父に師事していた頃の友人である水野正夫の仲介で、今田をたずねた。今田は吉田のために追悼のミサをおこなう。その際の説教のなかで、今田は出会った途端に目と目に火花が散ったと回想したという。今田にとっても吉田との出会いは極めて印象深いものであった。さらにそこで、今田は当時の自らを回顧し、反省的な悔いやお詫びみたいな話が沢山でてくることに皆さん驚かれたかもしれませんという趣旨のことをかたった。

衛生兵として戦地におもむき、そこから焼野原の世田谷で、人の家の二階から宣教活動をはじめ、翌年、寄付をつのり土地を買い求め、世田谷教会を建てる。その次の年には、米軍から流用したかまぼこ型の兵舎をつかって、信徒会館を建て……、と世田谷の荒野から宣教に邁進した。情熱が過ぎたところもあったろう。吉田の追悼ミサの時、今田健美神父は七十歳になろうとしていた。その三年後に今田健美神父は、七十一年九カ月の生涯を終える。

吉田がその早すぎた晩年、監事をつとめていた折に、兼務していた仕事がある。『日本銀行職場百年』の編集である。日本銀行が一九八二年に創立百年を迎えるにあたって、『日本銀行百年史』が企画された。同時に、その間の職員の生活や逸話をまとめた職場史の編集企画が起こり、その責任者に監事であった吉田がついた。吉田を知る人々は、彼がその仕事に意欲を燃やしていたとかたる。しかし、編集作業がはじまった翌年に急逝したため、編集作業は引きつがれることとなった。その『日本銀行職場百年』の職場におけるスポーツ、文化活動の項にキリスト教の研究会についての記述がある。

聖書研究会では阿部豊造、鈴木正久、新見宏、黒木安信らの牧師の下で熱心な研究会がつづけられ、祈禱会の講話を載せた「聖書週報」は二十二年以来現在に至るまで、一、三〇〇号近く発刊されている。また、今田神父を中心とするカトリック研究会も熱心な活動をつづけている。

(『日本銀行職場百年』日本銀行百年史編纂委員会、一九八二年、三七九頁)

吉田満はそのカトリック研究会にも聖書研究会にも籍をおいていた。聖書研究会の項で二番目に書かれた鈴木正久が、吉田に多大な影響をあたえた人物だ。鈴木は後年、日本基督教団の総会議長となり、戦時統制によって成立した日本基督教団の過ちを「第二次世界大戦下における日本基督教団の責任についての告白」、いわゆる「戦責告白」として総括、戦後のキリスト教において重要なはたらきをする。

吉田はその死の二年前に、作家の島尾敏雄と対談するが、その折に鈴木のことを、「わたしが非常に好きで尊敬していた牧師がいて」とかたっている（『特攻体験と戦後』中央公論新社（文庫）、二〇一四年、一五五頁）。

『吉田満著作集』下巻の年譜には、吉田が鈴木と知り合ったのは吉田が中井嘉子と結婚した一九四九年五月以降とされている。鈴木正久は当時、駒込教会（現西片町教会）の牧師をしており、吉田と結婚する中井嘉子の母・静江は長らく、駒込教会にかよっていた。嘉子も母にしたがい、駒込教会の会員（信徒）であった。また、中井の自宅も、教会に近い文京区にあった。

吉田満と嘉子は結婚後、中井家に近い、文京区西片町に居をかまえる。つまり、駒込教会と目と鼻の先で結婚生活をスタートさせたのである。

鈴木正久の長女・鈴木伶子によれば、現存する鈴木正久のノートのなかの日銀、あるいは吉田満に関する最も古い記述は、一九四九年一月十七日午後四時半であるという。そこには「日銀聖書研究会」の記載があり、その後、隔週月曜日に日銀の書き込みがある。伶子によれば、前年のノートがのこっていないため、鈴木と日本銀行の関係がいつからはじまったのかはわからないという。吉田は、妻・嘉子を介して鈴木正久と面識を持ち、その後、聖書研究会などを通じて、親交をふかめていったと考えられる。

吉田の友人・水野正夫の回想によれば、結婚後に吉田は日曜日の早朝、今田健美神父のカトリック世田谷教会でミサに出席し、その後、夫人と駒込教会で礼拝に参加していた（水野正夫「一葉の写真」『種蒔く人』下巻）。

吉田が『福音と現代』（五一年十一月号）に書いた文章に「底深きもの」というものがある。そこで、信仰の悩みについて率直にかたっている。「カトリックとプロテスタントの争いが浅からぬものであることは予期したが、それは純粋な意味で、信仰そのものの深みへの方向で、解き得るものと確信をしていた」。しかし、「苦しみはいち早く訪れた」というのだ（吉田満「底深きもの」『吉田満著作集』下巻）。

苦しみとは何か。「カトリック教会のみが唯一の真の教会である」と今田神父は言った。それを婚約者・嘉子に告げた。嘉子は「ではその教会以外の信者たちは（自分の周囲にいる真面目な謙譲な温かい人たちも）、救われないのだろうか」と問うた。教会の真性の問題だ。吉田には「救われた自分の平安……と神の御手への確信があった」、しかし、「プロテスタントの立派な信者は、救われるのか救われないのかという問いに対して、心の底から澄みわたって答えることが出来なかった」のだ。

この議論には説明が必要だ。当時のローマカトリックは、いわゆる法制的教会観が強く、カトリック以外に対して極めて排他的な態度をとっていた。吉田も島尾との対談で、カトリックの排他性に疑問を持つようになったとかたっている。その方向が改まるのは、ギリシャ正教との和解などを打ち出した第二バチカン公会議（一九六二年〜六五年）である。今田神父の発言は、当時のバチカンの考え方といってよい。悩める吉田は、聖職者に相談する。

日本人の神父はこう言われた。「譲り得ぬことはもちろん譲るべきではない。真理をよそにして真の平和はない。しかしいかなる場合にも神に祈るということにおける一致はあるのだ」。ドイツ人の神父はこう言われた。「争うな。議論をするな。祈り、信仰を深めるのみ。妻を心から愛するのみ」。プロテスタントの牧師はこう答えられた。「教会のうちに、すなわち十字架の上にしか真の解決はない。家庭に暖められた妥協ほど悪しきものはない。あくまで良きカトリック信者であるように」

（「底深きもの」『吉田満著作集』下巻）

日本人の神父はわからない。今田ではないだろう。ドイツ人の神父はヨゼフ・ロゲンドルフではないだろうか。ロゲンドルフは、第二章で述べた「戦艦大和ノ最期」の発禁処分を撤回すべく占領軍にはたらきかけた上智大学の神父だ。プロテスタントの牧師は、鈴木正久ではないか。

鈴木伶子氏に話を聞いた折、このくだりを見せた。彼女の反応は「父が言いそうなこと」との返答であった。鈴木はしばしば、自らが信じる信仰を究めることの大切さをかたっていたという。他の宗教、例えば仏教関係者などとも親交があった。だから、「良きカトリック信者である」ことを吉田にすすめることはありえるというのだ。

なお伶子によれば、鈴木正久のノートの「一九五〇年一月十四日」の欄に「吉田満来訪」の記載があるという。駒込教会牧師館に吉田は鈴木牧師をたずねた。もしかしたら、カトリックかプロテスタントか、その悩みをうちあけ、そして、上記の言葉を得たのが、その日なのかもしれない。そのことを今は確かめようがない。

信仰の悩みをかたった「底深きもの」で先のくだりを述べた後、「カトリックの立場から一歩退いたとき、既にそれはプロテスタントの立場……に移ったことにほかならない」と吉田は書く。吉田がカトリックから離れた理由は、妻や妻の母の影響だけではないとする。妻も母も吉田がカトリックにのこることを望んでいた。しかし吉田にとって、「信仰によってのみ救われるのか」という問題が極めて大きな問題となっていた。まさに、プロテスタントの根本問題ということなのであろう。

「私は自分の、カトリシズムに対する郷愁を否定しない。あの告解やミサの無類の体験を否定しない。あの壮大な抱擁的な立体感を否定しない」という。

吉田は米国に行く直前の一九五七年二月に駒込教会（現西片町教会）の会員となり、生涯、西片町教会の信徒でありつづけるが、同じく、駒込教会に吉田に遅れて入会した籔田安晴によれば、吉田はしばしばカトリックを評価する発言をしていたというのだ。特に「カトリックは人間理解が深い」とかたっていた。籔田は、吉田と西片町教会で役員をともにつとめた。また、三菱信託銀行に勤務していたために、仕事の上でも吉田を知る人物だ。鈴木正久は三菱信託銀行聖書研究会でも講師をしており、籔田はその縁で駒込教会の会員となる。

先にあげた島尾敏雄との対談でも吉田はカトリックについて以下のようにかたっている。

カトリックというのはなかなか懐ろが深くて、これは神父によって少し違うのかもしれませんけれども、プロテスタントの場合は自由があるようですが、自分で一生懸命やっていくということもなかなか大変ですね。人間は弱いですから。カトリックというのは、人間をよく知っている、実によく知っている……。

（『特攻体験と戦後』一五五頁）

カトリックについての肯定的評価は、島尾がカトリック教徒であったことも関係しているだろう。ただ、籔田にもそのようにかたっていたので、吉田のいつわりのない考えでもあった。プロテスタントにふれるなかでなぜ「大変ですね」「人間は弱い」という、ふくみのある表現を使っているのか。その折、西片町教会で問題をかかえており、そのことに吉田は心をいためていた。そのことは第八章「西片町教会長老として」で改めて述べる。

天の配剤

文語版「戦艦大和ノ最期」出版前にふれておかねばならないことが、右眼失明の事故だ。吉田は一九五〇年九月、自宅のそばの東京大学の体育館でバドミントンをした。一緒にいた東京高校の先輩で日銀の同僚でもあった岡昭の回想によれば、「九月初めの日曜日、台風一過で暑い日」だったという（岡昭「アクシデント」『追憶　吉田満』）。ひと勝負おわり、持ってきたサイダーを飲むことになったが栓抜きがない。鉄の柵に引っかけて栓を抜いたところ、その一つが吉田の右眼を直撃した。

吉田に「病床断想」というその時の顚末を書いたエッセイがある。私はその文章を読みすすめることが苦痛だ。栓が右眼にあたり、眼がどうなったか、傷の様子がことこまかに描写されているのだ。自分の姿を鏡にうつして「唇をゆがめて、ニヤリとした笑いがうかんでいたのが印象にある」とまで述べている。自分を突きはなし、奇禍の経緯が詳細につづられているのである。傷つけられた右眼の微細な描写を、冷静によむことができない。

岡昭も、吉田が「終始痛いとも苦しいとも弱音を漏らさず、医者とてきぱきと応答しておられたのに感嘆した」と書いている。

鈴木伶子の吉田についての最初の記憶が、その時、つまり、東大病院入院時のものだった。父の鈴木正久について、吉田を見舞った。伶子は小学生だった。印象をきくと「いつもの吉田ポーズで」という。問いかえすと、病院のベッドにきちんとすわっていたというのだ。父がたいへんだったでしょうときくと、「いえ」と何もなかったかのように答えた。

「いつもの吉田ポーズ」を伶子は以下のように解説する。「吉田さんはいつもきちんとしたところがあって、そこが近寄りがたいところがあった。教会（西片町教会）では、怖いという人さえいた」。西片町教会で吉田を知る中村雄介も、吉田が教会でいつも同じ席に「端然と坐っていた」ことを回想している（中村雄介「信仰の先達」『追憶　吉田満』）。籔田も吉田が教会ではおそろしく寡黙であったという。

吉田にある種近寄りがたいところがあったことは、何人かの人が述べている。それは、右眼が義眼であったことも関係していたことだろうし、彼の「奥床しさ」ゆえの、言葉少なさも一因だったのだろう。

吉田は一カ月間入院し、その後、体力回復のために十一月末まで箱根で療養する。カトリックかプロテスタントかという信仰の問題は、その折にも頭のなかをよぎっていたのではないか。

実は当時、思い悩んでいた別のことがあったと岡昭はふりかえる。吉田自身は作家として立つことを考えたことはないとかたっているが、岡の記憶は異なる。それは、日銀を辞めて、作家として生きていくべきかという悩みだったというのだ。

吉田は前年の一九四九年八月に銀座出版社から民間検閲支隊の改稿要求にしたがった口語版『軍艦大和』を出版していた。ちょうど、吉田の東京大学の後輩で、親交のあった平岡公威（三島由紀夫）が大蔵省を辞めた後だった。岡は療養の箱根で吉田に会う。そのとき、「転進を心の一部で考えておられたという感じがありました」と回想する。当時の吉田は、「野心満々の青年行員」「ギラギラした体臭をもった人だった」という。後年の穏やかな姿とは異なるものを持っていた。

岡は吉田に、「「戦艦大和」は戦記文学として不朽の名声を得るであろうし、吉田さんの文才も一流だが、文学を職業としていくならそれだけでは十分ではない。エンターテイメントも考えねばならず、吉田さんの真面目な、バランスの取れた才能が果たして良くついて行けるかどうか」と諭した。吉田はその話を、箱根の紅葉の下で黙ってきいていた。

吉田の右眼は義眼となった。吉田は退院後、志垣民郎に「運命はよく配合されている」とかたった。志垣は以下のように書く。「戦艦大和で生き残り、日銀就職、名作の文名は一躍高まり、幸福な結婚——とすべて順調な時に突如として起こった不幸であった。それを自ら客観的に観察して天の配剤と観るところが彼らしいと思わずにはいられなかった」（志垣民郎「吉田満の失意について」『吉田満著作集』下巻、月報）。

毒をきよめて新生を吹きこむちから

一九五二年四月二十八日、サンフランシスコ条約が発効。占領は終わり、日本は独立を果たす。占領軍のプレスコードも廃止され、「戦艦大和ノ最期」の文語版はその年の八月に創元社より出版される。一九五二年版のあとがきで「戦艦大和ノ最期」執筆の動機を書いている。

敗戦という空白によって社会生活の出発点を奪われた私自身の、反省と潜心のために、戦争のもたらしたもっとも生々しい体験を、ありのままに刻みつけてみることにあった。私は戦場に参ずることを強いられたものである。しかも、戦争は、学生であった私の生活の全面を破壊し、終戦の廃墟の中に私を取り残していった。——しかし、今私は立ち直らなければならない。新しく生きはじめねばならない。単なる愚痴も悔恨も無用である。——その第一歩として自分の偽らざる姿をみつめてみよう、如何に戦ってきたかの跡を、自分自身に照らして見よう——こうした気持ちで、筆の走るままに書き上げたのである。

（「『戦艦大和ノ最期』初版あとがき」『吉田満著作集』上巻）

『戦艦大和ノ最期』をかたる際にしばしば引用される文だ。この文章を幾度となくよんだが、「新しく生きはじめねばならない」という言葉にあまり注意をそそぐことはなかった。あとがきの後ろのほうでは、以下のようにも書いている。

敗戦によって覚醒した筈の我々は、十分自己批判をしなければならないが、それ程忽ちに我々は賢くなったのであろうか。我々が戦ったということはどういうことだったのか、我々が敗れたというのはどういうことだったのかを、真実の深さまで悟りえているか。——少くとも私は、そうではない。私は考える。先ず、自分が自分に与えられた立場で戦争に協力したということが、どのような意味をもっていたかを、明らかにしなければならない。私の協力のすべてが否定されるのか、またどの部分が容認され、どの部分が否定されるのかを、つきとめなければならない。そうでなくて、日本人としての新生のいとぐちを、どこに見出し得よう。

ここでは、「日本人としての新生のいとぐち」という言葉が使われている。

鶴見俊輔は「期待の次元」という概念で「戦艦大和ノ最期」を評した。私は鶴見の吉田論の文脈のなかで、この「新生」の意味を理解していた。「期待の次元」での復元をし、そこから「新しく生きはじめる」「新生」をするということだ。

キリスト教について無知な自分に、「新生」に特別な意味があることを教えてくれたのは、青森松原教会の大澤求牧師だった。

青森松原教会をたずねたのは、吉田満が日銀青森支店長時代（一九六五年十月〜一九六八年二月）に、松原教会の前身の長島教会の礼拝に参加しており、当時を知る人がいないかと思い、訪問したのである。二〇一六年の九月のことだった。

松原教会には吉田の足跡を確認できる資料はさほどなかったが、「吉田さんは、以前はカトリックだったのですね」といって、『軍艦大和』の一部のコピーをくれた。会員の一人が、図書館からコピーしてきてくださったという。そのエッセイのタイトルは「新生」となっていた。プロテスタントの影響のあるタイトルであることを牧師はかたった。よむと、「死・愛・信仰」と同じ文章である。

「死・愛・信仰」が『新潮』に掲載されたのが一九四八年十二月号だ。その後、同じ文章が、一九四九年八月十日に出版された『軍艦大和』に「新生」という題で再録されているのである。つまり、四九年の前半期に「死・愛・信仰」は「新生」というタイトルに改められたのだ。

キリスト教の言う「新生」の出典の一つが、新約聖書の「ヨハネによる福音書」三章にある。三章の一節から七節をひく。

さて、ファリサイ派に属する、ニコデモという人がいた。ユダヤ人たちの議員であった。ある夜、イエスのもとに来て言った。「ラビ、わたしどもは、あなたが神のもとから来られた教師であることを知っています。神が共におられるのでなければ、あなたのなさるようなしるしを、だれも行うことはできないからです。」イエスは答えて言われた。「はっきり言っておく。人は、新たに生まれなければ、神の国をみることはできない。」ニコデモは言った。「年をとった者が、どうして生まれることができましょう。もう一度母親の胎内に入って生まれることができるでしょうか。」イエスはお答えになった。「はっきり言っておく。だれでも水と霊とによって生まれなければ、神の国に入ることはできない。肉から生まれたものは肉である。霊から生まれたものは霊である。『あなたがたは新たに生まれねばならない』とあなたに言ったことに、驚いてはならない。」

（「ヨハネによる福音書」三―一～七『新約聖書』日本聖書協会、一九八七年）

聖書には長年にわたる研究蓄積があり、この聖句をどのように解釈するかは私の能力のおよぶところではない。ただ、ユダヤ教のファリサイ派にニコデモという人がおり、その人が夜イエスをたずねて、教えをこうた。そして、イエスは、ニコデモに、新しく生まれなければならないと説いた。そこから、キリスト教において、新しく生まれなければ神の国を見ることはできないこと。さらに、そこには霊と肉が関係しており、新しく生まれるためには、洗礼が必要なこと、そのことは理解できる。

しかし、吉田が使っている「新生」はこの聖句に直接的に結びつくのか確信が持てない。新生の出所を、聖書にだけ求めるのは無理があるとも思う。
ただ、『軍艦大和』で「新生」と併載されている「終りなき貫徹」の以下のくだりをよむと、信仰の影響を強く感ずる。
戦艦大和から生還して、佐世保の病院で床にふしている夜、死んでいった戦友があらわれる。無言で、こちらの眸のなかを見すえるように立ちつくしている。その眼に、どう答えればよいのか、吉田は煩悶する。すでに第二章でひいたが、その後で以下のように述べるのだ。

死に果てたかれらの、いまはの心には、俺たちへの、精魂こめた希願が盛りこまれていたのだ。もろともに捕らえられていたこの愚かしい狂乱のうちから、生きのこった俺たちに、その毒をきよめて新生を吹きこむちからを、切望していたのだ。

（「終りなき貫徹」『吉田満著作集』下巻）

「毒をきよめて新生を吹きこむちから」を死んでいったものたちは望んでいた。吉田は彼ら戦友の死をそのようにとらえたのである。
吉田はキリスト教から、「新生」の概念を自分なりに吸収し、戦友たちの死の意味づけをはかったのではないか。彼らは死ぬことにより、旧時代（軍国日本）の毒を清め、新生がはかられる、そのように望んでいたと吉田は解釈したのではないか。「終りなき貫徹」のなかで、ひいた文章の後で、「かれらを生かすも殺すも、ただ俺たちの生き方にある」と書いている。その言葉は戦後の吉田の考え方を雄弁にかたるものだ。

ただ、「新生」という概念を、吉田がキリスト教からのみ引用したとも思えない節がある。一九四五年十月の伊藤夏生宛ての手紙に、「この時をして、我等が新生の日となるべし」とかたっている。志垣民郎に「最近次第にカトリック的な考への影響を受けつつある」と書いたのが、翌年七月だ。おそらく、吉田はキリスト教に接近する以前から「新生」という言葉を使っていたのだろう。吉田は青年期に、ダンテの「新生」にも、島崎藤村の「新生」にも接していたことだろう。

この問題を考える際に思い起こすのが、臼淵磐の「敗レテ目覚メル」というあの言葉だ。実は、「敗レテ目覚メル」は、大和生還者のなかで、吉田の創作ではないかという声がある。先に、大和の機関室への注水のくだりで紹介した元上等水兵・八杉康夫もその一人だ。八杉は以下のように述べる。その節の見出しも「ありえない「新生日本」」である。

臼淵磐さんは二十一歳でした。みんな大和の上で「アメ公見ておれ」と向かっていこうとしていたときに、いくら冷静な男でも、敗戦を見通したような、「新生日本」など、そんなことを言うはずがありません。当時日本は、神としての天皇を頂点に戴く立憲君主国でした。その時代に「新生日本」とは、天皇制を否定する革命思想に他なりません。沖縄決戦に臨む前夜、「敗れて目覚める」。そんな兵学校出の士官が大和にいたんですかね。明らかに吉田満さんが戦後の視点で書いた文章ですよ。

（八杉康夫『戦艦大和　最後の乗組員の遺言』一九六頁）

その後八杉は、もしそのようなことを臼淵がかたったのだとしたら、従兵を通じて、自分達にもきこえてくるはずだ。生還者からもそのような話をきいたことがないというのである。
そのような疑問の声に答えるべく書かれたのが「臼淵大尉の場合」なのであろう。ただ、「臼淵大尉の場合」のなかの臼淵磐は文学的感性にあふれ、情緒豊かな人物であることは理解できるが、しかし、戦後の新しい日本を夢想する人物であったとするそのようなエピソードがえがかれているかというと、そうとはいえないと思う。
ただし、臼淵のこの言葉は、すでに民間検閲支隊により発禁となった一九四六年版の初稿にもあらわれている。以下だ。

進歩ノナイ者ハ決シテ勝タナイ、負ケルコトガ最上ノ道ダ、ソレ以外ニドウシテ日本ガ救ハレルカ、今目覺メズシテイツ救ワレルカ、俺達ハソノ先導ダ

一九五二年版での臼淵の言葉はすでに引用したのでここでは省略する。実はこれに類する言葉は、のちに「新生」と題名を変えた「死・愛・信仰」にも出てくるのである。

私たち同志〔学徒兵〕は、私語せねばならなかった。――戦いは必敗だ。いな、日本は負けねばならぬ。負けて悔いねばならぬ。悔いて償わねばならぬ。そして救われるのだ。それ以外に、どこに救いがあるのだ。――然り、めでたき敗戦の日までの決死行。俺たちこそその先がけ。新生へのはえある先導――微笑を含んだ声が答える。だがその微笑の何と弱く、寂寥をさえ含んでいたことであろう。われわ

れは、ぎりぎりの確信を欠いていたのであった。

（「死・愛・信仰」『吉田満著作集』下巻）

およみいただくとわかる通り、二つの表現はかなり異なる。微笑をふくんだその声が、臼淵磐のものなのであろうか。だが、微笑は弱く、寂寥をふくんでいたとしている。五二年版でえがかれたような、「敢エテコレニ反駁ヲ加エ得ル者ナシ」という力強いものではない。

臼淵磐が、その種の発言をした、吉田がそのように聞いた。そのことにいつわりはないだろう。随筆や対談で、臼淵磐をかたる際の吉田の口調によどみはない。

しかし、その言葉に「敗レテ目覚メル」という語があったのかどうかは、なんとも分からない。臼淵の言葉に、吉田が考える新生が多少とも反映されているのではないだろうか。

臼淵の発言があったのかなかったのか、ここでは断定はできないが、ただここで言えることは、吉田はその信仰によって、本来ともに死ぬはずであった友の死を、新たなものが生まれる契機としてとらえなおしたのではないかという点だ。むろん、実際にそのような戦友たちの声も吉田は聞いていた。学徒の手記にも、未来への期待がこめられていた。そのことによって、新生日本が立ちあらわれた、と考えた。彼らが過去の毒を消してくれたのである。それは、そのように考えなければ、どうにもならないような心の重荷を吉田がかかえていたからでもある。「死を思う」の最後のほうで以下のようにかたっている。

少なからぬ人が、最後まで敢闘し、従容として散華した。多くは仏教者であった。だがそこに物足りぬ気持ちが捨て切れなかった。なぜか。彼においては、立派に生きることがそのまま直っすぐに立派に死ぬことにつらなっただろうか。いな、私はそのまなぞこに諦観、寂寞を見たのだ。彼らは堪える力がすぐれていた。だが、死を迎え、よろこび進んで自分を任せることはできなかったのだ。ついに否定から肯定に転ずるすべを持たなかった。

（「死を思う」『吉田満著作集』下巻）

死者は「ついに否定から肯定に転ずるすべを持たなかった」と言う。であるからこそ、否定を肯定に転ずる仕事は、生きのこったものの使命となる。

そのような感情のもとに、一九五二年版は改稿されたのではないか。死者の記憶と自身が死に向かった感情の追記である。それは、江藤淳が述べたように「記憶の補塡」であり、ある意味で「戦後思想の流入」と言えるものであった。しかし、それは、戦中の価値と戦後の価値という二項の対立ではなかった。

江藤淳の言う「戦後思想の流入」についてもう一つ述べておかねばならないことがある。「初出の問題」の終わりのほうで、江藤は「戦艦大和ノ最期」の現行流布版において現代かなづかいが使用されていることをあげ、「作者は、さらに敗北しつづけていたのではないだろうか」と述べている。戦後においても、文語文で書かれたものは歴史的かなづかいを用いることが慣行になっていることがその理由だ。しかし、この記述は吉田の意図をくみとったものではない。

江藤が現行流布版と称するものは、一九七四年に講談社より刊行された『鎮魂戦艦大和』と思われる。『鎮魂戦艦大和』は「臼淵大尉の場合」「祖国と敵国の間」に、同年八月に刊行した『戰艦大和ノ最期』（決定版保存版）の三篇をのせたものだ。

たしかに、『鎮魂戦艦大和』に掲載された「戦艦大和ノ最期」は、現代かなづかいで書かれている。しかし、一九七四年に北洋社から刊行された『戦艦大和ノ最期』は、歴史的かなづかいが使われている。北洋社版のあとがきで吉田は「初版刊行当時の背景を尊重して、旧仮名遣い、片仮名、本漢字の体裁はそのままを踏襲し、保存版たることを期した」と書いている。『鎮魂戦艦大和』の「戦艦大和ノ最期」は、北洋社版を新字体、現代かなづかいに改めたものだ。

では、「戦艦大和ノ最期」の各版の表記はどうなっているのか。四一頁にしめした一覧において、文語版A、B、C、Gは正字（本漢字）、カタカナ、歴史的かなづかいとなる。しかし、その後、G版の「戦艦大和の最期」（五二年版）は、多くの戦争文学やノンフィクションの選集におさめられ、文庫にもなっているが、その際は、読みやすさを考慮して、新字体、現代かなづかいが使われている。ひらがな表記になっているものもある。そこには、著者の許可を得てなおした、と書かれている。

しかし、一九七四年の決定稿は、正字、カタカナ、歴史的かなづかいにもどされている。つまり、吉田は正字、カタカナ、歴史的かなづかいを基本としているが、それを一旦出版した後は、新字体、ひらがな、現代かなづかいの普及版を認めるという態度をとっているのだ。

ここまで拙著を読まれた方のなかには、杓子定規に原典の表記をひきうつしていることにわずらわしさを感じ、特に「戦艦大和ノ最期」に関して、カタカナ表記はいたしかたないにしても、かなづかいと漢字は、現代のものになおしたほうが読みやすい、と感じられた向きもいたと想像する。

私が出典を忠実に引用したのは、江藤の指摘があったがゆえだ。言うまでもなく、かなづかいの問題は、「戦後」を考える際に、重要な問題をふくんでいるので、そのようにした。読者のご了解をいただきたい。

なお、現在、書店で手にとることができる『戦艦大和ノ最期』は講談社文芸文庫のものだが、それは、『鎮魂戦艦大和』を底本としているので、新字体、カタカナ、現代かなづかいである。

「戦艦大和ノ最期」の内容にもどる。

「戦艦大和ノ最期」はキリスト教にいう告解としてよめる。自らのなしたことをありのままに告白する。それを裁くのは自分ではない。自分ではないというのは適切な表現ではない。未来の自分もそれを裁きえるかもしれない。しかし、現在の自分は裁くことはできない。

一つだけ付けくわえておきたい。戦艦大和の死者として、吉田がのこしたものは、士官の死であった。そこには学徒兵のみならず、海軍兵学校出身者もいた。しかし、軍人の最下位の階級である兵についてえがかれてはいない。

えがけなかった理由として、海軍において士官と兵とが全く異なる身分であり、吉田が兵士の置かれた情況を理解しておらず、それゆえに、彼らに充分な感情移入ができなかったという事情もあろう。しかし、吉田は、機関科員ら兵の死に加担している。吉田の思考にそって考えれば、兵士の死の記憶をのこす責任がある、使命がある。

吉田もそのことを意識していたと思われる事実がある。東眞史によれば、吉田は、「臼淵大尉の場合」「祖国と敵国の間」『提督伊藤整一の生涯』を書き終えた後、甲板の下にいた兵士の視点からの戦艦大和の物語を構想していた。兵卒として大和に勤務し生きのこった人々にも取材をかさねていた。神奈川近代文学館にもその取材ノートがのこされている。しかしそれは、吉田の早すぎた死によってみのることはなかった。

第五章　日本銀行ニューヨーク駐在員事務所

『戦艦大和ノ最期』を読んだ時、奇異に感じたことがある。それは、敵である米軍を冷静にえがき、時にその攻撃に賞賛の言葉さえおくっているのである。戦艦大和は一九四五（昭和二十）年四月七日の開戦後、米軍空母から飛び立った戦闘機による爆弾と潜水艦からの魚雷の激しい攻撃をうける。開戦直後に駆逐艦・浜風が攻撃を受けて轟沈。大和にも魚雷がせまってくる。その様子が以下のようにつづられている。七四年版からひく。「雷跡ハ水面ニ白ク針ヲ引ク如ク美シク、「大和」ヲ目指シ数十方向ヨリ靜カニ交叉シテ迫リキタル」。

天一号作戦は吉田にとって初陣であった。せまりくる魚雷の軌跡が「美シク」見える。その描写がなんとも不可思議に思えたのだ。戦闘とはそのようなものなのか。

魚雷をかわすべく、最大速度をふりしぼって操舵するも、ついに左舷に魚雷をあびる。その時の参謀長の言葉。「襲撃ハ極メテ巧妙　避彈ノ巧緻、照準ノ不敵、恐ラク全米軍切ツテノ精鋭ナルベシ」。

攻撃の第二波で、百機以上の編隊が大和にせまる。「米編隊ハ不可避ナル一部ノ犠牲ヲ豫メ計量シ、迂遠ナル彈幕回避方法ヲ棄テテ、マツシグラニ照準ノ「ベストコース」ヲ雪崩レ込ム」。米軍機の進路をしてベストコースと称しているのである。

魚雷攻撃は左舷に集中、ついに大和は平衡をたもてなくなる。左右の均衡をはかるためには右舷の防水地域に注水せねばならない。第四章でえがいた機関室及び罐室への注水の場面だ。その悲劇ののちに第四波の攻撃がくる。そのときの米軍についての描写は以下だ。

正確、緻密、沈着ナル「ベストコース」ノ反覆ハ、一種ノ「スポーツマンシップ」ニモ似タル爽快味ヲ殘ス　我ラノ窺ヒ知ラザル強サ、底知レヌ迫力ナリ

米軍の攻撃に向かう精神をスポーツマンシップと形容している。それは、日本軍の攻撃が、あまりにも拙劣である対比としてかたっているのかもしれない。しかし、数百名の兵士が死んだ直後のことである。大和が沈没するまじか、「断末魔」という小見出しが付された節では、「掠メ去ル虚脱感ノウチニ、ムシロ敵ナガラ天晴トノ感慨湧ク」という言葉ものこしている。

戦争というものはこういうものかという感想を持つ反面、いまひとつ納得のいかないものもあった。それはたぶんに、八杉康夫が書いている通り、多くの兵や士官にとって米国との戦いは、「アメ公見ておれ」という気持ちのほうが強かったのではないかということだ。「戦艦大和ノ最期」の一部には、江藤がいうように、また八杉が述べるように、大和の完膚なきまでの敗北を、吉田が戦後の頭に切りかえて書いたものではないか。そのような疑問がのこった。

特に先入主はない

吉田満にはかつての敵国・アメリカでの生活経験がある。一九五七年二月から一九五九年二月までの二年間、日本銀行ニューヨーク駐在員事務所に勤務していたのである。吉田が赴任したのは、日本が独立してわずか五年後のこと、日米の差が歴然としていた時代だ。アメリカ行きの行程も、プロペラ機で太平洋のウェーク島まで飛び、そこで一泊してから米本土へ向かうそのような長旅であった。

米国赴任は当然のこと、エリートが歩むコースである。吉田が事務所勤務をはじめた翌年の五月に、参事として着任したのは前川春雄であったし、後輩としてやってきたのは三重野康だった。前川は吉田の死の直後に日銀の総裁に就任し、その後は前川レポートをまとめて、戦後経済に名をのこす。また、三重野も一九八九年から総裁をつとめている。

吉田がのこした文章のなかで、米国での経験をつづったものはさほど多くない。数少ないもののなかに、「異国にて」という文章がある（原題は「「戦艦大和」異聞」）。帰任後一九五九年十二月号の『新潮』に発表した文章である。その冒頭は以下のように書かれている。

私は昭和三十二年の初めから三十四年の春まで、勤めの関係で二年あまりニューヨークに滞在した。二年という期間は、旅行者というには長く、アメリカ生活を味わいつくすというには短く、駐在員の誰もが味わわされるかりそめの異国生活であった。

（「異国にて」『吉田満著作集』下巻）

そのあとに以下のようにつづる。

アメリカの土を踏むに当たって、私には特に先入主はなかった。過去にアメリカ人とじかに触れ合った経験といえば、戦争で相見えたこと以外にはないが、海軍の戦闘には、陸軍のように一対一で撃ち合うというギリギリの敵対感はなく、むしろ海戦という壮大な悲劇の演出に協力し合う一種の共感がある。しかも、彼らの戦闘振りが合理的、計画的で、単に敵を撃つのに勇敢であるよりも、与えられた任務を全うすることに徹し切っていた事実は、内からそれを支えるものが何であるかについて、一つの関心を私に植えつけていた。

この文章は帰任後に書かれたものであるが、かつて戦った敵をこのように冷静に見ることができるのかと不思議な思いがのこった。自爆的な要素があるにしても、大和に乗艦した約三千名の士官と兵士を殺したのはまぎれもなく米軍だからだ。

取り返す青春

吉田の追悼集『追憶　吉田満』には「ニューヨーク慕情」という章がある。前川春雄や三重野康など日銀関係者と、他組織のニューヨーク駐在員が回想文を寄せている。そのなかにあって異彩をはなつのが、本間長世、千枝子夫妻の文章だ（本間長世「ニューヨークの青春」、本間千枝子「ミネルヴァの梟」『追憶　吉田満』)。

本間長世はのちに東京大学でアメリカ文化を教える。妻・千枝子はエッセイストとして活躍する。当時長世は、コロンビア大学の学生で、ニューヨークで千枝子と結婚生活をおくっていた。千枝子は、日本銀行ニューヨーク駐在員事務所ではたらいていた。

本間長世、千枝子夫妻がえがく吉田満は、戦友の記憶をいだき、時に同期の桜を鬼気せまる調子でうたう吉田とは全く異なるものだ。洒脱で格好がいい。それも吉田の一つの顔であった。

長世と千枝子はしばしばマンハッタンで吉田と出会った。レストランの時もあれば、劇場の時もあった。当時の日銀ニューヨーク駐在員事務所は、事務所の管理職である参事と次長は家族帯同がゆるされたが、その下は単身赴任で、吉田も家族を東京にのこしていた。

前川は、吉田が「持ち前の旺盛な探究心から、ふつうの人がいかないような場所も知っていた」ことを書きのこしている(前川春雄「ニューヨークの吉田君」『追憶　吉田満』)。ニューヨーク駐在員事務所で一緒に勤務した上野正によれば、音楽、オペラ、ミュージカルに吉田が強い関心をしめし、カーネギーホールに、また、オペラを見るためにメトロポリタン劇場にと足しげくかよっていたという(上野正「旅と音楽と」『追憶　吉田満』)。

東京高等学校同級生の住吉弘人は戦後、日本興業銀行につとめ、吉田と同時期にニューヨーク駐在となる。吉田の発言を書きとめている。「日本人のなかには冷蔵庫や車やテレビなどを買って、帰国時にもって帰ることを考えている奴がいるが、自分は日本に持って行けない無形の文化財と人を知ることに金を費っているつもりだ」。東京高校で文芸部員、図書委員という同じ文芸派であった吉田が、一段と成長をとげたと感じた（住吉弘人「グリニッジヴィレッジ」『追憶　吉田満』）。住吉弘人は、第一章で紹介した「鎮魂歌」の住吉である。

本間長世が初めて吉田に会ったのは、ブロードウェイ百二丁目の「大上海」という中華料理店だった。吉田は一人で食事をとっており、本間夫婦に気づき、二人のところに席をうつした。本間の初対面の感想は「センスのある愛想の良い紳士」というものだった。その後、本間夫妻と吉田は、ブロードウェイで芝居を見、食事をするという交流をつづける。

千枝子の回想にはさらに洒脱な吉田像がえがかれている。彼女が憧憬をもって吉田を見ていたことがうかがえる。当時、日銀ニューヨーク駐在員事務所には、四人の女性秘書がおり、その一人としてはたらいていたのである。吉田は、千枝子がつとめはじめた数日後に出張からもどってきた。吉田は、風呂敷包みをかかえていた。そのなかには、日本語と英語の本が数冊はいっていた。

吉田は貪欲にアメリカ文化を吸収している、そのように千枝子にはうつった。吉田は芝居をよく見た。そして、その芝居の英語が理解できないと、戯曲をよみ、それから再度観劇をする、そのようなこともあった。千枝子は吉田に頼まれて、自身が通う大学の図書館から、脚本を借りたことがあった。

吉田は秘書の女性たちに、レックス・ハリソンの話をし、ジャック・パランスの話題をとりあげた。レックス・ハリソンもジャック・パランスも、当時人気のあった男優だ。夜は、グリニッジヴィレッジのバーや、また、ジャズをききにハーレムにも出かけた。

米国人の秘書の一人は、吉田が一人でハーレムに出かけていることを知り、警察官の夫に、ハーレムがいかに危険かかたってもらったほうがよいと心配するほどだった。吉田がジャズをききに、ハーレムの中心である百二十五丁目界隈にしばしば出かけていたことは複数の人が『追憶　吉田満』で回想している。千枝子は二冊の書籍の思い出話をのこしている。一冊は、ボーヴォワールの『アメリカその日その日』。千枝子がはじめて吉田に会った時、吉田が抱えていた風呂敷のなかにはいっていた本にその一冊があった。吉田は『アメリカその日その日』をほめた。しかし、第一次世界大戦と第二次世界大戦の間の戦間期に、欧州の視点で米国を批判するその書に、千枝子は月並みさを感じ、自分の心をとらえなかったという。

逆に千枝子がおした本に、マルカム・カウリーの『逃亡者の帰還』があった。マルカム・カウリーは、いわゆる「失われた世代（ロスト・ジェネレーション）」の代表的作家で、その後の米国文学に少なからぬ影響をあたえている。千枝子は、カウリーを吉田に推薦する。するとしばらくしてから、あれは名著だと、吉田がかたったというのだ。ロスト・ジェネレーションの作家を読む吉田満。「戦艦大和ノ最期」の吉田はそのような吉田でもあったということを知った。

本間長世は吉田の発言を書きとどめている。一緒に芝居を見てから、食事をしたときのことだった。吉田はぽつりと「自分には青春時代がなかった。戦争に行って、終わるとすぐ社会人となり、ニューヨークに来てしまった。あなた方を見ていると、自分の青春を今ここで取り返しているような気がする」とかたったのだ。

時代はかなりくだるが、本間長世は最後に吉田と会った時のことを書きのこしている。一九七七年の冬の初め、吉田が亡くなる二年前のことだ。本間夫妻は自宅に、コロンビア大学のジェラルド・カーティス夫妻と、ニューヨーク時代に懇意であった作家の石垣綾子、そして吉田満を招待し、食事をともにした。そこで、青春を過ごしたニューヨークを舞台に吉田と二人で、本を書こうということとなった。タイトルは『一九五〇年代ニューヨークの青春』、依頼する写真家も決めた。

想像するに、そのような話になったのは、前年に公開された映画『グリニッジヴィレッジの青春』が影響していたのではないか。『グリニッジヴィレッジの青春』は、一九五三年のニューヨークを舞台とした青春物語だ。演劇の勉強をするユダヤ人青年を主人公とし、作家、画家などをめざす若者たちが登場する。登場人物は皆いちように心に傷を抱え、バランスを欠いていた。吉田も本間夫妻も一九五〇年代のグリニッジヴィレッジの空気を吸っていた、それを懐かしむ気持ちがあったのだろう。

それから二年もたたずに吉田はこの世を去り、五〇年代ニューヨークを舞台とした書籍は世にでることはなかった。もし『一九五〇年代ニューヨークの青春』が出版されていたら――。戦艦大和学徒兵・吉田満と全く異なる吉田像が、世にあらわれていたこととなる。

激しい愛着と反発

東京高校で同級生だった石原卓は、以下のように回想している。

昭和三十三年秋、紐育に勤務する満さんを訪れた際、当時の前川駐在参事を助けてドスのきいた米語でてきぱきと事務所をとり仕切る傍ら、多くの米人を友としてダイナミックな米国社会の探求にあくなき情熱を燃やしていた満さんの姿。そしてそのような米国に日本の如き小国が無謀にも戦を挑んだ愚かさを口惜しがっていた彼の心底には、いつかは必ず米国を追い抜こうとする負けじ魂がうかがわれた。

（石原卓「谷間の叫び」『追憶　吉田満』）

ダイナミックな米国社会の探求にあくなき情熱を燃やしていた吉田満。同時に米国を冷静に見る眼も持っていた。大蔵省からニューヨークに赴任していた片桐良雄の回想によれば、片桐家をおとずれた時のゲストブックには、ニューヨークを去るときの吉田の言葉がのこされている。「アメリカを去るに当たって、はげしい愛着と反発とが交錯しています」(片桐良雄「私のゲストブック」『追憶　吉田満』)。

反発とは何か。それは、ボーヴォワールの『アメリカその日その日』に通じるもの、つまり、飽くことなく物質文明を追求する人々ではないかと想像される。

吉田満は、西片町教会へ二通の手紙をおくっている。一通は『西片町教会月報』の一九五七年十一月号に掲載され、もう一通は翌年の一九五八年六月号にのった。第一信で吉田は以下のように書く。すでに述べた通り、渡米直前に吉田満は、西片町教会の会員となっていた。

私のアメリカ生活もいつの間にか半年以上たちました。今は全く異物感もなく異邦人であることを忘れて、ニューヨークの空気を呼吸しております。しかし私がアメリカについてもっとも大きな抵抗を感じるのは、彼らがあらゆる欲望を最高度に満たすことをモットーにしているという事実に対してです。彼らが子供のように、あるいは古代の貴族のように、幸福な生活をエンジョイしているのを見ると、このように現実の満ち足りた安らかさを求めることが、この国のすべての政策の根本であり、また建国以来の使命につながる道でもあるということがうなずかれます、そして、欲望をコントロールすることが本当に欲望を生かす道であるという真理を学んできたはずの人間の智慧は、一体どこに行ったのだろうかと疑わずにはおれません。

（「ニューヨークから第一信」『吉田満著作集』下巻）

第二信では具体的に、米国のキリスト教についての違和感を述べている。

月報拝見、教会を中心とした、地味な、いわば内面的な日本のイースターについての記事を読み、一方この地のイースターが、コンサートそのままの溢れるような音楽と街を埋めるニューモードの帽子とはなやかな社交とに飾られていることを想わされます。

（「ニューヨークから第二信」『吉田満著作集』下巻）

吉田はある週末、キリスト教の修養会に参加した。二十名弱の参加者のなかに外国人はスイス人の青年と吉田の二人であった。修養会の活動は、朝の礼拝、日中の討論会、夕方の礼拝、そして土曜の夜のキャンプファイアーのもとでの讃美歌斉唱、日曜日は聖餐式というメニューであった。しかし、そこでの討論会が深みのないものであったことを吉田はしるしている。終わったところで、吉田とスイス人の青年は牧師に呼ばれ感想をもとめられた。吉田は「自分の国では教会というものはもっとシリアスなものだ」と答えた。スイスの青年もその言葉にうなずいた。

牧師は「教会は前進しつつある。教会員はふえているし、皆熱心だ。しかし、彼らはコーラスや教会の予算や花壇の花についてだけ熱心なのだ。彼らは何と幸福すぎるのだ。そしてキリストを知ることの何と貧しいのだろう。自分はどうしたらいいのか」と率直に答えた。

米国への違和感は「異国にて」でもしめされている。「異国にて」では、戦艦大和の生きのこりとして、吉田が「勇者」としてあつかわれたこと、しかしハワイで、真珠湾攻撃で沈めた戦艦アリゾナの見学ツアーに参加しようとした際、船の欠航を理由にことわられ、後で、日本人は参加できない暗黙のルールがあると知らされたことを紹介している。その後に、戦艦大和の攻撃に参戦した二人の兵士との出会いがしるされる。

一人は元パイロット、場所はグリニッジヴィレッジのバーだ。その元パイロットは、空母との間を十六回往復し、戦艦大和を攻撃した。彼はそのことをなんの屈託もなくかたったのである。「敵の選手から「今日はシュートを十六回もしたんだぞ。全く苦労させやがる」というようなことをいわれているゴールキーパー、私の気持ちはそれに近かった」と吉田はいう。

ヒューストンで案内してくれた船長が、戦艦大和を攻撃した潜水艦の機関長だということがわかった。彼の話も作戦に従事した緊迫感の描写に終始した。その背後に、生きている日本軍がいたことが欠落していたとし、吉田はつづける。

この青年パイロットと中年の機関長は、どうして戦争をこんなに割り切っているのか。職業軍人に徹して戦ったのだ、などといってみても片付きそうもない。単に好戦的だとか、非情だとかいうものとも違う。戦争の苦悩や悔恨は一かけらもないが、ただスポーツのように、ただ狩猟のように戦ったという以上の何かがあるように思える。／アメリカ人の血の中には、どんなに善良で平凡な奴でも、〝戦い〟の忘我と陶酔へのあこがれが流れているに違いない。彼らの血はまだ生々しく荒れている。曽祖父はインディアンの矢きずをうけたかもしれないし、祖母はほろ馬車の中で生まれたかも知れない。しかもそれは過去だけではなく、彼らの人生には今日もなお〝戦い〟が充満している。

ある日、ニューヨークのバーで、一人の青年と出会った。彼は、朝鮮戦争に参加し、そこで、五百人もの人間を殺した。東洋人である吉田と少し話し、重い口をひらいた。彼は殺戮の記憶にさいなまれている。青年は吉田と幾度もグラスをかさねた。しかし、彼の童顔に酔いはあらわれない。

彼がとりつかれているのは、大量殺人に対する良心の呵責とか、彼をそれに強いた戦争そのものへの憎悪とかではなく、火焔放射器のボタンを押し、バズーカ砲の引き金をひいたその実感への、ただ生理的な恐怖にすぎないように思われる。このような苦悩には、人に訴えかけるだけの奥行きがない。

吉田は、戦艦大和の攻撃に参加した二人の兵士と、朝鮮戦争のトラウマにとらわれた青年をひきつつ以下のように述べるのだ。

戦争に肉体的に陶酔する人間と、肉体的に恐怖する人間、この国にはこの二つのゆき方があるだけで、その中間がない。戦争のもつ泥臭い真率さや充実感をなかば受け入れながら、一方でその窮極の空しさに苦しむという苦悩は、彼らにはありえない。戦争が骨に食い入る傷にまで進むことは、ついにないのであろう。

この文章を読んだ時、吉田の戦争に対する問題意識がいささか理解できたような気がした。「戦争のもつ泥臭い真率さや充実感をなかば受け入れながら、一方でその窮極の空しさに苦しむという苦悩」、その二極に両足を乗せ、そこで答えをだしつづけるということなのだろう。ただ、この態度を米国人に求めているが、しかし、戦後の多くの日本人が持ちつづけた態度でもなかったのではないか。

キャリフォルニア出身の二世・中谷邦夫

吉田満のアメリカ体験は、他の作家、例えば、小田実（『なんでも見てやろう』）や、江藤淳（『アメリカと私』）などと同様に、作家自身に少なからぬ影響をあたえた。しかし、吉田の場合は、その体験を、まとまった形で世に問うということはなかった。唯一、仕事としてのこったものは「戦艦大和ノ最期」五二年版で、最初に出てくるキャリフォルニア出身の二世・中谷邦夫の物語だった。

前述した通り、中谷邦夫の記述は民間検閲支隊の検閲にあった一九四六年版にはない。吉田自身も、敗戦直後、中谷邦夫をことのほか意識していたわけではなかったようだ。著作集に掲載された文章からたどると、大和に乗艦していた宮下敬三という人物が、吉田に中谷の存在を思い出させたことがうかがえる。

宮下敬三は早稲田大学商学部から学徒出陣し、海軍少尉として乗艦、吉田同様に万に一つの僥倖で生還した。吉田とは武山海兵団の同期生であった。ある時、宮下から中谷の消息について問いあわせる手紙がとどく。中谷がどのような最期を遂げたのか、そのことをたずねる内容であった。宮下のもとに、カリフォルニアにいる中谷の母から消息を照会してきたという(「書簡抄(宮下敬三宛、昭和二十三年三月二十三日、昭和二十三年四月三十日、昭和二十三年五月八日)『吉田満著作集』下巻)。

その後吉田は、宮下を通じて、中谷の母・菊代と連絡をとり、彼がニューヨーク勤務の折、ロサンジェルスをおとずれ、中谷菊代と会う。その後、夫人の嘉子をふくめて、中谷家とは交流をふかめるようになる。中谷菊代への書簡も著作集には三通のっている(「書簡抄(中谷菊代宛、昭和三十二年(一九五七年、ニューヨーク)、昭和四十九年頃(一九七四年頃)、昭和五十二年(一九七七年))『吉田満著作集』下巻)。

中谷邦夫は、広島出身の日系一世の父母のもとに生まれた日系二世だ。当時の米国は東洋人への差別が強く、白人社会で職を得ることがむずかしかったため、日本語の学習が必須であった。高校を出た中谷は日本に行き、慶応予科から慶応大学にすすむ。しかし、日米開戦により学徒兵として召集されることとなる。中谷の弟二人は、米軍の兵として欧州戦線に行った。

のちに、一九七四年に発表する「祖国と敵国の間」で吉田は、中谷の短い生をあとづけている。そこでえがかれているのは、タイトルがしめす通りに「祖国と敵国の間」で苦悩する青年の姿だ。ただ、吉田がえがきたかったものは、単に、自民族への愛情、ナショナリズムだけではない。

米国の日系人は極めて複雑なアイデンティティを生きた。日系一世はアジア系であるがゆえに、市民権をもらえなかった。一世でも市民権を得られた欧州からの移民とは異なる待遇であった。日系は二世となると市民権を取得するが、日米開戦以降、強制収容所にいれられる。収容所が廃止されてのちは、米国人であることをしめすために、自己犠牲的なはたらきをする。フランスでナチス軍とたたかった日系の四百四十二部隊が有名だ。他方、中谷邦夫のように、かつての祖国日本のために命をささげた若者もいる。

吉田は、日系の中谷家の物語をとおして、日系米国人の複雑なアイデンティティとその苦難の歴史をえがいた。その着想の種は米国での駐在員生活のなかでまかれたものだった。

ニューヨークの二年で獲得したものは、はげしい愛着と反発であった。家族には、毎日、絵葉書を送っていた。その数は七百七十三通にのぼった。

ブロードウェイで芝居を見、さまざまな国の料理を食べ、キリスト教の集いにも参加した。ピート・シガーが参加するザ・ウィーバーズのコンサートにも幾度かでかけている（「フォークソング」『吉田満著作集』下巻）。その後、米国の若者文化の象徴となるフォークソングにも、吉田は親しんでいた。

東京帝国大学の後輩で、かたや日銀、かたや大蔵省としてつきあいのあった三島由紀夫にグリニッジヴィレッジのウェストサイドにあったゲイバーに連れてゆかれ、ほうほうの態で逃げかえるという交遊記ものこしている（「ニューヨークの三島由紀夫」『吉田満著作集』下巻）。まさに、青春を取りもどすニューヨークであった。しかし、吉田はそのような日々から、まとまった形で何かをのこすことはなかった。唯一、中谷邦夫の物語が、私たちの前にのこされている。

第六章　戦中派の戦争責任

吉田満は一九五九年二月にアメリカ駐在からもどり、一九六五年十月に初めての支店長職として、青森に赴任する。年齢は三十代半ばから四十代初めの働きざかりの頃だ。

この時期の吉田は、『戦艦大和ノ最期』の作者として、また戦中派のオピニオンリーダーとして何篇かの文章をあらわしている。そこでは、戦中派である自らの責任についてふれている。ただし、吉田満がかたる戦争に対する責任は、私たちが一般的に考えるそれとは多少異なっている。本章ではその点を見てゆきたい。

その前に、戦艦大和元学徒兵以外の二つの顔、つまり「横顔（日本銀行行員）」と「後ろ姿（クリスチャン）」について簡単に述べておく。

吉田は、ニューヨークから帰任後に為替管理局の総務係長につき、翌年九月に調査役に昇進、大阪支店で営業課調査係として勤務することとなる。時はちょうど一九五九年から六〇年、日米安全保障条約改定が議論となり、安保改定反対の運動が起こった時期であった。ただ吉田は六〇年安保について対外的に何かをかたるということはなかった。吉田が大阪支店勤務となったのは、日米安保が自然承認され、岸内閣が総辞職、その後、所得倍増をかかげた池田内閣が成立したあとのことだった。

調査役とは、日銀の「役席」と呼ばれる幹部につながるポストだ。大阪支店での吉田の職務は、同地の産業の動向を調査し、月報、旬報にとりまとめる仕事だ。当時の部下の緒方四十郎は、支店から梅田駅へ行く途中にあるバーで一緒に酒を飲んだことを述懐している。吉田は、ニューヨーク同様に単身赴任であった。吉田はドライマティーニを好み、酒がめっぽう強かったという（緒方四十郎「大阪時代の「文豪」」『追憶　吉田満』）。ドライマティーニは、グリニッジヴィレッジや、ハーレムで親しんだのではないだろうか。

大阪での生活はわずか十カ月で終わり、その後、本店の事務合理化審議室調査役となる。外山茂の回想によれば、その仕事は、職務権限を分析、規則を改正し、組織改変をおこなう仕事であった。吉田はその仕事を二年つとめた後、一九六三年に人事課長となった。

西片町教会で吉田をよく知る籔田安晴は、人事課長は日銀内では出世ポストだという。次の青森の支店長職も、同期（昭和十九年入行）トップだったと回想している。なお吉田は一九四五年十二月にはたらきはじめたが、学徒兵のくりあげ卒業のため、入行の期は一九四四（昭和十九）年となる。外山茂も人事課長時代に吉田は、人事考課の点数制を廃止し、能力開発を重点とした方式に改正したと回顧している。外山によればそれは「人事管理上の画期的な貢献」であったという（外山茂「日本銀行員　吉田満君」『追憶　吉田満』）。

事務合理化審議役としての組織改正や、人事課長時代の人事制度改正は組織の硬直化をはばむ改革だった。千早耿一郎（伊藤健一）によれば、日銀には政策部門を重視し、事務部門を軽視するそのような気風が強かったが、吉田は事務をことのほか重視した。長男・吉田望も、父は金融政策よりも、どちらかというと人事や総務に秀でていたとかたっている。

では、「後ろ姿」の吉田、つまりクリスチャンとしての吉田はどうか。西片町教会の鈴木正久牧師は一九六一年からドイツ福音合同教会の招きで一年間渡独した。前後して吉田は西片町教会の長老にえらばれ、教会の組織運営に関わりはじめる。鈴木正久はドイツより帰国後、日本基督教団の要職につき、ベトナム反戦運動や韓国のキリスト者との関係回復に尽力する。鈴木は一九六六年に日本基督教団の総会議長に選任され、翌年「第二次世界大戦下における日本基督教団の責任についての告白」いわゆる「戦争責任告白」を議長名で発することとなる。吉田が鈴木の思想をどのように受け止めたのか。六〇年代末から七〇年代はじめの社会的変動をどのようにとらえたのかは、第八章「西片町教会長老として」であつかう。

二つの責任

では、この章の本題の「真向き」の顔、元学徒兵として、吉田満がかたる戦争責任について見てゆこう。

鶴見俊輔は吉田満の死後、自身の回想録『期待と回想』で吉田について「吉田満はその場での自分の責任を果たし、きちんとのちの時代に残そうと思っていたんです」とかたっている（鶴見俊輔『期待と回想』下巻、二四頁）。

鶴見は吉田がその場での責任を果たしたという。まず、責任という概念が、吉田にとって重要な価値であったということを確認しておきたい。ただ「その場での」という修飾語がつくと、それは連続性のない、時に断続的なものととらえられてしまうかもしれない。場あたり的なものという印象を持ってしまう。しかし、吉田が説く責任はそうではない、連続したものだ。時に矛盾した責任に対しても、そこに連続性を見いだそうとする。

まず、吉田が使う戦争に対する責任を整理しておく。それは二つある。一つの責任は、戦時中、召集をうけ、兵としての義務を果たした、そのような一国民としての責任だ。「戦艦大和ノ最期」は多くの批判をあびた。そのなかには、なぜ徴兵拒否をしなかったのか、怠惰な兵になることだってできたではないかという非難があった。そのような批判に対して、吉田は強く反発した。

「戦艦大和ノ最期」のなかに、軍人魂や敵愾心を見いだす声に対して、一九五二年版のあとがきで以下のようにかたっている。「このような昂りをも戦争肯定と非難する人は、それでは我々はどのように振舞うべきであったのかを、教えていただきたい」と激した調子で書いている。この戦時の徴兵義務と徴兵忌避の問題は、終生吉田のなかにあった課題で、神奈川近代文学館にのこされたノートのなかにも、書きつけられていた問いだ。

吉田は、徴兵忌避を否定しているわけではない。しかし、徴兵忌避は戦争忌避にしか過ぎず、戦争否定にはつながらないという疑問を強く持っていた。さらに、そこに自己保身のにおいを嗅ぎとっていた。

望も一度、徴兵拒否の問題について質問したことがあった。その時、満は困惑し、「いろいろあるんだ」と回答をさけた。また、陸軍に召集され、戦場で終始逃避する態度をとった古山高麗雄の著書への書評でも、複雑な心情を吐露している（「書いても書いても書いても……」『吉田満著作集』下巻）。

では、もう一つの責任とは何か。それは、自ら参戦したその責任をどのように考えるかという戦争責任、戦後責任といってもよい問題だ。「戦艦大和ノ最期」の執筆意図を以下のように述べている。すでに第四章でひいたが再度引用する。

先ず、自分が自分に与えられた立場で戦争に協力したということが、どのような意味を持っていたかを、明らかにしなければならない。私の協力のすべてが否定されるのか、またどの部分が容認され、どの部分が否定されるのかを、つき止めねばならない。そうでなくて、日本人として新生のいとぐちを、どこに見出し得よう。

（「「戦艦大和ノ最期」初版あとがき」『吉田満著作集』上巻）

一九七〇年代後半に鶴見俊輔と対談した折にも、「自分は戦時中誤った、それはどういう誤りであったか、いまどの点を改めているか、それをはっきり言ってくれないと困る」とかたっている（鶴見俊輔、吉田満「「戦後」が失ったもの」）。その時の経験をその時の経験としてのこしておく責任を強く吉田は意識していた。五二年版のあとがきでも以下のように書く。

しかしただ、その時のままの姿を批判をまじえずに扱ったことに対しては、いつの日か、私自身の批判を以てその裏打ちをしなければならない責任を感じている。

吉田は、その二つの責任が連続したものであると考えた。それは、「戦艦大和ノ最期」の決定稿となる、一九七四年版のあとがきを見ると明らかだ。

われわれが人間として生きる責任が、終戦を境に断絶してしまうものでない以上、平和な時代への転換にあたって、それぞれの戦中体験を正確に再現し、そこに含まれた意味を自ら確認することは、当然なされるべき務めであると考えたのである。

序章で述べた通り、吉田の文章は比較的あっさりとしている。それだけに、余韻があり人の心をうつ。同時に、その意図が十二分に分かりかねるところもある。吉田の気持ちを代弁する言葉として、以下の大熊信行の言葉をひいておきたい。大熊は経済学者だが、戦後、国家の問題について多くの論考をのこしている。一九五七年「絶後の「平和思想」」からの引用だ。

われわれ日本人は大東亜戦争を戦ったのである。この事実の重みは、千百の思考よりも重い。この事実を忘れることはゆるされない。ところが、敗戦後になって奇妙な心象がつぎつぎにあらわれた。まず、おれは戦争には初めから反対だったのだ、という心象である。つぎに占領政策がはじまると、おれは戦争の被害者だ、という心象があらわれた。つづいて、おれは戦時中、軍部に抵抗したのだ、という心象があらわれた。戦争についての被害者意識のみならず、抵抗意識までが、戦後に醸成される、という奇態なことが起きた。われわれ日本人というものを知るうえに、またおそらく人間というものを知るうえに、この事実を忘れてはならない。しかし、われわれが日本人として大東亜戦争を戦ったという事実は抹殺できないものである。肝腎なことは、「どういうつもりで戦ったか」ということである。わたしはそれを、戦争体験の自己分析とよぶ。それは自己の思想と精神の分析であるにとどまらず、自己の行動の分析である。人間は、みずからそう考えるところのものよりも、みずから行うところにおいて、自己を捉えるものである。われわれ日本人に、もし「戦後思想」というものがあるならば、いまいったような自己の内部にある過去の事実を出発点としないでは、それは生まれてこようのないものである。行動の分析から出発してこそ、新しい行動原理としての思想の方向が、探られるのである。自己の行動の内在した過去の事実の解剖なしに、どうして新しい思想が生まれることができるのか。くり返していうが、肝腎なことは、どういうつもりであの戦争を戦ったのか、ということである。少なくとも今日三十歳以上の日本人は、めいめい自己に内在する事実として、いまこの一つの問いを残しているのである。しかも、日本の知的ジャーナリズムは、この問題の解明に場所をあたえたことがない。

（大熊信行「絶後の「平和思想」」『国家悪』論創社、一九八一年、三五四〜三五五頁）

横浜の神奈川近代文学館に所蔵されたノートには大熊信行の名前があった。吉田はこの文章にも接していたのではないか。「戦艦大和ノ最期」を書きおえ、そして、批判をうけるうちに、戦争体験者の論考に眼を通して、戦争とその責任に対する思考をめぐらすようになった。そのきっかけは、「戦艦大和ノ最期」に対する批判にあった。その問題は、大熊信行の文の最後にある、ジャーナリズムがこの問題の解明に場所をあたえたことがない、ということとも深く関わっている。

新しい日本への反逆

「戦艦大和ノ最期」が検閲された折、日本国内からもその発表に反対する声が多くよせられていた。「戦艦大和ノ最期」に対する批判は、『サロン』版出版の際にもあり、一九五二年版の『戦艦大和ノ最期』に対してもあった。

吉田は「戦艦大和ノ最期」への批判に対して、のちに「なんとさまざまな読み方をするのであろう」と述べているが、それに対し彼が直接答えることはなかった。批判への回答は、ニューヨーク駐在員事務所から、本行にもどってからのこと、「戦争協力の責任はどこにあるのか――「戦艦大和」に対する批判の分析」（『思想の科学』一九六〇年八月号）においてである。

吉田は批判への返答と平和について語りはじめた自身の心境を一九六一年におこなわれた渡辺清との対談でかたっている。渡辺清は戦艦武蔵に少年兵として乗艦した。戦後、特に昭和天皇について積極的に発言をしていた。司会は、学徒兵として陸軍に応召された安田武だ。

戦後、私が本を書いて出した時、その中にある私自身の姿勢に対して、批判が強かった。その批判は、私には受け入れられなかった。そこで、どうやってそれに答えるかという、いわば受け身の姿勢でこれまでにいろいろやってきたわけですが、最近、問題を考え、その姿勢から脱して積極的に具体的な平和のための戦いをしなければならない、という気持ちが熟してきたところです。

（吉田満、渡辺清、安田武「戦艦大和の士官と武蔵の兵」
渡辺清『私の天皇観』辺境社、一九八一年）

長らく「受け身の姿勢」であった吉田は、米国に行き、戦時の体験を時にてらいもなくかたるアメリカ人に会い、この問題にむきあう心の準備が整ったと解することができる。吉田はあることに対する態度表明をする際に、かなりの時間を置いてからおこなう。インターネットが情報の要となった現在、見られなくなった態度である。

では「戦艦大和ノ最期」にいかなる批判があったのか。『思想の科学』に寄稿した論文で、吉田は自らの耳にとどいたものを書きつけているが、出所がわからない文章も多々ある。出典が明らかなものを紹介しておきたい。

吉田自身も述べているが、「戦艦大和ノ最期」への批判はほとんどが無署名のものだった。唯一の例外が、中島健蔵と梅崎春生のものである。中島と梅崎が批判したのは、『サロン』版の口語体「軍艦大和」である。いまだ占領下にある一九四九年六月十一日の読売新聞に「戦争文学の流行批判」という記事が掲載された。

中島健蔵は「軍艦大和」は戦時型の戦争体験であるとして以下のように述べる。「わたしは、戦争に引きずりこまれた一人として、戦争中のことを忘れないことがよいと思っている」。しかし「「戦時型」の感情や思想の再出現に対してはやり切れない気持ちがする」という。なぜか。それは「戦時型を復活させ、流行させることは、明らかにポツダム宣言への反逆であり、新しい日本への反逆である」からだ（中島健蔵「世界への反逆」「戦争文学の流行批判」読売新聞、一九五九年六月十一日）。

一方、梅崎は「非文学な戦争小説または記録がショウケツを極める傾向が、現今すでに現れている」とし、「自分の位置に対して無自覚な人々によって書かれた文章が、近頃文学として通用しはじめている」。そして「このような趨勢がおもむくところ、やがて自覚的な意識的な戦争肯定または讃美の傾向に立ち至るであろう。文学の名において、文学の敵が公然と横行することにもなりかねない」と結論づけるのである（梅崎春生「戦争肯定の文学」「戦争文学の流行批判」）。その文の「付記」として、以下がくわわる。

サロン前号「軍艦大和」について、私が推薦文を書いたことは、全く私の不明である。私は今に至るまで未だ読んでいない。読んでもいない小説にたいし、私の文章があんな風に結びついたいきさつは、べつの場所でくわしく書くが、今は私の不明として推薦を取消す次第である。

『サロン』版の「軍艦大和」には、吉川英治、林房雄、小林秀雄、梅崎春生の四氏による推薦文がふされていた。梅崎はその推薦文を撤回する、としたのである。

梅崎以外の三名については、一九五二年版の『戦艦大和の最期』に推薦文をのせている。「サロン」版はそれと同じ文だ（吉川英治「著者との機縁」、小林秀雄「正直な戦争経験談」、林房雄「高い人間精神」）。なお、五二年版には、三氏以外に、河上徹太郎（「美しい人間性の現はれ」）と三島由紀夫（「一読者として」）が跋文を寄稿し、吉川、林の推薦文のタイトルが変わっている（吉川「吉田君との因縁」、林「真実の記録」）。

梅崎春生は自らの特攻体験を「桜島」として作品にのこし、それが文壇デビューとなった。「桜島」をよむと、死へ向かう人間の虚無感がえがかれており、梅崎の問題意識は、吉田のそれと通じるものがある。しかし梅崎は「軍艦大和」を戦争体験に無自覚な人間が書いた、非文学的な記録とよんだ。

梅崎は「軍艦大和」をよんでいないというが、それは本当なのか。同世代で海軍に応召された経験のある阿川弘之が、創元社の展覧会で立って一気に読了した、それだけの質の作品だ。確かに梅崎が批評したのは、口語版で、阿川がよんだものとは違う。しかし当時梅崎は編集者をしており、同じ特攻出身の人間があらわした作品にそのような態度で接することができるのであろうか。参考までに、梅崎が取り消すとした推薦文をひいておく。

大和の運命は、或る意味では、日本海軍の性格や運命を象徴してゐると思ふ。／この手記から、私は戰爭の慘禍と非人間性を強く感じ、また巨大な死の柩の中にすら、人間性は滅びるものでないといふことを強く感じた。著者の筆も極めて卽物的で、誇張がない。あんな異常な状況に際し、あゝいふ感覺と觀察力を持續し得たことは、やはり作者の人間的鍛錬の賜ものだらうと思ふ。

一九五二年版の『戦艦大和の最期』の小林秀雄の跋文には「正直な戦争体験談」という言葉が四回でてくる。「やはり、大変正直な戦争体験談であるといふことで推薦の言葉は足りると思ふ」といっている。そのあとに「それほど正直な戦争体験談なるものが稀れなのは残念なことである」としている（小林秀雄「正直な戦争経験談」『吉田満著作集』上巻、月報）。少なからぬ戦争体験者は「戦艦大和ノ最期」に正直な戦争体験をよみとった。

梅崎の推薦文は、戦艦大和の物語を的確に批評しているようによめる。梅崎が、同じ特攻体験者のたかだか百枚程度の作品を読了していないとは思えない。梅崎が前言をたがえたのは、小林が言う時代の空気ではなかったのか。

その後、吉田満と中島健蔵との対談が企画された。しかしその企画は流れた。中島が断ったのだ。そのときのことを吉田は以下のように書いている。

機会があればお目にかかりたいと念じていたところ、ある新聞が私との対談を企画しているというので、氏が戦争中に、自分に与えられた立場から、どのように具体的に積極的に戦争に反対されたかを伺いたいと楽しみにしていたが、この企画はお流れになった。

吉田にしてはずいぶん嫌味な書き方をしている。それは、中島健蔵の批評が、どうにも納得できなかったからであろう。

もうひとつ、「戦艦大和ノ最期」への批判の文章を見ておこう。五二年版が出版された際の新聞の批評だ。短いので全文ひく。

「全文発禁解除」とメイ打ち、好奇心で財布のヒモをゆるめようとねらっている。これは発禁になった初稿を数度かきかえたもので、その間、大衆娯楽雑誌に同じ内容を興味本位にかいてもいる。思いだす読者も多かろう。こんどのはだいぶん文飾が加わり、せっかくの回想風の記録がにごってしまっている。筆者は学徒出身の少尉であるが、海上漂流の地獄絵巻のなかにあってまで、士官意識に心をたかぶらしていて、むしろすさまじい。片仮名文語体の行文はジュ文のようにひびく。戦闘をビジネスやスポーツとして処理するすべを知らなかった旧海軍の精神主義はいたましいかぎりだ。このジュ文にかかる読者ももういないと思うが、記録だけを落ちついて読めば、だれしもこんな将校に率いられる戦争はごめんだ、と思うであろう。

（「濁った記録性」朝日新聞社東京版一九五二年九月八日）

悪意が感じられる文だ。ご丁寧に末尾には（創元社、百六十円）と値段さえ書かれている。小林が述べた正直な戦争体験談が稀であった、それをゆるさなかった時代の空気が読みとれる文である。筆者は（正）と付されており、無署名である。大熊信行が述べる「ジャーナリズムは、この問題の解明に場所をあたえたことがない」というのは、この文に代表される、戦後の思考から、過去を裁断しようとする、そのようなものなのであろう。

それらの批判に対して、吉田は「戦争協力の責任はどこにあるのか——「戦艦大和」に対する批判の分析」（『思想の科学』一九六〇年八月号）で以下のように答える。

まず執筆の動機を五二年版あとがきからひき「敗戦という空白によって社会生活の出発点を奪われた私自身の反省と潜心のために、戦争のもたらした最も生ま生ましい体験を、ありのままに刻みつけてみることにあった」と述べ、さらに、多くの批判がくわえられたことにより「自分の戦争協力の事実の中から、肯定されるものと否定されるものとを見きわめ、そこに新しい出発点を見出そうとする眼は、これによって大いにきたえられた」とするのである（「戦争協力の責任はどこにあるのか——「戦艦大和」に対する批判の分析」（『吉田満著作集』下巻）。

過去を否定する手がかり

この時期に吉田は九編の文章を発表している。「作家」という立場としては決して多い数ではない。銀行員という勤め人としては、少なくないのかもしれない。

一　「戦争協力の責任はどこにあるのか――「戦艦大和」に対する批判の分析」『思想の科学』一九六〇年八月号

二　「死と信仰」『西片町教会月報』一九六二年七月号

三　「平和の問題」『西片町教会月報』一九六二年九月号

四　「戦中派の良心（のちに以下に改題、「一兵士の責任」）」『論争』一九六二年九月号

五　「戦艦大和と私（のちに以下に改題、「死を乗り超えて」）」『こころの友』一九六三年三月号

六　「戦中派の求める平和」『福音と世界』一九六三年八月号

七　「信仰によってのみ」『西片町教会月報』一九六四年十月号

八　「平和に生きる」『西片町教会月報』一九六五年一月号

九　「散華の世代」『中央公論』一九六五年九月号

この時期の文章は、「戦艦大和」の執筆の意図を確認し、戦争の責任をどう引き継ぐべきかを考察したものが主となる。『西片町教会月報』に書かれた文は、信仰の立場にたったものだが、それ以外は論壇に対する強いメッセージが感じられる。その主張は先に述べた二つの責任をつなぐものだ。吉田にとっての戦時の責任は、一国民として徴兵義務にしたがい参戦した責任であった。そうであるがゆえに、彼は戦いのなかの自分の姿を記録としてとどめようと努力した。しかし、そのような試みは、多くの批判をあびた。そのこと

に対して吉田は以下のように反論する。

そのような過去の傷を、今の無責任な眼を以ってただ冷笑することから、何が生まれてくるというのか。過去にこの軍隊を作り上げた血と、今われわれに流れている血とは、無縁ではない。それどころか、日本軍隊の中心を形造っていた黙々たる無数の兵隊と今われわれの周囲にいる民衆は、十五年の歳月を隔てただけで、ほとんど一つの連帯性に貫かれている。

（「戦争協力の責任はどこにあるのか」『吉田満著作集』下巻）

それは「私は私であって私以外のものではない」からだ（「一兵士の責任」『吉田満著作集』下巻）。しかし、吉田はそのような自分の態度も「開き直り」とかたる。そこからは平和に至ることはできないという自覚もある。しかし、平和への道が、先にしめした兵役忌避からは生まれてこないという確信も吉田のなかにある。そこには自己保身がかくされているというのだ。そして、平和にいたるためには、戦争否定のための根拠が必要であるとする。

クリスチャンである吉田はキリスト教の絶対平和主義の意義は認める。しかし、万人がこの高みにのぼることは無理だとする。彼は、戦時において、戦争へ突きすすむその過程において政治的無関心があったがゆえに、戦争への道をくいとめることができなかったとして、その国民としての義務をおこたったことが、自らの責任の所在であるとする。「戦争協力の責任の実体は、政治の動向、世論の方向に無関心のあまりその破局への道を全く無為に見のがしてきたことにある」というのである。

吉田は、戦後の平和主義者と同様に、平和を強く希求する。また、戦後民主主義にたった平和主義者を否定することはない。しかし、彼が最も主張しようとしている点は、戦争憎悪で戦争が防止できるわけではないという一点だ。

吉田の考えを自分なりに咀嚼すると以下のようになる。

まず戦争には、高揚感があったという確認だ。それは、強く人をひきつけるものである。吉田の言葉を使えば、「人間性の昂ぶり」「生命感の充実」「陶酔」となる、戦争には魔力があったのだ。それは戦争を一旦肯定する態度である。

吉田は戦争を否定する際には、まずそれを手掛かりにしなければならないという。

> くり返していうが、私があのような過去の自分を記録の中に再現したのは、それを肯定しようとしたからではない。逆に本当に否定しうるために、その手がかりをつかもうと願ったからである。戦争と、それにまつわる一切の悪しき記憶とをただ抹殺し去ろうとするのは、戦争嫌悪の自然のあらわれとしてうなずけるが、それだけでは戦争と手を切ったことにはならない。一方的に否定しつくすことによって、過去の自分と現在の自分とを断絶したら、その過去を本当に否定する手がかりは失われる。
>
> （「戦争協力の責任はどこにあるのか」『吉田満著作集』下巻）

「昂ぶり」についての事例もあげておきたい。吉田がしばしば口ずさんでいた「辛くして」の歌の作者・岡野弘彦の作品をひく。同じ「たたかひを憶ふ」（『冬の家族』）からの引用だ。

遺髪遺爪自らの名を書き終へて身を虐ぐるこころよさ湧く

一弾を撃ちまた引金をしぼりゆくかの緊迫を時に恋ほしむ

戦争においてこのような高揚感があったことはいつわりのないことだろう。私自身もこの歌をよみ、身になにか昂ぶりが起こることをおぼえる。ここで言えることは、大熊信行が述べるように、戦後、このような高揚感をジャーナリズムがかたることはなかったということである。吉田は、このような昂ぶりを足場に、否定へと歩を進めるべきだとしているのである。

この問題は死者の問題とも結びついている。死者は戦時に絶望的な死をとげた。つまり彼らは否定的な死をうけいれざるをえなかった。生きのこった者は彼らを忘却して、自らの生のみを謳歌してはならない。戦後に生きる人間は、彼らの生の意味を一旦は肯定しなければならない。その作業のうえに、戦争そのものを否定する作業にうつらねばならないのだ。吉田はそのように考えた。

吉田は戦後の平和主義を否定しない。しかし、戦争を肯定した自分とその背後にいる死者を全面的に否定するだけの戦争否定論は、単なる戦争逃避にしか過ぎないと感じていた。それでは、戦争を否定したことにはならないのである。吉田は、その一つの証として、いつの世も戦争を肯定する人はいなかったはずなのに、人類の歴史は戦争の歴史であった事実を述べる。

吉田は戦後の平和論にあやうさを感じていた。吉田が抱いていた戦後派の平和論に対する違和感について、鈴木正久牧師の長女・鈴木伶子氏からひとつのエピソードをきいた。

一九六〇年代の頃だったという、教会関係のあつまりの席で、伶子が戦争で死んだ兵士についてふれ、彼らが犬死であった、そのようにかたった。その時、吉田は、おだやかな口調で、「そのことは、今度ゆっくりと話しましょう」と述べたというのである。

その後、伶子がつとめる学校の同僚が主宰する教会で吉田に講演を依頼した。その折にも、「伶子さんとわたしは考え方が違う」といった。伶子は「何が違うのか、よく分からなかった、でも後で、「臼淵大尉の場合」を読んだ時に、吉田さんには、このようなものが流れていたんだと思った」と述べた。しかし、吉田が結局何を「ゆっくりと話しましょう」と言ったのかがわからなかったし、それをきくこともなく、吉田は逝ってしまった、そのことが悔やまれるという。私が鈴木伶子さんに初めて会った時、「このことだけはお話をしたいと思っていた」と述べた。

戦中派の吉田は、戦後派の伶子に対して、戦争に対する考え方に対して強く「否」を述べた。伶子は、否をいわれた、そのことがずっと心にひっかかっていた。吉田は吉田で敬愛する鈴木正久牧師の長女にも、自分達戦中派の言葉が伝わらないことに、なにかもどかしさを感じていたのではないか。

伶子は学生の頃からキリスト教の平和運動に深く関わっていた。二〇〇〇年から二〇〇六年にかけて、日本キリスト教協議会（NCC）の議長もつとめている。NCCとは、戦時統制によって生まれた、日本基督教団が戦後にプロテスタント諸教派が再分立したため、再度、各教派の連携として生まれた組織だ。鈴木伶子の著作『すべては神さまのプログラム』（新教出版社、二〇〇九年）には、長年関わった平和運動とそこで出会った人々との交流がえがかれている。

二〇一四年、ジャーナリストの後藤健二氏がＩＳによって拘束された折に、イスラム教や仏教関係者に呼びかけ、後藤氏を救出するための、祈りの場をもうけた。後藤健二氏はクリスチャンであり、伶子が所属する代々木上原教会の礼拝に参加したこともあった。ご存知の通り、その後、後藤氏はＩＳによって帰らぬ人となった。鈴木伶子氏の活動は、父・鈴木正久の「戦争責任告白」を継承するものであると思う。しかし、伶子によれば、鈴木正久にも、吉田満にもどこか理解のできないところがあったという。戦中と戦後の懸隔はかくも大きいということなのであろう。その問題は、第八章で改めて掘りさげたい。

「戦中派」への期待

吉田の思想のなかでは、戦中派への世代的な一体感と、前後の世代に対する違和感が極めて大きな対照をなしている。『福音と世界』に掲載された「戦中派の求める平和」には世代感覚が色濃くでている。

おそらく戦前派にとっては、戦争と平和は興味ある議論の対象の一つに過ぎず、自分でいかに生きるかの途は、そのような客観的な問題理解に守られた別の場所で安全に解決されているのであろうし、また戦後派にとっては、戦争対平和は、ただ戦争を憎悪すべきもの、平和は歓迎すべきものとの当然かつ単純な対比関係として片づけられ、その仮りの保証の上に、彼ら自身の生涯の逸楽が追い求められているのであろう。

（「戦中派の求める平和」『吉田満著作集』下巻）

しかし、戦中派にとって、戦争はそのように自らと切り離してかたれるものではない。

戦中派にとっては、戦争対平和は、まず何よりも痛みを持った、自分の生の意味を賭けた問題である。平和の問題が、例えば気持ちのいい議論や景気のいい宣伝とは全く無縁の、泥まみれな、血みどろの世界であることを身をもって知らされているのである。

吉田にとって、平和へいたる道は、「泥臭い模索と苦闘の積み重ねとしか思えない」というのである。それは、「究極の平和に対する強固な信念と、どんな些細な行動でもこれに地道に積み上げてゆく忍耐とが必要な」そのようなものなのだというのである。

そして吉田は、「気持ちのいい議論や景気のいい宣伝」としての平和論ではなく、「泥臭い模索と苦闘の積み重ね」としての平和が実現する一つのよい兆候として、戦中派が社会の第一線に台頭してきたことをあげる。「これからの二十年の歴史は、戦中派がになわねばならぬ。そこから何が生まれてくるだろうか」と期待を寄せるのである。

「戦中派の求める平和」は以下の文章でむすばれる。

本当に自分の手の中にある平和の問題に執着すること、自分の奥底からにじみ出る解決に身をもって示現すること、われわれの世代は少なくともこのようにありたいものと念じている。

（「戦中派の求める平和」『吉田満著作集』下巻）

「戦中派」という言葉が論壇で使われはじめたのは一九五六年のことだ。論文アーカイブで調べると、一九五六年三月号の『中央公論』の「戦中派は訴える」という座談がその嚆矢となる。

大宅壮一（戦前派）が司会をし、遠藤周作、小林洋子（NHK）、月岡夢路、深尾庄介（書家）、丸山邦男、三輪輝光（高等学校教師）が座談をしている。なお、粕谷一希の回想によれば、この座談に「戦中派」という語をつけたのは、のちに作家となる網淵謙錠とのことである（粕谷一希『作家が死ぬと時代が変わる』日本経済新聞社、二〇〇六年、二二六頁）。翌月の『中央公論』には、村上兵衛の「戦中派はこう考える」が掲載され、職業軍人であった村上が、戦中派の自分達が戦後社会でいかに思考してきたのかを率直にかたっている。例えば、村上の以下の言葉に、吉田との近似性が見える。「私たちは「騙された」のではない。精一杯を生きてきたのだ」。

その後、村上は戦中派のオピニオンリーダーとして活躍する。翌月の『文藝春秋』には、安岡章太郎の「モテない「戦中派」」という文章がのる。安岡は、戦中派という言葉をはじめてきいたのは遠藤周作からだったとし、自らの世代を自虐的、ユーモラスにかたっている。

一九五九年にニューヨークからもどった吉田は、論壇で「戦中派」という言葉がつかわれるようになったことを知った。しかしその言葉を咀嚼するには時間が必要であった。やがてその語を自分なりに消化し、自らを戦中派として位置づけ、一九六〇年代になってから、戦後の責任をとらえる概念として「戦中派」をつかうようになった。彼の絶筆となった原稿は、「戦中派の死生観」であり、自らのものとしている。

吉田満は、戦後社会のなかで、戦争に参加した体験、つまり、戦争を一旦は肯定した痛みを持った世代が社会の中枢にたち、彼ら、彼女たちの意見が、今後の日本社会に反映されることに強い期待をよせた。

そうであるがゆえに、イザナミ、イザナギ景気を経て、高度成長がおわり、一九七〇年代になって、日本にある種の危機が出来した時に、われわれの世代は戦後の経済成長のためにこのようなかたちで貢献してきたことが果たしてよかったのであろうか、という強い自責の念を抱くようになったのである。その問題は、第九章で述べたい。

第七章　東北びいき

吉田さんにとって青森は最もハッピーな時代だったのではないか――。

青森支店長時代のことを、籔田安晴はそのように言う。「吉田さんは青森に東京にない良さを発見されたのではないか」とも。

籔田安晴は一九三八（昭和十三）年生まれ。吉田より十五歳若い。一九六一年に三菱信託銀行に入行し、「職場伝道」で鈴木正久牧師に出会った。当時鈴木正久は、日本銀行、日本鋼管、三菱信託銀行等の聖書研究会で講師をつとめていた。

鈴木正久は一九六一年から六二年まで一年ドイツに滞在する。籔田は鈴木がドイツから帰ってから西片町教会の礼拝に参加するようになり、そこで吉田と知り合う。ちょうど吉田が事務合理化審議室調査役だった頃だ。

籔田はその後、吉田と教会の運営にあたる長老（その後役員と改名）をともにつとめ、また銀行勤務であったため、仕事でも吉田と接点があった。吉田が考査役だった頃、吉田が三菱信託銀行にきたことがあったし、籔田も日銀をたずねたこともある。考査役の頃だったか、吉田が、後輩の三重野康と机をならべていたことを記憶している。

籔田は、吉田が一九七九年に亡くなった後に長女・未知、長男・望の後見人となった。籔田が後見人をはなれたのは、妻・嘉子が長逝し、長女・未知が父と同じ五十六歳という若さで他界した後のことだ。籔田は吉田を最も深く知る人物の一人だ。

青森が吉田にとってハッピーであった。そのことは、彼がのこした文章でもうかがえる。知らない世界に出会った驚きや高揚感がみなぎっているのだ。それでいて文章に気負いがない。それまでの吉田の文は、たえず戦艦大和の生還者としての立場を意識したもので、どこか肩に力がはいっていた。それだけに、読むほうも緊張を強いられる。しかし青森について書かれた文章は、気楽によめるものが多い。

日本銀行の支店長は地方の名士だ。くわえて青森は太宰治や石坂洋二郎を生んだ文学の地である。「吉田さんにとって青森は過ごしやすかったのではないか」というのもうなずける。ニューヨークでは、上に参事も次長もいた。しかし、支店長はいうまでもなくその組織の長である。また、当時の青森県知事・竹内俊吉も文人であり、文学の地・青森で『戦艦大和ノ最期』の作者は、あたたかく遇されたことと想像する。さらに、青森赴任は、ニューヨークと異なり家族帯同、そのことも吉田に大きな活力をあたえることとなった。

しかし吉田は、支店長と作家という地位に安住していたわけではない。日曜日には教会にかよい、貧しい開拓部落でボランティア活動にも関わった。二年四カ月の短い時間ではあったが多様な活動をした。

吉田満は一九六八年に青森から帰任後、二年ほど考査役をつとめ、一九七〇年から仙台支店長となった。仙台は東北全体を見るブロック支店だ。吉田がついた支店長職は、青森と仙台の二都市である。仙台からもどってから日銀の行内誌に東北の未来に向けた開発提言を書き（「東北・きのう・明日」『行友』一九七三年八月号)、一九七九年七月に、青森銀行のシンクタンク・青森地域社会研究所の招きで青森の地域振興について講演をおこなっている(「青森県の経済・政治・文化」『月刊れぢおん青森』一九七九年十月号)。吉田はすでに前年の秋頃より体調をくずしており、青森からもどり病状が悪化、七月の末に入院し、ひと月半後の一九七九年九月十七日に帰らぬ人となった。のちに妻・嘉子が「あの出張がなかったら……」とかたっていたそうなので、体調の悪いなかでの青森行も、死期を早めた原因のひとつとなった。

そうではあったが、妻・嘉子は満の死後、青森との関係を大切にした。吉田の子女の後見人となった籔田は青森からリンゴを送ってもらったことがあったという。吉田家と青森との付き合いは、吉田満亡きあともつづいていた。先にしめした七三年にまとめた東北の未来図のなかで、自身も「東北びいき」とかたっている。

籔田もそして、鈴木正久が一九六九年に永眠したあとに西方町教会の牧師をつとめた山本将信も、吉田の原点は「学徒兵」であったことに異論は述べない。吉田は戦争で死んだ仲間と戦後を生きた。牧師を引退し、現在、南佐久郡に住む山本将信をたずねた時に印象的であったのは、吉田が突然涙した話だった。

山本がある時、吉田の家を訪問し「吉田さんには死んでいった人たちへのうしろめたさがあるのではないか」、そのような趣旨のことをたずねたことがあった。吉田は涙をうかべて「そうです、だから遊べないんです」と答えたという。死んでいった戦友のことを考えると、ゴルフなどの遊びに興じることができない、というのである。

吉田にとって、学徒兵としての体験は自らの原点であり、生涯その立場にこだわりつづけた。しかし、吉田の思想を形成するその下地はそれだけではなかった。銀行という組織での仕事、ニューヨークでの体験、また、青森、仙台の支店長職での経験、それに生涯を通じた信仰への帰依もくわわり、吉田の思想は形づくられていった。

特に、青森での体験は少なからず、その後の吉田の考えに影響をあたえたのではないか。そこから、ふるさと東京をつきはなして見る眼がやしなわれた。それは、七〇年代日本を冷静に見る視点にもつながっていく。

つけくわえると、一九六〇年代末の学生運動の昂まりに対しても、吉田は距離をおいて見ていた。多くの知識人が、若者の反乱に希望をいだいたが、吉田はそのようなことはなかった。そこに、吉田の思想が保守主義と親和性を持つところがある。その話は改めてするとして、まずは青森体験を見てみよう。吉田満は青森で何を経験し、何を書きのこしているのか。吉田満にとっての青森とはなんだったのか。

後進県ではなく未来県

中央銀行としての日本銀行の仕事は、紙幣である日本銀行券を発行し、金融システムと物価を安定させることにある。しばしばその機能は、「三つの銀行」と呼ばれる。「発券銀行」、「銀行の銀行」、「政府の銀行」である。「銀行の銀行」の機能は市中銀行にお金を流すことである。そのために日本全国に三十余りある地方支店は、本店のアンテナとして地場の経済を観測し、地方の視点から物価と金融システムを安定させる施策を提言する。吉田が青森支店長になったのは、一九六五年のこと、はたらきざかりの四十二歳だった。

長男・望は青森の雪の深さと、父・満に専用の運転手がつき、運転手が車のなかで、支店長付きの運転手マニュアルをよんでいたのを見て、父が偉いポストについたのだと思った。

日銀支店長は地方の名士だ。連日、宴席に呼ばれ、つきあいが嫌いではない吉田はそれにこたえ、土地の人々とのつながりをふかめた。

さらに吉田は、青森市内から津軽地方や、さらに「新産業都市」の指定を受けた八戸、その後開発がすすめられる小川原湖や、下北半島に足をのばしている。文章も少なからずのこしている。

吉田は海外勤務の経験から、青森を海外の事例をひきつつかたる。例えば長年の津軽と南部の対立を、米国の北部と南部のそれになぞらえ、ノルウェーの開発のありように、青森をかさねて考える、そのような想念を述べている。

当時の青森は、出稼ぎ供給県であり貧困県であった。ご存知の通り、東北は極めて複雑な歴史をもつ地域だ。古くは近畿のヤマト政権にとって、統治を離れた「エミシ」であった。時代がくだると「夷」を撃つための前線となる。征夷大将軍・坂上田村麿の時代だ。その後、かつてエミシであった長が服属して地方の豪族となる。ゆえに、東北の戦国大名は江戸時代にいたるも「俘囚の長」と呼ばれていた。ヤマト政権に服属した土地なのである。

現在に至るも影をおとすのが、戊辰戦争における東北の対応だ。東北の雄藩であった会津藩、鶴岡藩は徳川幕府についたため、江戸城開城後、謹慎処分となる。朝廷側にあった仙台藩と米沢藩が、会津、鶴岡を討伐すべしと命ぜられるも、仙台、米沢はしたがわず、奥羽越列藩同盟が結成され、東北の諸藩は戊辰戦争をたたかう。

青森は、西の津軽藩が朝廷につき、東の南部藩は反薩長となり、野辺地で一戦をまじえ、その対立が廃藩

置県以降ものこることとなる。奥羽越列藩同盟の敗北により、東北は明治政府から「白河以北一山百文」と

さげすまれ、東北の開発はその冬の厳しい気候による冷害とあいまって、いちじるしく遅れることとなる。

戦後とてその構図は変わらなかった。在任中吉田は青森を「成長県」、「未来県」と称していた。青森の人はしばしば「何しろ後進県だから」とかたっていたという(「北の国から」『吉田満著作集』下巻)。しかし吉田は、青森はまだ開発の手がつけられていない、未来に向けて発展が期待できる成長県なのだと主張した。そのような意見を地元紙に寄稿した。

吉田は新聞などに発表した文章をまとめて『青森讃歌』というタイトルで出版している(吉田満『青森讃歌』東奥日報社、一九六七年)。また、そこで得た印税を、自らが提案した郷土館の建設費用として寄付している。その『青森讃歌』に「青森県経済の診断書」が掲載されている。そこでは、経済指標を使って、青森県の潜在力とその成長の可能性がかたられている。

「青森県経済の診断書」の内容を少し見てみよう。冒頭、吉田は青森県の生産所得の伸びが、他の県、全国平均と比べて突出して高いと主張する。それは、米作の改良により冷害に強い品種が生みだされたことや、リンゴの出荷高によるものだとする。また、八戸の水揚げ量が釧路を抜いて全国一になったことにふれ、一次産業の増加も堅調だという。しかし、二次産業は根づかず、それ以前に交通網の整備がおよばない。また、三次産業にもさまざまな課題があることを指摘している。

同時に、吉田の診断書には、他県から青森に投資した経営者の意見も紹介され、投資元が期待したほど、生産効率があがらない要因も指摘している。吉田の提言を要約すると、青森の潜在力を開花させるのは自分達でしかないという叱咤激励としてよめる。一言で言えば、内発的発展の必要性ということとなるだろう。

吉田は「診断書」の最後で、「青森の持つ無限の可能性を自分たちの手で掘り起こす」重要性を説く。吉田は、地元の経済界やメディアにおいては、青森は「成長県」であり「未来県」であり、現在は「健康児」となったと説いた。しかし、同時に健康児ではない青森も見ている。
赴任一年の頃、吉田は所属する西片町教会に、「北の国から」という文章を寄せている。それが一九六七年十月号の『西片町教会月報』に掲載されている。

この一年のあいだに、県内はかなり広く歩きました。土地の人も行かないようなところまで足を伸ばしました。感想は多いのですが、その一つに、「僻地」というものの実感があります。例えば、この秋訪れた八甲田山麓の田代平にある開拓部落では、一軒の農家の庭先を借りて弁当をたべ、開拓部落の一端をのぞきました。馬小屋と鶏小屋はブロック造りですが、母屋の方は入り口の戸がただ板を打ちつけただけの木で、部屋には一枚のタタミもなく、台所や流しには、食器や食べ物らしいものがほとんど見当たりませんでした。小雨の中を、子供たちが交代で畑の手入れをしていました。／そこから三十分ほど歩いたところに小中学校の分校があり、生徒は九学年合わせて四十五人ほどです。冬の間は町との連絡が雪でと絶えることもあって給食はなく、昼の食事をしない子供が大半で、またおよそ寝巻というものを知らない子供ばかりだといいます。体位は全体に二、三年おくれているということでした。

（「北の国から」『吉田満著作集』下巻）

戦後、青森には多くの開拓村が建設された。八甲田山麓もその一つだった。しかし開拓村では田畑の開発がすすまず、食糧の供給が追いつかなかった。馬小屋や鶏小屋のほうが、人間の住まいよりも建物のつくりがよい、そのようなこともあったのだろう。吉田が青森経済をかたる際に「健康児」という言葉を使ったのは、このような子供達に接していたからではないだろうか。

体位が二、三年遅れているというこのくだりを読んだ時に思いだしたのは、永山則夫のことだった。一九六〇年代終わりに連続殺人事件を起こした永山則夫である。永山は、吉田がたずねた八甲田の開拓部落から西にいった板柳町で中学時代を過ごしている。永山の場合は、家の環境により極貧の生活を送るのだが、青森の非都市部の貧しさでは通じるものがあるように感じられたのだ。永山もかなりの小柄であった。永山は、吉田が赴任する半年前、一九六五年三月に中学を卒業し、「金の卵」として集団就職で上京する。

当時の青森は出稼ぎ供給県であった。東北地方の中卒者の六十パーセントを超える者が県外で就職した。当時の出稼ぎの最大の供給地が東北、その受け手が京浜だった。青森上野間を結ぶ初の集団就職列車が開通したのは、一九五四年四月のことだ。永山が乗った集団就職列車はそれから十一年が経っていた。

ここで永山則夫を持ちだしたのは、単に青森の貧しさをかたるためだけではない。永山は一九六八年十月に殺人事件を起こす。その当時書いた文章で吉田は、東京に「深い濁り」があるとしている。青森という土地を通過した二人の視点に、通じるものを感じたからだ。吉田は先の文章でこのように書いている。

この子供たちに、せめて毎日のオヤツや衣類の一部でも送ってあげたいと、家内が知り合いの奥さん方を誘って話を進めておりますが、僻地の惨めさは、こうした物質面の貧しさだけにあるのではありません。この部落の子供たちは、かつて開拓計画の発足と同時に乗りこんできた時は、元気いっぱいだったのに、計画が失敗に終わり部落全体が僻地となってしまった現在では、すっかり眼の輝きを失ってしまった、と先生方が嘆いておられました。

（「北の国から」『吉田満著作集』下巻）

二〇一六年のクリスマスの日、仙台郊外にある西仙台教会の礼拝に参加した。西仙台教会は、吉田が仙台支店長時代にかよっていた「家の教会」の後身である。その時に偶然、当時、吉田の夫人嘉子と一緒におやつを届けるボランティア活動に参加していたという伊藤節子さんと会った。吉田が「家内が知り合いの奥さん方を誘って話を進めて」いたというその会は、まさに「おやつの会」という名前で、お金をつのって子供達にさまざまなものをとどけていた。吉田夫婦は、青森の長島教会の日曜礼拝に参加しており「おやつの会」は長島教会の信徒からはじまった。伊藤さんは当時青森に住み長島教会にかよっていた。

想像だが、単身赴任であれば、彼には見えない世界があったのではないか。日銀支店長としての昼夜のつきあいにくわえて、夫婦そろっての教会での人脈があり、広く青森を知ることとなる。なお、吉田夫妻がかよっていた長島教会はその後、青森郊外の松原に移転し、松原教会と名をあらためる。第四章で触れた、大澤求牧師がその松原教会の牧師だ。

八百五十日の愛着と苦楽

籔田安晴は吉田が、青森では東京にない良さを見つけたのではないかという。「東京にない良さ」にはさまざまなものがふくまれるが、まず挙げられるのがその自然だろう。『青森讃歌』の冒頭の文章「津軽の四季」

で「津軽の四季の頂点は冬である」と書く。「十一月から四月までの半年を占める冬。あとの半年を、春、夏、秋が二か月ずついそがしく通りすぎる」という。春は花、夏はねぶた祭、秋はリンゴの実の紅と黄葉とするが、しかし、吉田は春から秋までは「愉しくあわただしく、かりそめの季節」だという。

私は二〇〇一年から札幌で暮らしている。雪国の春、夏、秋が「かりそめの季節」という感想は、住みはじめたとき強く持った。でも、ここ数年は温暖化で、春のおとずれが早くなり、冬の到来が少し遅くなり、以前と比べると、かりそめ感は薄れてきたが。

吉田は、十和田をまわり、津軽平野にあそび、太宰治の故郷の金木町へ行き、太宰が「津軽」で書いた竜飛岬をたずね、そして下北半島まで足を伸ばし……、と県内くまなく歩いている。

また文化にも親しんだようで、津軽の工芸品である津軽塗や、タコ絵、金魚ねぶた、鳩笛、あけびづる細工などについてふれている。特に、「こぎん」と呼ばれる、刺し子はことのほか気に入ったようで（「地方文化を育てる」『吉田満著作集』下巻）、吉田は青森を去った後も、津軽こぎんのネクタイを愛用していた。

そのなかでも、一番心をひかれたのは、土地に住む人だった。先に示した、「北の国から」の文章の前半部分で以下のように述べている。

さて私どもが出席している長島教会は、礼拝の出席者が平均五十名程度といった規模で、地味な真面目な会員が多く、いろいろな集会でも、ほとんど同じ人たちが顔をそろえます。ここでは、ベトナムとか、黒人問題とかいった難しい議論は、あまりありません。刺激の少ない地方生活に埋もれた、目立たない日常があるだけです。礼拝のあと、ストーブのまわりでは、全く家庭的ななごやかな談笑が続きます。／現代人の信仰生活は、もっと次元が高くなければならない、というべきなのでしょうか。東西の対立、さらに南北の抗争、世界的な教会合同の気運、そうした問題を展望した、危機意識を身につけていなければならないのでしょうか。神学的によく吟味された、信仰の苦悩に直面していなければならないのでしょうか。／しかし、ここの人たちには、少なくとも自分自身の生活があるように思われます。まぎれもない、自分自身の信仰があるように思われます。それが、何に対して、どんな力ではたらくかをしばらく問わないならば、危なげのない信仰の火が、ひそかに燃えています。素朴で荒削りな信仰の根が、太く張りめぐらされています。そして、どうしたら教会は、自己閉鎖の殻を打ち破ることが出来るか、という課題と、正面から取り組んでいるのです。自分の身辺の、とるにたらぬ悩み、実りのないささかい、ささやかな奉仕を通して、どのように「地の塩」となるかの問いに、こたえようとしているのです。

（「北の国から」『吉田満著作集』下巻）

籔田がかたる、東京にない良さの一つが、このような青森の教会で静かに信仰をまもる人々との出会いではなかったか。青森の人々への想いは他の文章にも見うけられる。同じく『西片町教会月報』に掲載された「青森の友へ」では、あるエピソードが紹介されている。

私がそちらを離れる数日前、家の前で車が雪のわだちに落ちこんで立ち往生した時、見ず知らずの人があらわれて、声をかけたり押したり、あざやかな指示を与えたりしながら、難なく救いだしてくれました。お礼を言う間もなくその人が立ち去ってしまったことも、それまで経験した通りでした。人情が厚い、などという以前の共存共栄の習慣なのかもしれません。

(「青森の友へ」『吉田満著作集』下巻)

東京に戻る際の隣家との別れもしるしている。

いよいよ家を出る時、すぐ前のお宅に挨拶に伺いました。冬にはお互いに交代で道の雪かきをしたり、珍しいものが手に入ると分け合ったりした仲です。そこのご主人は、私たちがお別れと感謝の言葉を繰り返し述べる間、ただ頭を下げるだけで、とうとうひとことも言葉を口から出しませんでした。顔全体は私どもと同じ気持ちをせいいっぱい表現しているのですが、それが自己を語ろうという衝動とは結びつかないのです。

そして吉田は以下のようにも書く。

ここの人は、無愛想ですが正直で、一度持った厚意が事情の変化や利害で変わることがないという長所を持っている反面、視点が開放的でない傾向を持っているようです。東北の片隅で雪に埋もれていると、将来を遠く見通そうとする姿勢や、社会全体のことに関心を持ちそれに参画しようとする気概が、失われていくのでしょうか。こうした面の啓発について、少しでもお役に立てばと、及ばずながら折りにふれ、話をしたり筆をとったりしております。

（「北の国から」『吉田満著作集』下巻）

そして吉田は、青森の人々の厚意にこたえるべく一九七九年七月に講演をおこなった。体調が悪く、酒もたっていたのに、講演後おこなわれた宴席で返杯にこたえた。青森をさって一週間の折の文章は以下の言葉ではじまる。

青森を去って一週間。思い出を語るには、まだ記憶が生ま生まし過ぎるが、強く印象に残っているのは、特別の出来事や風物ではない。八百五十日の愛着と生活の苦楽とを積み重ねて親しんだこの土地には、むしろ日頃の明け暮れのささやかな心象のひとこまひとこまが、大切な記念としての胸の底に沈潜しているのである。

（「青森の思い出」『吉田満著作集』下巻）

吉田の青森体験には、八百五十日の愛着と生活の苦楽があった。それは、ニューヨークの駐在員体験とは異なるものであった。

深い濁り

吉田が青森支店長の職を解かれるのが一九六八年二月一日のこと。吉田は考査役となり、日本橋の本店にもどる。考査役とはどのような仕事か。日銀が発行した本からひいておく。「個々の金融機関の営業活動や収益、資産の状態が十分信頼される内容を持ち、かつ節度ある健全な経営が確保されているかどうかという観点から、取引先金融機関に対して」おこなう行為ということとなる（『日本銀行の機能と業務』日本銀行金融研究所、一九九二年、一三九頁）。つまり市中銀行の経営の健康度をチェックする仕事といえるだろう。

日銀考査役という身分はいかなるものか。鈴木伶子氏からきいたエピソードを紹介しておく。西片町教会の牧師・鈴木正久は吉田が東京にもどった翌年一九六九年七月十四日に膵臓がんのために永逝する。牧師家族は、教会の牧師館に住む。鈴木亡き後、鈴木の家族は後任の牧師に牧師館をあけわたさねばならない。教師をつとめていた長女・伶子が住宅をさがした。結局、ローンを組んで不動産を購入することとし、保証人が必要となり、吉田にたのんだ。当初は伶子に冷淡であった銀行が、書類の保証人の欄に「日本銀行考査役」の肩書きを見て態度がガラッと変わったというのだ。物件さがしをしていると、独身の伶子に対して、住宅よりも結婚相手を見つけたほうがよいのではないかという暴言を吐く不動産業者もいた、そのような時代だ。銀行の態度も当初は高圧的だったが、保証人の肩書きを見た瞬間、豹変したという。

これも後の話になるが、籔田によると、吉田は田中角栄内閣が誕生し、列島改造論があらわれると、田中の首都圏の過密と地方の過疎の解消という論には一部賛成しつつも、その金権体質には極めて批判的であったという。吉田がそのように考えたのは、日銀の仕事での見聞が背景にあったのかときくと、考査役の職務経験を通じて、その種の事例に接していたのではないかと述べた。

吉田が考査役をつとめるのは、一九七〇年十月まで。翌年に米国のニクソン大統領は新経済政策を発表する。ニクソンショックである。円は切り上げられ、日本経済は大打撃をうける。七〇年という年は、一ドル三百六十円という固定相場のなかで、国際収支で大きな黒字を計上した栄華の最後の年だ。それまでの間、金融機関に緩みがあったことは想像にかたくない。吉田が考査役をつとめた時代はそのような時代であったのだ。

吉田は東京にもどってきた翌月の『西片町教会月報』に「青森の友へ」という文章を発表している。先に一部引用した。帰任一週間後に書いたものだ。そのなかで、「私自身、長く住んだことのある東京ですから、二年四カ月ぶりに帰ってきたからといって、別に目新しい印象もありません」と言いつつ、以下のように述べるのである。

しかし東京の街を歩き、すれちがう人の表情を見ていると、やはりここでなければ感じられない、ある深い濁りのようなものにつきあたります。それは、日本がいまいくつかの流れの中に漂っているという事実の体感です。日本をかこむ大国の利害と自己中心主義と打算の衝突、政治の腐敗とそれに対する一般庶民の馴れ合いに近い抵抗、遠慮がちな国民意識と根の浅い小市民意識の分裂、生活向上の願望とそれへのはかない反省、経済安定成長の論理と欲求実現に節度を知らない国民性との矛盾。頭の中ではいかに理解していても、まのあたりにそのような濁流を実感出来るところは、東京のほかにありません。

（「青森の友へ」『吉田満著作集』下巻）

上記で吉田があげた「事実の体感」の具体的な中身を特定することはできない。ただ、一九六八年二月に青森から東京にもどった吉田が、東京に「深い濁り」を感じていたことは、注目すべきことだと思う。むしろそこには、吉田が東京を不在にしていた一九六〇年代半ばから起こったさまざまな事象、ベトナム戦争、日韓基本条約の調印、沖縄返還運動、政界の汚職事件（黒い霧）、公害問題等があったと想像する。さらに一九六八年には激しい大学紛争が発生していた。そのような時代の急変のなかで、この文章は書かれており、「事実の体感」には、そのような社会変動に対する吉田の実感が込められていたのだろう。

そして、このことを書いた背後には、先にも述べた通り、日銀行員として知りえた、日本経済の諸問題があったと考えられる。同時に、「深い濁り」を感じた感性の背後に、青森での体験があったといえるのではないか。

西片町教会に送った手紙で、青森の長島教会の人々が、「ここの人たちには、少なくとも自分自身の生活があるように思われます。まぎれもない、自分自身の信仰があるように思われます」「自分の身辺の、とるにたらぬ悩み、実りのないいさかい、ささやかな奉仕を通して、どのように「地の塩」となるかの問いに、こたえようとしているのです」とかたっているからだ。そのような青森の人々との交流があったがゆえに表出された言葉なのではないか。

もう一つ言及しておきたいのが永山則夫についてだ。吉田が青森に赴任する半年前に東京に集団就職をした永山則夫の視線と吉田満のそれが重なって見えるのである。

見田宗介は永山則夫の上京には、家郷嫌悪があり、それにより東京に対する過剰な期待が生じていたという。永山の母には八人の子供がおり、そのうちの四人は北海道で棄てられ、奇跡的に生還する。その後、青森の板柳にうつってから、永山は極貧のなかで育ち、小学校から新聞配達をしていた。兄から虐待をうけていた。永山は家郷を極度に嫌い、家族ものろっていた。青森で食べていた麦飯は獄中でも手をつけなかった。最初につとめた渋谷のフルーツパーラーは半年でやめ、その後、一九六八年に事件を起こすまで七回転職する。永山は顔面に傷があり、また、自らが網走刑務所で生まれたのではないかと疑い、その履歴が明らかになることを極度に恐れていた。外国製の煙草をすい、ブランド品を身につけ、表層だけをとりつくろって都会に順応した。自己嫌悪が「都市のまなざし」にさらされているのではないかと恐れていたのである。そのまなざしを、見田は「まなざしの地獄」と呼び（見田宗介「まなざしの地獄」『見田宗介著作集Ⅵ』岩波書店、二〇一一年）、その均衡を壊すべく、自己破滅的行動にでる。永山は上京から三年半後、東京プリンスホテルの庭園にはいりこみ、密航用にかくしもっていた拳銃でガードマンを殺し、つづいて三件の射殺事件を起こす。永山十九歳のときだった。

吉田が「深い濁り」があるとした東京で、青森出身の永山が連続射殺事件を起こしたことは、高度経済成長が極まった時代背景のなかで、何か通じるものがあると思えるのである。

もう一つ、当時の吉田の東京への違和感を顕著にしめす文章を紹介する。翌年、一九六九年八月に発表された「戦没学徒の遺産」（『昭和十八年十二月一日戦中派の再証言』（学徒出陣二十五周年記念出版会編））だ。そのなかで、林尹夫ほか幾人かの戦没学徒兵の手記を引用しつつ、彼らの死に向かう心境をかたる。長いが、戦没学徒と当時の東京に暮らす人々の対比が鮮やかにでているので、途中省略することなく引用する。

学徒兵のほとんどが、戦争そのものに対して根源的な疑問を持ち、そのために殉じなければならない矛盾に最後まで苦しみ抜いたことは、彼らの書き残した言葉を一貫して読み通せばおのずから明らかである。特にある断章と、次の断章との間に横たわる長い空白は、彼らの苦悩の足取りを暗示している場合が多い。そのような苦悩の果てに、自分たち青年以外には身を捨てて国を守る者がありえないという現状認識を通して、ついに必然的な〝一兵士としての死〟を受け入れるに至るまでに、どれほど耐え難い内心のたたかいがあったことか。虚心の読者は、生命への執着のかげさえもないように見える独白の行間に、断腸の想いがこめられているのを探り当てるであろう。／今の時代からみれば、信じ難いような彼らの自己保身の拙さは、どこから来るのか。青年はもともと実利には寡欲なものだし、また時代の風潮が、ただ欲求を満そうとする衝動を軽んじたことの反映だ、などと言ってみても十分ではない。／保身の武器もなく徒手空拳で立った彼らの姿には、他の時代の青年にない一つの支えがあるように見える。それは、自分に課せられたものに対する打算のない誠実さ、与えられた役割を謙虚に受け入れ、利害をはなれて最善をつくし悔いを残すまいという忠実さ、とでもいえようか。

（「戦没学徒の遺産」『吉田満著作集』下巻）

この文章は、まさに吉田が考えている学徒兵の遺産の核心をかたったものだ。その問題は、これからも見ていくが、それを吉田にかたらせたのは、当時の時代状況であったと言える。つづく文章で、吉田にとっての「今の時代」に対する違和感がかたられている。

私はいまでも、ときおり奇妙な幻覚にとらわれることがある。それは、彼ら戦没学徒の亡霊が、戦後二十四年を経た日本の上を、いま繁栄の頂点にある日本の街を、さ迷い歩いている光景である。死者がいまはのきわに残した執念は容易に消えないものだし、特に気性のはげしい若者の宿願は、どこまでもその望みをとげようとする。彼らが身を以って守ろうとした〝いじらしい子供たち〟は今どのように成人したのか。日本の〝清らかさ、高さ、尊さ、美しさ〟は、戦後の世界にどんな花を咲かせたのか。それを見とどけなければ、彼は死んでも死に切れないはずである。

「一兵士としての死」「いじらしい子供たち」「清らかさ、高さ、尊さ、美しさ」は戦没学徒の手記にのこされた言葉だ。

この文章は、吉田の死後、一九八〇年の日米開戦の日に放送されたNHK特集「散華の世代からの問い〜元学徒兵　吉田満の生と死〜」（企画：吉田直哉）の冒頭にナレーションとしてつかわれている。背景にはスモッグの新宿西口の高層ビル群や原宿や六本木の街頭で撮影された若者たちの映像が重なる（吉田直哉『吉田満著作集』下巻、月報）。

番組では、かつての上司・外山茂の回想がながれる。外山はいう。「吉田君にはふいに深いため息をつくという癖があった。それは私にとっても気になる癖で、今にして思いますと、吉田君の脳裏に若い戦友が立ち現れたのではないか。吉田君は三十年前のことを問いつづけた稀有な人だった」。

吉田の眼前には死んだ戦友があらわれ、何かをかたりかけていた。「戦没学徒の遺産」は以下のようにつづくのである。

彼らの亡霊は、いま何を見るか、商店の店先で、学校で、家庭で、国会で、また新聞のトップ記事に何を見出すだろうか。／戦争で死んだ時の自分と同じ年頃の青年男女を見た時、亡霊は何を考えるだろうか。初めは、余りに自分との隔たりが大きいので、目がくらんで何も見えないかもしれない。現代の青年が享受している無際限の自由と平和は、あのとき彼らが手にしていたひとかけらの人間らしさと比較のしようがないからである。／しかし、やがて目が馴れて見えはじめた時、彼らはまず何よりも狂喜するであろう。この氾濫する自由と平和とを見て、これでこそ死んだ甲斐があったと、歓声をあげるであろう。そして、戦火によごされた自分たちの青春にひきくらべ、今の青年たちが無限の可能性を与えられ、しかもその恵まれた力を、戦争のためではなく、社会の発展のために、協力のために、建設のために役立てうることをしんから羨み、自分たちの分まで頑張ってほしいと、精一杯の声援を送るであろう。／と同時に、もしこの豊かな自由と平和と、それを支える繁栄と成長力とが、単に自己の利益中心に、快適な生活を守るためだけに費やされるならば、戦後の時代は、ひとかけらの人間らしさも与えられなかった戦時下の時代よりも、より不毛であり、不幸であると訴えるであろう。

私は学徒兵の記憶という視点からこの文章をよんでいた。そこに青森体験が背後にあると考えていた。ただ、いま一度時代背景をながめると、一九六八年から六九年という時期は大学での紛争が激化した時だ。「戦没学徒の遺産」が発表された年の初めに書かれた文章がある。「年頭雑感」という文だ。『西片町教会月報』一九六九年一月号に掲載された。吉田は、六九年という新しい年を迎えるにあたって、国際情勢や国内情勢を述べたのちに、「大学紛争について、われわれは何かを言うべきであろうか」とかたりはじめる。それは、雄弁な調子ではない。そこで吉田は、「学生の求めるもの、そのかかげる課題は胸の底から肯定できる。この社会の腐敗、政治の貧困、利害打算にかためられた世相の醜さは、否定しがたい」という。「しかし」とつづける。

「今の大学紛争の中心部にある「行動方式」には、ついてゆけないものがある」とするのである。何についてゆけないのか。

学生あるいは青年は、いつの時代にも反体制の立場にあった。しかし反体制の立場を貫くにあたって、平和、信頼、人間尊重の原則を、いかにして守ってゆくかが、常に課題でなければならない。暴力と破壊と他者の抹殺以外に、自己主張を貫徹する道はないと思いつめる発想が、真の解決を導いた歴史はない。それは結局、次々と別の暴力を生み出してゆく、そしてついには、肝腎の動機、平和への意欲そのものが否定されてしまう。／学生騒動の頂点にある一団の勢力の生態、彼らのいう対話、そのかかげる目標は、極端な表現をかりれば戦争の一場面をさえ連想させる、少なくとも、平和とは無縁の傲慢なエゴイズムがそこにある。

（「年頭雑感」『吉田満著作集』下巻）

吉田は「学生の求めるもの、そのかかげる課題は胸の底から肯定できる」としながらも、学生運動、市民運動に対して、肯定的態度をとらない。吉田は鶴見俊輔との対談後の文でも三里塚の闘争について異なる意見を述べている。

大衆の反体制運動に対する考え方は、鈴木正久の考えと近いものがある。彼は、膵臓がんにおかされながらも、一九六七年の戦争責任告白の発表以降、精力的な活動をつづけていた。一九六九年代々木オリンピック記念センターで開かれた修養会で、疲労激しく歩くこともままならない姿で、「しっかりとした拳骨のような教会になるように」と自らの拳をかかげたという。

鈴木は、修養会が終わったあと、五月十一日の日曜礼拝で説教をした。それが最後の説教であり、「祈れ」という題目がつけられている。

単なるシュプレヒコールではなく、ほんとうの言葉というものがなければならない、ということです。しかも現在われわれが、お互いの間で耳にする言葉というものは、要するに権力または体制は間違っている、ということを、くり返しくり返し言うだけである。これでは不十分である。

（「祈れ」『日本の説教15 鈴木正久』日本キリスト教団出版局、二〇〇四年）

その後以下のようにつづける。

私たちは、自分たちが住む社会に、過大な要求をしてはならない。人間がゴチャゴチャと生きている社会では、ヒステリー的純粋主義はアナーキーに、そしてやがてニヒリズムに陥る。

この後、鈴木は二度と教会に立つことはなく、翌々月の七月十四日に永眠した。吉田の「戦没学徒の遺産」はその直後に発表されたものだ。

吉田は若かりし東京高校の頃、二度の反逆行為で処罰をうけており、学生の反抗に対して一定の理解を持っていたと想像される。実際、六〇年代末の社会情勢に強い怒りを抱いていたし、学生の掲げる課題について「胸の底から首肯できる」とする。しかし、その行動方式については反対とする立場をとるのだ。

修養会での吉田満（中央）、その右にすわるのが鈴木正久＝1969年（『西片町教会百年史』）

同時に、吉田は戦後の学生や市民の反体制運動に対しては、すでに述べた通り、ある種の自己保身のにおいを感じていた。むろん、自己保身であったとしても、それは一定の意味があり、共同歩調を取ることは可能であることは述べている。彼はこの「年頭雑感」以外に、学生を批判する文章を書いていない。

青森から帰った吉田の眼には、一九六〇年代を通じて日本社会に大きな変動が起こっているように見えた。首都東京の人々が異議申し立てをしている。しかしそれは、「自己の利益中心に、快適な生活を守るためだけに費やされ」ていると感じた。そして「戦後の時代は、ひとかけらの人間らしさも与えられなかった戦時下の時代よりも、より不毛であり、不幸である」とする死者が叫ぶ声を、学生たちのシュプレヒコールが響く東京できいていた。そのような感受性をして、外山茂は「稀有な人」とかたったのだと思う。

話が、さらに「東北」から外れてしまうが、「戦没学徒の遺産」にふれたので、戦死者の問題について考えておきたい。吉田がえがいた戦死した兵士の魂が現代に降臨するというプロットは、三島由紀夫もえがいている。「英霊の声」だ（三島由紀夫『英霊の声』河出書房新社、一九六六年）。「英霊の声」は、「学徒兵の遺産」が書かれた二年前に発表されているので、吉田もおそらくよんでいたのではないかと考える。というよりも、英霊に仮託し現代を見るという着想そのものを三島から得たのかもしれない。

すでに述べた通り、三島は吉田の東京帝国大学の二年後輩だ。吉田と三島（平岡公威）は三島が大学在学時代から面識があり、その後、三島が大蔵省につとめてから、一時、貯蓄奨励の懸賞論文の審査をしていた関係で、日銀に出向いてその審査をおこなっていた。その小休止の折、三島は吉田をよびだし、おしゃべりをしていたし、吉田がニューヨーク勤務の時も、三島と一日ニューヨークを歩きまわったことはすでに書いた。浅からぬつきあいがあったのである（「ニューヨークの三島由紀夫」『吉田満著作集』下巻）。

「英霊の声」は死んだ兵士が、神主の帰神（かむがかり）の儀式でこの世に姿をあらわし、天皇の「人間宣言」を呪詛する物語だ。まず、二・二六事件で死んだ兵士（兄神）が、自らを反逆の徒としたことを、そして、特攻隊で死んだ兵士（弟神）が、人間となった「すめろぎ（天皇）」を呪うのである。なぜ、天皇の人間宣言が詛いの対象となるのか。それは、兵士にこのような不合理な死をあたえたのは、神のみでなければならないからだ。「すめろぎ」が人間となった刹那、自分達の死は「愚かな犠牲」、「奴隷の死」となってしまうからである。

三島の問題意識は、「死んだ兵士」対「人間となったすめろぎ（天皇）」という図式となるが、しかし、吉田のそれは、「死んだ兵士」対「戦後社会、さらに戦後派」という構図となる。そこから吉田が考えるものが国家という共同体の連続性であることが理解できる。吉田は、天皇に対しては終始距離を置いた態度をとっている。渡辺清との対談でも、「私は天皇自体への関心は、稀薄です」とかたっている。

吉田には、三島の死を回顧した文章があり、臼淵磐や林尹夫にふれ、書きはじめている。臼淵磐の発言のなかにも、林尹夫の遺稿にも、天皇の文字がなかったことを述べている。つまり、彼らは天皇のためではなく、民族という共同体のために死んだという解釈である。

吉田がたえず意識していたのは、民族共同体としての国家、つまりは国民国家であり、それを引き継ぐ主体の連続性であった。三島の関心の枠組みは、文化共同体の象徴概念としての天皇ということとなろう。吉田は、三島を回顧した文章のなかで、三島の問題提起に理解をしめす。また、三島の死の意味を解明できると思うことは不遜とし、解釈を避けようとする。そこには、後輩であった平岡公威の自死を安直にかたりたくないという自制がはたらいていたと思われる。しかし吉田は三島の苦悩にふれるなかで、やんわりと、自らの問題意識と、三島のそれが違うことをかたっている（「三島由紀夫の苦悩」『吉田満著作集』下巻）。

そして、その吉田が考える民族という共同体には、当然、青森の人々、つまりは、雪で立ち往生した折に助けてくれた人々、別れ際にひと言もかたらなかった隣家の主人、長島教会で静かに信仰をまもる人々、そして、八甲田山麓の開拓部落の子供達がふくまれていたと考えられる。

しかし、吉田と三島には、そのような過去の日本を見る視点以前に、当時の日本を見る眼に共通したものを感ずる。三島が割腹自決をする四カ月前にサンケイ新聞に寄せた文がある。それは三島の遺書のようなものだ。その末尾は以下のように書かれている。

私はこれからの日本に大して希望をつなぐことができない。このまま行ったら「日本」はなくなってしまうのではないかという感を日ましに深くする。日本はなくなって、その代わりに、無機的な、からっぽな、ニュートラルな、中間色の、富裕な、抜目がない、或る経済大国が極東の一角に残るのであろう。それでもいいと思っている人たちと、私は口をきく気にもならなくなっているのである。

（「果たし得ていない約束」『文化防衛論』筑摩書房（文庫）、二〇〇六年）

この文は吉田の「戦没学徒の遺産」ののちに書かれたものだ。経済成長がきわまった先に、吉田と三島が見ていた景色には、通じるものがあったと言えるのではないか。

仙台の「うしろ姿」

東北にもどる。

吉田が仙台支店長となったのは、一九七〇年十月のこと、仙台ではそれから、一九七二年九月まで二年弱の時間を過ごす。日銀仙台支店は、東北のブロック支店だ。つまり東北全体を統括する拠点である。仙台支店長時代吉田は、子供の受験などもあり、単身赴任であった。単身ということもあり、仙台での生活は、青森ほど、地域にはいっていくものではなかった。支店の規模も青森よりも大きく、支店長としての仕事も忙しく、青森のように、県内を広く歩くこともできなかったのだろう。支店長は年に数度、支店長会議に出席せねばならない。東京に家族もいる。吉田は頻繁に上京した。

仙台に関わる文章も青森ほど多くはない。直接関係するものは、「東北への長い旅」と「東北・きのう・明日」の二編だけ。どちらも、タイトルに仙台を冠するものではない。

仙台で特筆すべきことは、「家の教会」との出会い、それはつまりは、「家の教会」を主宰する佐伯晴郎牧師との出会いではなかったかと思う。

「家の教会」は佐伯晴郎が仙台の郊外・芋沢の自宅で開いた伝道所だ。佐伯については、序章でふれたが、以下略歴を示す。

佐伯は一九五二年に東京神学大学を卒業し、一九五二年から五七年まで三重県の伊賀上野教会で牧師をつとめ、その後、米国やドイツの神学校でまなんだのち、一九六五年から宮城学院女子大学の教員となった。大学で教えるかたわら、自宅を伝道所として開放し、多くの信徒がかよった。佐伯は若い頃、赤岩栄に師事し、革新的な教会のあり方を模索しており、その一つの形が「家の教会」であった。「家の教会」では、聖餐をおこなわず、原初的な教会のあり方を追求していた。赤岩は、終戦間もない頃、キリスト教と共産主義が両立しうるとして、共産党への入党宣言をし、波紋を投げかけた聖職者だ。赤岩は、作家の椎名麟三に洗礼をほどこしたことでも知られ（のちに椎名は赤岩を批判）、戦後のキリスト教に少なからぬ影響をあたえた。

吉田が、「家の教会」にかようきっかけは、林彬（さかり）、英子夫婦の縁による。林夫婦は、佐伯の隣人であった。林氏は東北電力につとめており、以前は青森に住み、長島教会にかよっていた。そして、長島教会で日曜礼拝をともにしていた教会員に吉田夫妻がいた。林夫人と嘉子は個人的にも親しい間柄であった。

吉田は仙台赴任後に林夫妻をたずね、その紹介で、「家の教会」にかようようになった。「家の教会」について吉田は以下のように書きのこしている。

仙台生活の後半、私たちを迎えてくれた山間の新しい団地にある集会は、せいぜい十五人か二十人の小メンバーの集まりで、牧師はある女子大学の教授兼学生部長であった。普段礼拝は牧師の私宅を開放して行われ、月に一回、会員の一人が長男の不慮の死を記念して近くの子供たちに開放した小高い山上の「ナザレ館」という児童館で、特別の集会がもたれた。献金は一人五十円以上、ただしこれは手作りのおいしい中食代を含むことと決められていた。市内に住む会員には、牧師ともう一人のドライバーが特別サービスとして、日曜の朝ごと、配車してまわるという心遣いであった。

（「東北への長い旅」『吉田満著作集』下巻）

佐伯牧師の子・蔵田和子さんによると、吉田も佐伯牧師の車に乗り、「家の教会」にかよっていたという。すでに述べた通り、私が「家の教会」の後身にあたる西仙台教会をたずねたのは二〇一六年のクリスマスの日だった。西仙台教会は、仙台の西郊、東北大学がある山の西側にある。仙台駅からバスで半時間ぐらいのところだ。建売住宅がならぶ住宅地のなかに西仙台教会はある。つくりは普通の一戸建てだ。クリスマス礼拝の聖餐式で、パンと葡萄酒にあずかった。私は洗礼をうけていないので、普通はうけられないが、現在、西仙台教会を牧会する早坂文彦牧師はこの席にいるものはすべて洗礼をうけているとみなし、聖餐式への参加資格があるという。赤岩栄に師事した佐伯牧師の考えを引き継いだものなのだろう。

礼拝が終わってから、ご近所の子供やそのお母さんも参加し、クリスマス会がおこなわれた。その間に、吉田を知る人に話をきいた。先に青森の節でご紹介した伊藤節子さんも、その席でお会いした。

吉田が、先の文章で佐伯晴郎牧師の「もう一人のドライバー」と呼んだ方の奥様とも話ができた。中村美智子さんだ。中村さんのご主人・中村善多さんのことも、吉田は「東北への長い旅」で書いている。中村夫婦は奥様の美智子さんがクリスチャンで、夫の善多さんは、当初は奥さんについて教会にかようようになったのだが、その後、佐伯牧師の「よきパートナー」になったと吉田は書く。

善多氏はもともと古典や漢文が好きで、『戦艦大和ノ最期』も愛読していた。そこに吉田満が突然あらわれたのである。中村善多氏が吉田と面識を得たことをたいへん喜んだと夫人の中村美智子さんはかたった。吉田は中村善多氏のことを「定年間近のいかにも善良そうなご主人」と表しているが、美智子さんによれば、当時は夫婦二人とも二十代だったとのこと。当時からご主人は奥様より一まわり上に見えたというが、しかし、定年間近とは……、吉田もずいぶんいいかげんなことを書くな、と思った。

私が参加したクリスマス会は、近所の子供達がつどい、ハーモニカの演奏あり、紙芝居あり、讃美歌の斉唱ありと、家庭的な雰囲気で、吉田満も同じような空気を味わったのかと感慨深いものがあった。

日銀の支店長が、日曜日、仙台郊外の自宅を開放した教会で祈りをささげる。中村美智子さんは、吉田が形式ばらず、気さくで、日銀支店長というような雰囲気を全くかもしださなかったことを述懐した。

西片町教会の会員の原崎郁平は仙台支店に吉田をたずねた時のことを書きのこしている。「応接に当たった数人の方々のばか丁寧さに驚いた」という（原崎郁平「吉田さんのこと」『西片町教会月報』一九七九年十月号）。日銀ブロック支店の支店長とはそのようなものなのであろう。そして、吉田はそこから抜けだし、日曜日は、このような家庭的な教会で、自らの信仰をふかめていた。

そのような雰囲気をつくったのは、佐伯晴郎という牧師のなせるわざだったのだろう。佐伯が、共産党に近づき、日本基督教団と関係をわるくした赤岩栄に薫陶をうけたことは先に述べた。佐伯が書いた『日本のキリスト教に未来はあるか』をよむと、人間イエス、原始キリスト教を追求する理想主義的なキリスト教をおいもとめた聖職者であることが理解できる。吉田もその姿に共鳴したのではないか。

冒頭に述べたが、佐伯は『追憶　吉田満』に追悼文をのこしている。そこにおける、真向き（学徒兵）、横顔（日銀行員）、うしろ姿（キリスト者）という三つの顔から、吉田をおってみたいと思うようになったことも書いた。

そこで以下のように述べている。

どういうわけか私は、吉田さんについては最初にお会いして以来ずっと、この人は御国を目ざして歩んでいる——という特別な印象を抱かされてきた。無論、人は皆いつの日かは御国へと召される。私たちは例外なく御国への歩みを続けているのである。だが吉田さんのそれは、私にはなぜかやや足早に感じられた。この人は、みずからの生を立派に生ききったお方だ、一度決定的に死んだお方だ、そして今あるこの人の生は、凡俗のわれらと異なり、死を踏み越え、御国へと一歩一歩、確信的に歩み行く——そのようなお姿に見受けられたのである。

（佐伯晴郎「うしろ姿」『追憶　吉田満』）

この文章は、吉田満の死後に書かれたものなので、後おいの感想も多少ふくまれているだろう。ただ、佐伯がどこかで、そのように感じていたこともいつわらざるところであったのだろう。吉田の訃報に接し、佐伯晴郎は弔電を打った。

ミクニヘノ　タビダチノトキ　イマミチテアユミユクヒト　ヨシダミツルサマ　コノミチハ　トモガサキダチ　アトニツヅクミチ　ハナサキキソウミチ

佐伯の追悼文と弔文から、仙台の吉田の「うしろ姿」が見える。それは、西片町教会の牧師・山本将信にゴルフなどの遊びに興じることはできない、とかたったそのような姿だ。

吉田満は一九七二年九月十八日に仙台支店長の職から、日本銀行の金融政策を決定する政策委員会の事務方のトップ、政策委員会庶務部長として本店にもどる。時は、前年の夏に、米国のニクソン大統領により、新経済政策が発せられ、東京株式市場は史上最大の暴落となり、一ドル三百六十円の固定相場がくずれていた。そして、吉田が東京にもどる二カ月前に、列島改造をかかげる田中角栄が、総理についていた。

第八章　西片町教会長老として

吉田満は組織人だった。組織があり自分がいる。よしんば、その組織になんらかの問題が生じた場合は、つとめて内部から改善の努力をする。外部から部外者として批判することは避ける。吉田はそのような信念をもっていた。

籔田安晴は吉田を「体制派」だという。しかし、体制にどっぷりつかっていたわけではない。たえず、内部からの批判の眼を持っていた。体制派ということは、当事者意識と言いかえてもよい。

別の機会に籔田に会った折も、吉田は学徒兵でありながら、職業軍人に対しても強い連帯感を持っていたのではないかとかたった。学徒兵である自らを、海軍兵学校出の士官と切りはなして考えるということがなかったのではないかというのだ。臼淵磐、伊藤整一にふれた文章をよみ、私もそのことを感じていた。当事者意識という点では、吉田の師であった鈴木正久にも共通したものがあった。

ここでは、教会という組織における吉田満を見てゆく。吉田は、一九五七年、ニューヨークに赴任する直前に西片町教会（当時は駒込教会）に入会し、亡くなるまでの二十数年間、西片町教会の会員であった。戦後まもなく、駒込教会の牧師であった鈴木正久と親交を持ったので、教会との関係は三十年あまりに及ぶ。西片町教会の牧師は、一九六九年まで鈴木正久がつとめ、鈴木の死後に山本将信に代わり、吉田満の葬儀は山本がとりおこなっている。

鈴木、山本という二人の牧師を「師」としたのである。二十年間の西方町教会の信徒の時代に、吉田は幾度か教会運営に関わる長老（一九七四年から役員と改称）をつとめている。また、その死の直前には、山本将信の再任を審議する委員となっていた。

その牧師再任問題が吉田をなやませた。病床から送った西片町教会への手紙のなかで「自分が本当に至らなかった」「本当に申しわけなく思います」と教会員にわびているのである。死を前にした吉田は、何をもって「至らなかった」とかたったのであろうか。

この章の目的は、西片町教会会員、長老（役員）吉田満から、その信仰と戦後責任、さらに、組織に対する考え方をうかびあがらせることにある。

一つことわっておきたいことがある。本章では、西片町教会の内部の事情をえがかざるをえない。それはあくまで吉田満の全体像をとらえるための材料に過ぎない。その点をご理解いただきたい。

またこの章では、第一節で鈴木正久の時代、第二節で山本将信の第一期牧師時代をえがく。その二つは教会と牧師が中心となる。そこで、教会で発生した諸問題に吉田がどのように対処したのかを確認する。後半の二つの節で、教会内外の問題について、吉田がどう対応したのかをながめ、キリスト者、そして組織人・吉田の思考の軌跡をたどる。

戦争責任告白と鈴木正久の死

一九六九年七月十四日、西片町教会の牧師・鈴木正久が膵臓がんのために死去した。五十六歳だった。奇しくも、吉田の享年と同じであった。吉田は鈴木への「お別れのことば」を以下のようにのこしている。

先生は、多くの問題に直面する日本キリスト教団総会議長として、その公的な活動の頂点において、天に召されました。昭和四十一年春から三年あまりの短い期間に、戦争責任の告白、沖縄教会との合同をはじめ、日本のキリスト教界としては、まさに画期的ともいうべき実りを恵まれましたが、先生が終始そのことに如何に身命を賭して戦われたかを、私どもは知っています。

（「お別れのことば」『時にかなって――鈴木正久牧師追悼文集』日本基督教団西片町教会、一九六九年）

鈴木は死の二年前に、「戦争責任告白」を日本キリスト教団の総会議長名で発している。この文書は、戦後のキリスト教にとって極めて重要なものだ。では吉田が言う三年あまりの短い期間に、鈴木は何をしたのか。時間をもどして、鈴木正久の事績をふりかえっておこう。

鈴木の経歴を簡単にしるしておく。鈴木正久は一九一二（大正元）年生まれ、父は陸軍の主計軍人であったが、ドイツ兵の規律正しさがキリスト教に由来することを知り入信、母も入信する。しかし長男正久は当初キリスト教に反感を抱く。小学校の時、父が脳溢血でたおれ、正久は中学進学をあきらめざるをえなくなり、父の郷里静岡県に転居し、土地の牧師の長男である「Sさん」の感化をうけて受洗する。のちに青山学院神学部にすすみ、牧師の道を歩むこととなる。

入信の動機は簡単に言えるものではないであろうが、鈴木の回顧録（鈴木正久『王道』日本基督教団出版局、一九七〇年、「幼少時代の思い出」『鈴木正久著作集』第四巻、新教出版社、一九八〇年）をよむと、「神経質で弱そうな」子供が、父の病により進学を断念せざるをえなくなり、東京から田舎へ移り住み、自己と向きあうようになった、そのような環境変化が大きな要因としてあるようだ。

鈴木は、一九三一（昭和六）年の満洲事変以降、所属する日本メソジスト教会の政府への迎合に対して批判的態度をとり、教会執行部を非難する文書もしたためている。特高や憲兵の監視もうける。伶子によれば、家に憲兵が上がりこんでいたこともあったし、玄関には「要注意人物」という札がかかっていたという。

鈴木正久は東京の本郷中央教会の牧師として敗戦を迎えるが、大教会（会堂）での伝道や、海外（戦勝国）の支援をうけての布教活動に疑問をもち、一九四六年に日本基督教団駒込教会の牧師となり、終生、西片町教会（駒込教会）を牧会することとなる。本郷中央教会はカナダミッションの資金提供をうけて、特に東大生への布教を強化しようと考えていた。しかし、鈴木はその方針に批判的であった。鈴木は信仰の日本における自律化をめざしていた。

鈴木正久は戦時中、自身は胃潰瘍の術後のために応召されなかったが、しかし、後輩の神学生は多く戦地におもむき戦死していた。一九六〇年代に至っても、西片町教会での主日礼拝の折、戦争で死んだ神学生の写真を横において説教をおこなっていたという。

伶子によると、正久はしばしば「ぼくたち戦中派は」とかたり、また、特攻をえがいた岡本喜八監督の『肉弾』を見た後、涙が出てとまらなかったと述べていたという。伶子は、「父には吉田さんと同じものが流れていた」と述懐する。死者の記憶を強くとどめて戦後を生きるという姿勢に相通ずるものがあった。

籔田安晴は、組織に対する態度にも共通点を指摘する。鈴木も吉田も、自らが所属する組織をかたる際に、内部にいるものとして、痛みをもってかたるそのような姿勢を終始とった。それは国家に対しても同様であった。

籔田は正義に対する態度においてもそれは共通していたという。吉田は、正義に対して常に慎重な姿勢をとった。吉田自身も自分たちの世代は「政治不信」だと述べている。鈴木はしばしば「安上がりの正義感」という言葉をつかい、安直に正義の立場にたって、何かを批判することを強く戒めていた。その姿勢は、前章で述べた最後の説教「祈れ」にもあらわれている。

正義に対して慎重であり、戦中派を自負していた鈴木だが、一九六〇年代の中途からその説教が少しずつ社会性を帯びるようになっていったことを、西片町教会の古い教会員の中村雄介は記憶している。『西片町教会百年史』や『鈴木正久著作集』にふされた年表を見ると、ドイツから帰国後、鈴木が、戦争に抵抗できなかったキリスト者としての責任に向きあって行くそのような姿がうかがえる。それが、吉田がかたる「画期的ともいうべき実り」につながっていくのである。

鈴木正久は一九六一年七月から一年間、ドイツ福音合同教会の招きで渡独した。その折に、キリスト者のナチへの抵抗運動と、その戦後責任の問題を深く知るようになった。吉田は、鈴木がドイツ滞在中の一九六二年四月に西片町教会の長老に選出された。

西片町教会は、鈴木がドイツから帰った翌年一九六三年十一月十日に、李仁夏牧師に講演を依頼し、その後、李牧師が牧する在日大韓川崎教会と交流をはかるようになる。さらに、西片町教会においては、朝鮮半島の知見をふかめるべくアジア問題研究会がつくられる。西片町教会の日韓交流はその後現在までつづいているが、そのスタートとなったのがこの年であった。

李仁夏は東京神学大学でまなんだ後、川崎の在日韓国人が多くかよう川崎教会を牧会していた。鈴木を韓国との交流にむかわせたひとつの要因は、日本基督教団の歴史が関係していた。

日本基督教団は、戦時統制によってプロテスタント諸会派が合同して生まれた組織だ。日本のキリスト教は、明治初年に解禁となったが、しかし、神道や仏教と同等にあつかわれたわけではなかった。それゆえプロテスタント諸会派は、自らの立場の向上もあり、国家の命による統合をうけいれたのである。

教団のトップ統理は、伊勢神宮に参拝、また、朝鮮半島の人々に対しても、神社参拝を求めた。植民地朝鮮のキリスト者は、かねてより神社参拝を強要されており、それを拒否した教徒は投獄され、獄死したものもあった。朝鮮半島のクリスチャンから見れば、日本基督教団は明らかに帝国日本の翼賛組織として生まれたものであった。

一九六五年九月にソウルで開かれた韓国基督教長老会総会に日本基督教団を代表して議長の大村勇が参加するが、韓国基督教長老会の反応は極めて厳しいものであった。鈴木はそのような負の歴史をいくらかでも償いたいと考えた。それゆえに、日本における在日韓国人との交流をふかめる活動をおこなったのだ。

一九六五年にアメリカは北ベトナムへの爆撃を開始する。日本基督教団はただちにベトナムへの無差別攻撃を憂慮する書簡を、教団の議長名でアメリカ大統領宛てに送る（一九六五年二月十七日）。その後、キリスト者有志は「ベトナムに平和を求めるキリスト者緊急会議」を組織し、米国への代表団が組織される。鈴木正久はその派遣に中心的なはたらきをする。籔田によれば吉田はそのような鈴木の行動を支持していたという。金銭的支援もおこなっていたと考えられる。

一九六五年には日韓基本条約が結ばれる。日本基督教団の若い伝道師の間から、教団の戦争責任を明確にすべきではないかという意見が澎湃とあがった。一九六六年八月、教団の二つの委員会（伝道委員会と信仰職制委員会）共催による中堅牧師のための講習会がひらかれた。鈴木は講習会校長の立場で出席した。鈴木は一九六四年から教団の伝道委員会委員長をつとめていた。

若い伝道師から、戦争責任告白の提議がなされる。戦時において教団がおこなったことを総括し、悔い改めの告白をするという提案だ。鈴木も同様のことを考えていた。しかし、鈴木はその議案は教団総会では承認されないと判断した。

鈴木は変化球を投げた。その声明文を常議会という少人数の組織に付託し、その声明を日本基督教団の議長である自分の名前で公表するのである。鈴木は、一九六六年十月に日本基督教団の議長に選出されていた。そのような経緯で発せられたのが「第二次世界大戦下における日本基督教団の責任についての告白」、いわゆる「戦争責任告白」である。長いが全文をひく。

第二次世界大戦における日本基督教団の責任についての告白

わたくしどもは、一九六六年十月、第十四回教団総会において、教団創立二十五周年を記念いたしました。今やわたくしどもの真剣な課題は「明日の教団」であります。わたくしどもは、これを主題として、教団が日本及び世界の将来に対して負っている光栄ある責任について考え、また祈りました。／まさにこのときにおいてこそ、わたくしどもは、教団成立とそれにつづく戦時下に、教団の名において犯したあやまちを、今一度改めて自覚し、主のあわれみと隣人のゆるしを請い求めるものであります。／わが国の政府は、そのころ戦争遂行の必要から、諸宗教団体に統合と戦争への協力を、国策として要請いたしました。／明治初年の宣教開始以来、わが国のキリスト者の多くは、かねがね諸教派を解消して日本における一つの福音的教会を樹立したく願ってはおりましたが、当時の教会の指導者たちは、この政府の要請を契機に教会合同にふみきり、ここに教団が成立いたしました。／わたくしどもはこの教団の成立と存続において、わたくしどもの弱さとあやまちにもかかわらず働かれる、歴史の主なる神の摂理を覚え、深い感謝とともにおそれと責任を痛感するものであります。／「世の光」「地の塩」である教会は、あの戦争に同調すべきではありませんでした。まさに国を愛する故にこそ、キリスト者の良心的判断によって、祖国の歩みに対し正しい判断をなすべきでありました。／しかるにわたくしどもは、教団の名において、あの戦争を是認し、支持し、その勝利のために祈り努めることを、内外にむかって声明いたしました。／まことにわたくしどもの祖国が罪を犯したとき、わたくしどもの教会もまたその罪におちいりました。わたくしどもは「見張り」の使命をないがしろにいたしました。心の深い痛みをもって、この罪を懺悔し、主にゆるしを願うとともに、世界の、ことにアジアの諸国、そこにある教会と兄弟姉妹、またわが国の同胞にこころからのゆるしを請う次第であります。／終戦から二十年余を経過し、わたくしどもの愛する祖国は、今日多くの問題をはらむ世界の中にあって、ふたたび憂慮すべき方向にむかっていることを恐れます。この時点においてわたくしどもは、教団がふたたびそのあやまちをくり返すことなく、日本と世界に負っている使命を正しく果たすことができるように、主の助けと導きを祈り求めつつ、明日にむかっての決意を表明するものであります。

一九六七年三月二十六日　復活主日　日本基督教団総会議長　鈴木正久

つまりここでは、教団の成立を「神の摂理」としながらも、戦争に同調したこと、教会が「見張り」の役割を果たせなかったことを悔い改めて、世界の、特にアジア諸国の人々に対して許しを請うことをうたっているのである。さらに、現在日本が「憂慮すべき方向」に向かっていることにふれ、あやまちをくりかえさない決意を表明している。

この告白は宗教団体が戦争の責任を明確にした初めての事例となった。その後、他の宗派も、自らの戦争責任告白をおこなうようになる。しかしながら、日本基督教団内部には、戦争の問題を教会内部にもちこむことに反対する意見も少なからずあった。であるからこそ、鈴木は教団の議決ではなく、常議会の付託という方法をとり、議長名で告白を発表した。教団内ではいまなお、この告白については異論があるという。そのことは、戦争責任告白五十周年の折に出版されたブックレットにおいても、同様のことが述べられている(『日本基督教団　戦争責任告白から五十年』新教出版社、二〇一七年)。

鈴木はこの告白を機に、残された問題に対応する。教団は、かねてより関係がたたれていた沖縄基督教団と合同し沖縄教区が発足、広島に投下された原子爆弾によって身寄りのなくなった人々の施設・原爆孤老ホームの建設を提案し、一九七〇年に開催される大阪万博にキリスト教館を出展することを決定するのである。しかし、最後の万博問題が、のちに教団に大きな亀裂をもたらすこととなる。

万博へのキリスト教館出展が決まった一九六八年は、ちょうど学園紛争が起こった年だった。万博という国策に教団が協力することに、反対意見がわきあがった。鈴木はなぜ万博への出展を提案したのか。それには、財界との関係があったという。原爆で身寄りがなくなった孤老ホームの建設は、鈴木の宿願であった。そのためには経済人からの資金提供が必要だ。万博における日本のキリスト教の広報は、キリスト教徒の経済人の、特に関西の経済人の強い希望であった。鈴木は無理をした。さらに、手続き上にも瑕疵があった。鈴木は、万博出展を教団に一度提案するが、それが否決され、再度議案を提出した。一事不再理の原則に抵触する行為だ。

さらに不幸が重なる。鈴木はその翌年一九六九年五月に膵臓がんが見つかり、その二カ月後にかえらぬ人となった。入院する直前の西片町教会における説教が先にしめした「祈れ」だ。鈴木は体の異変を察知していたのであろう。しかし、戦争責任、戦後責任を、いま果たさねばならないという使命感によって、最後の数年を走りつづけた。またその使命感が、彼の死期をはやめた。

吉田満は一九六五年から一九六八年まで青森に赴任しており、「戦争責任告白」が公表された時は東京にはいなかった。

吉田は、戦争責任告白について、二つの文章をのこしている。「戦責告白と現代」(『西片町教会月報』一九七三年八月号)、「戦争責任告白を考え直す」(『西片町教会月報』一九七六年三月号)である。前者が「戦争責任告白」発出から六年半後、後者が九年半後となる。すでに述べた通り、吉田はあるものごとについての自らの考えを軽々にださない性癖を持っている。自分なりにことを咀嚼し、充分に飲み込んでから意見表明をするのである。

前者の文章は、未来についての使命をかたったものだ。一九七二年当時の世界情勢について教会員に対しておこなった講演に手を入れた原稿である。後者は、改めて戦争責任告白の目的を確認したものである。その意図は、恐らくは、鈴木の意に反して戦争責任告白についてさまざまな異見が起こり、それに対し、鈴木の意思を明確にしておきたいという意図があったものと考えられる。その文章の最後のほうで、吉田は以下のように述べる。

日本という国を愛すること、教会を愛すること、これは二つとも大切な義務であるが、その双方で、われわれは過ちを犯したのである。国を愛していたなら、日本と共に歩もうとするのであったなら、真理に立って大胆に批判すべきであった。国の力を恐れたのは、国を愛していないからである。不誠実であったからである。

（「戦争責任告白を考え直す」『吉田満著作集』下巻）

籔田によれば、吉田は国家意識が極めて強かったという。鈴木伶子も鈴木正久が強く国を意識していたとかたっている。戦争責任告白においても「国を愛する故にこそ」という言葉が見える。鈴木の言う愛国心とは、祖国が過ちを犯そうとする際にそれを食い止めるもの、とされていた。その考えは吉田の思想にも通じるものがある。

鈴木正久が、戦争責任告白を発表して以降、それに答える形で書かれた本に『キリスト教の現代的使命』（新教出版社、一九六九年）がある。その冒頭でも、教会を愛することと、国を愛することが、同列にあつかわれている。

鈴木が戦争責任告白を述べたのは、国との緊張関係の文脈であった。吉田もそのことは十分に理解していた。しかし、時代の変化のなかで、その発想の原点が曲解されているのではないかと、吉田は考えたのだろう。寡黙で節度を重んじる吉田は、時代の潮流が激しく渦巻いているその瞬間は発言をひかえる。しかし、意図したことがまがっていこうとする時に発言をするのである。二つの文章はそのように読める。

鈴木正久の後輩である牧師の村上伸は鈴木の説教集『日本の説教15　鈴木正久』の「解説」で、鈴木が説教でしばしば軍事用語を使ったことをかたっている。また、一九六四年六月七日におこなわれた西片町教会の説教で、「戦闘艦」で、生活が配置しなおされることを事例に、キリスト者になると、主なる神を見あげ、生活が配置しなおされるという趣旨のことを述べたという。それは、吉田満の影響ではないかという。むろん、村上は確かめようがないが、とつけくわえる。

教会紛争

鈴木が亡くなる前年から、大学紛争が起こっていた。直接的な原因は、大学の非民主的経営や授業料の値上げなど学生に切実な問題から発生したが、そこには、社会問題への不満が背景としてあった。紛争は次第に激化し、学生運動は、運動方針の違いによって暴力をともなうものとなっていった。東京大学では六八年終わりからゲバルトが起こり、また、日本大学でも紛争が激しくなっていた。

日本基督教団が設立した東京神学大学にそのような学園紛争の波が及んだのは翌年のことだった。一九六九年暮れに学生はバリケード封鎖をおこない、翌年の三月に大学は機動隊を導入して封鎖を解いた。学生の批判の一つが万博問題であった。教団が、国家権力がすすめる万博に協力する。万博は一九七〇年三月から九月まで大阪でひらかれた。

鈴木の死後に西片町教会をまかされたのは山本将信だ。山本の経歴も簡単にしるしておく。山本は鳥取の倉吉で六人兄弟の末っ子として生まれたが、家が子供の時に没落し、中卒で大阪に出る。結核をわずらって療養所にはいり、そこでキリスト教と出会う。意を決し、中卒でもはいれる東京目黒の神学校に行き、そこから苦学して、二十二歳で東京神学大学に入学した。鈴木正久は父の病により進学をあきらめたが、山本は家の零落とまた自身の病気によって、苦しい少年時代、青年時代をすごさねばならず、そこからキリスト教に帰依した。

東神大の学生は、日曜日に教会に行かねばならない。いくつかの教会をまわることを指示され、最初にでかけたのが西片町教会であった。そこで「この人だ」と思ったと山本はふりかえる。

学生時代山本は毎週西片町教会にかよい、礼拝と勉強会に出席した。当時は何人か、東神大の学生が鈴木のもとにかよっていた。山本は一九六七年に西片町教会の伝道師となる。

鈴木は病床に山本を呼び、後継をまかせると告げた。本来は教会の長老会が決めることだが、死を前にして、鈴木は強引な決断をする。それは万博問題と同様であった。

一九六九年七月、長老会は山本将信を後任の牧師として迎えることを決める。任期は五年とした。一九六九年から一九七四年の山本の第一期牧師時代におこった大きな問題は、東京神学大学の学生紛争であった。東京神学大学のバリケード封鎖は解かれたが、学生の不満は鬱積していた。さらに、本来仲間であった山本が牧師となって、いわば体制側についたのである。

もともとは鈴木正久をしたってかよっていた東京神学大学の学生が、討論を要求し、礼拝を阻止する行動にでる。一九七〇年九月から西片町教会では礼拝が不可能になり、その後、「分散礼拝」と称して各信徒の家で礼拝をおこなうようになる。学生は教会を占拠しつづけた。しかし、長老会と山本は、警察導入はおこなわないとの方針をたてた。東京神学大学では機動隊を導入したがゆえに裁判がはじまった。裁判闘争となることが長びく。それは避けたほうがよいとの判断であった。結局、礼拝粉砕は足かけ二年ほど、一九七二年までつづいた。

そのようななか吉田は西片町教会から離れていた。一九七〇年から仙台にいたのだ。また、長老職も仙台赴任とあわせておりていた。籔田は仙台に相談に行った。吉田はいたく心をいため、このような時に自分がいないことをわびた。

吉田は学生運動をどのように見ていたのか。この問題を考える際にいくつかの局面にわけて考えねばならないだろう。学生運動一般と、東神大の学生運動、さらに、西片町教会の占拠とは次元が異なり、考えも多少異なると考える。吉田が仙台に行く直前に『西片町教会月報』に寄せた文章がある。「どのように生きるべきか」(『西片町教会月報』、一九七〇年八月号)だ。冒頭吉田は以下のように書く。

信仰に親しむ環境にあって自然に導かれて信仰に入ったのではなく、(むしろ宗教には無関心な壁の中に育ち)、自分で物を考えるようになってから問題を求めて信仰にたどりついた私のようなものにとっては、信仰は常に新しい出発であり、自分はどのように生きるべきかという問いが、いつも生き生きした具体性をもって、自分に明らかでなければならないと思います。

では、吉田にとって教会とはいかなるものか。

教会は、私がそのような信仰と立ち向かう場です。信仰へのエネルギーが生み出される場です。教会ではたえずわれわれ一人一人が自らの信仰に忠実であり、自分の信仰を貫くことを土台として教会の活動とかかわっていくように、求められているのではないでしょうか。そのことを離れて、教会に何を求めるかという問題や、教会のためのはたらきのあり方を議論しても、無意味でしょう。また教会が今何をなすべきかという命題について、各人それぞれの異なった考え方が許されることも、いうまでもないでしょう。

この文章は礼拝粉砕により、教会が占拠される直前に書かれたものだ。学生たちの討論要求に対して述べられたものと考える。吉田にとって教会とは一人一人が信仰を求めるそのような場なのである。その考えに至ったのは、自分が個人として信仰を選ぶようになったからだという。東京神学大学の学生は、家がキリスト教徒である、あるいは、家族に聖職者がいる、そのような背景をもち入学したものが少なくなかったことだろう。吉田はそうではない。この文章は、学生に対する控えめな反論とよめる。

籔田は吉田が市民運動や学生運動に対してある種の限界を感じていたのではないかという。後の「戦後日本に欠落したもの」で述べられているが、そこでは、「架空の「無国籍市民」」という言葉を使っている。この言葉の背景には、七〇年代前後の学生運動体験がある。

吉田は、国(共同体)を宿命的なものとして理解していた。しかし、それは、批判する対象としても認識していた。しかし、共同体が自分と切れたところに存在するとは決して考えていなかった。また、死んだ戦友が「敗レテ目覚メル」と新生日本を夢想したのであるから、それを引きうける責任が自分にはあると考えていた。そのようななかにあって、無国籍であることは、鈴木が考えた「安上がりの正義感」につながる危険性を帯びたものに見えた。

伶子によれば、鈴木は戦時中、国際派を任じ、戦争に批判的な態度をとった。そのことにより特高が注意する人物にさえなった。しかし、戦後になると、戦争加担者の罪も、自らが引きうけるべきものと考えた。例えば、靖国参拝をおこなった日本基督教団の統理を「父」として位置づけ、一方的に批判する態度はとらなかった。また、『キリスト教の現代的使命』では、東條英機に「氏」をふしている。伶子は、鈴木正久がなぜA級戦犯の罪までも、自らが引きうけるべきと考えたのか、その点は理解できなかったという。しかし、鈴木は戦犯を自らと連続したものととらえていた。

また、鈴木は戦時統制による教団成立も、「神の摂理」として、神のみこころがはたらいた結果としてとらえようとしていた。鈴木の思考を私自身十二分に掘り下げることはできないが、しかし、少なくとも、「無国籍市民」が、自らが属する共同体を離れた立場で批判することができるのか、という疑問を、二人が強く共有していたことは明らかだと思う。

靖国で弔意を示すことはためらわない

鈴木正久が亡くなる直前、政府自民党は靖国神社の国家管理を求める法案を提出した。政教分離規定への抵触を避けるため、靖国は宗教法人から特殊法人に変え、宗教色を薄めるという案を提示していた。

日本基督教団など宗教団体はこぞってこの法案に反対した。西片町教会でも、法案が審議されはじめてから、反対の活動がおこなわれ、鈴木も反対との立場を表明した。自民党は靖国神社法案を五回にわたり提案、一九七四年五月二十五日、自民党は法案を単独可決するも、参院で廃案となった。

吉田が靖国法案について明確な形でものを言ったのは、『西片町教会月報』一九七四年七月号の「靖国問題特集」であった。吉田は慰霊祭など定期的に靖国神社には行っている。また、靖国神社護持の運動には、恐らく吉田が知る海軍の元戦友が関係していたのではないかと思われる。『西片町教会月報』の靖国問題特集に寄稿した「靖国と愛国心」で吉田は以下のようにかたるのである。

靖国法案が予想されるように次期国会で廃案になった場合、それがどの程度評価されるべき成果であるかには、いろいろな見方があるとしても、法案通過阻止運動の足跡は、一般市民が政治にたいして行った抵抗の実績として、特に日本の各種宗教団体が一致して推進した協力の結果として、歴史にかきとめられるものとなるでしょう。

同時に、「より本質的な問題が残されている」とし、「われわれが自分の責任で何をつくりだすかが、決定的な主題となる」というのだ。吉田は、なにかの反対運動にはたえず懐疑的で、それによって何をつくりだすか、それを問わねばならないと強く主張していた。籔田によれば、吉田は代案なき反対に対して終始、懐疑的な態度をとっていたという。

私は年に一度、たいてい四月の上旬の日曜日の朝ですが、靖国神社にいって、特攻作戦で戦死した戦友たちの慰霊祭に参加します。この時以外に、遺族の方に親しくお目にかかって故人を偲び、また生き残った同僚と一堂に会する機会がないからであり、この行動を、私自身、恥ずかしいことと思ったことはありません。

吉田は、大戦で、百二十万人の日本の軍人軍属、世界中で二千万人の軍人、三千万人の一般人が死んだとする。そのあとで以下のように述べるのだ。

いま平和の中にいるわれわれが、あの人たちの死は犬死であって、靖国神社国家護持の動きこそ、そのことを決定的にすると指摘するのは、易しいのですが、そうならば、いま無目標、無節操、孤立無援の混沌の中にある日本の状況を、死の彼方から彼らがどう見ているのか、彼らを犬死にするかしないかはわれわれの責任ではないか、という問いに答えることは、同じように易しいでしょうか。

（「靖国と愛国心」『西片町教会月報』一九七四年七月号）

そのためには、本当の意味の愛国心が必要だという。そして家永三郎の以下の言葉をひく。「自分の国を無条件で讃美して満足するのではなく、むしろ自分の国の欠陥をはっきりと自覚し、これを克服することによって、自分の国をいっそう高めていこうとするのが、真の愛国心である……」。

「靖国に行っております」という言葉は、山本将信もきいている。吉田が、「国家護持には反対ですが、靖国には行っております、それをやましいことだとは思わない」とかたっていた。山本将信に話をきいた折、「忘れないうちに言っておくが」と江藤淳との立ち話のエピソードを紹介した。

吉田の死後、偲ぶ会がおこなわれ、その席で、江藤が山本のところにつかつかと歩みより、「ところで吉田さんは靖国に行っていたのか」ときかれたのだという。山本は江藤と面識はなく、初めての会話だった。山本は、吉田の葬儀をとりおこなっており、その席に江藤も出席しているので、江藤は山本の顔を知っていた。山本は、自分が知りうることを話した。「国営化には反対だが、行っておりますとかたっていた」と。江藤は「そうですか」と述べて、去っていった。

それだけのことだ。おそらく江藤淳も、吉田の心境をはかりかねていたのではないか。それを靖国への参拝という一事をてがかりに確認しようと思っていたのではないか。しかし、吉田の思考は、そのような「行く行かない」という二項の選択ではとらえられないものであった。先の「恥ずかしくない」という文章の後で以下のように述べている。

そこに集まって、三十年の出来事を懐かしく想い出すというような余裕が、われわれにあるはずはなく、終始言葉少なく、お互いの近況や最近思うことなどを、語り合うのが精々です。一人一人の胸には、死んでいった人たちが、戦争のための死を憤りながら、同時に自分たちの死が残された人たちを励まし、新生日本の歩みに少しでも役立つことを切願した想いが、重くのしかかっているのです。

（「靖国と愛国心」『西片町教会月報』一九七四年七月号）

吉田にとって靖国はそのようなものであった。吉田は靖国法案反対運動が、一般市民が政治に対しておこなった抵抗の実績として重要なものであることは認めつつも、しかし、靖国に対する人々の姿勢について、一抹、わりきれないものを持っていたのである。

正しい行動のための勇気と努力が足りなかった

『吉田満著作集』下巻には「病床から」というタイトルの手紙が二通掲載されている。吉田は一九七九年七月三十日に東京の厚生年金病院に入院した。その病床から、西片町教会に宛てた手紙である。その書信は『西片町教会月報』にのり、その後、『平和への巡礼』（新教出版社、一九八二年）に掲載され、一九八六年に著作集が刊行された折に収録された。

「病床から」をはじめて読んだ時、意味のわからないくだりがあった。第一信では冒頭に「七月三十日に入院いたしました。私のために、皆さまからお祈りをいただいていると山本先生を通して伺い、心から感謝をしています」とかたる。「山本先生」とは西片町教会の山本将信牧師のことである。その後、以下のようにつづるのである。

一人で祈り、また音楽を聞きながら一人で考える豊かな時を、恵まれています。思うことは西片町教会のことです。／今度の牧師選考の問題の中で、自分が本当に至らなかったとつくづく思います。自分が正しくない行動をとらないことに、せい一杯で、正しい行動のための勇気と努力が足りなかったことを本当に申しわけなく思います。

（「病床から　第一信」『吉田満著作集』下巻）

吉田は西片町教会の教会員がうたった讃美歌のテープをうけとる。病床できく。お礼の手紙が第二信である。そこでも先の「牧師選考問題」について、「過ぎ去ったことですから、今またそれを持ち出してくわしく書くのは、どうかと思ったのですが」とことわりながらも、問題に対する所見を書きつけているのである。病床にあって彼が「本当に申しわけなく思う」とした牧師問題とは何なのか。その点がわからなかったのだ。

さらに付けくわえると、先にあげた『平和への巡礼』は、吉田の信仰についての文章を吉田の死後編んだものだが、そのなかで、解説を書いている森平太は、以下のように書いている。

最後の「病床から」は、掲載にややためらいを覚えざるをえないものであった。吉田さんが最後まで所属された西片町教会の苦悩を反映する言葉であるからである。しかし、ここにこそ、最後まで変わることのなかった吉田さんの人間と信仰の真実が彫り深く表出されているゆえに、捨てがたい思いから収録することをお許しいただいた。

（「戦中派・吉田満の信仰――解説に代えて」『平和への巡礼』新教出版社、一九八二年）

この文を書いた森平太は、森岡巌の筆名である。森岡はキリスト教出版社・新教出版社の社長であり、森平太の筆名で多くの文をのこしている。

著作集でこの手紙をよんだ読者の多くは、ことの次第がわからなかったであろう。しかし、妻・嘉子は、この手紙の収録を認めた。

その後、『西片町教会百年史』をよみ、教会の関係者から話をきき、ことの次第が理解できるようになった。簡略に述べる。「牧師選考問題」を通じて、教会員が二分され一部の教会員が西片町教会を離れることとなったのだ。

なおすでに書いたが、私がここで牧師選考問題を記述するのは、どちらかの側に立ってなにかことの正否を論じるためではない。教会に対する、あるいは、組織に対する吉田の態度を理解するためだ。そのことを先にことわっておく。

一九六九年に鈴木正久は五十六歳で死ぬ。そして、後任をまだ三十代初めの山本将信にまかせた。そのことはすでに書いた。本来、後任牧師の選考は長老会の仕事であった。のちに長老会は、山本を任期五年で迎えることを決議する。この任期制は、鈴木がつくったものだった。鈴木の意図は、牧師が居すわることを排除する、そのためのものであった。一九六九年から七四年までの山本牧師の第一期には、東京神学大学の学生による、教会紛争が起こり、七二年まで教会は機能不全におちいる。そして、七四年に任期更新となる。教会員のなかに、新しい牧師を求める声があがった。山本は役員に呼ばれ、任期の更新についてきかれた。山本は継続を希望し、二期への更新がなされた。

吉田満が苦悩したのは、第二期から第三期の更新の時期である。一九七九年の三期にむかって山本は辞退を明らかにする。そして選考委員会が結成された。委員長になったのは、長年教会員であった表俊一郎だ。表は東京大学の地震学の研究者であった。当時は九州の大学に転じていた。選考委員会に吉田もはいった。

選考委員会は、山本の再任についての所見（書簡）を会員に求めた。それを委員長の表と吉田がよんで判断するというものであった。表は、再任に異議があるとの書簡のほうが多いと判断した。しかし吉田は違った。そのことのくだりが以下だ。

それは、牧師を支持するかどうかについて、教会員の手紙を集めた時、選考委員会の中では、教会員の過半数は牧師を支持していない、という意見が有力だったことについてです。手紙の読み方の問題もありますが、私は、数の上では過半数が牧師を支持していないとは言えない、と考えました。たとえ委員会が決裂しても、そのことを強く主張すべきでした。そうすれば、牧師はその前提の上で再任辞退を表明することとなり、最後の意志決定の条件が、すっかり変わったと思うのです。

（「病床から　第二信」『吉田満著作集』下巻）

つまり、教会員の手紙を表委員長は山本牧師再任反対が多数派をしめるとよんだ。しかし、吉田はそうは考えなかった。しかし、吉田はそのことを発言しなかった。委員会が決裂するからである。そのことの行動と勇気がなかったことを悔いているのである。

籔田は病床の吉田をたずねた。籔田は吉田とともに、教会の会計を担当していた。吉田は選考問題について心をいためていた。教会が二分されている。そのような事態に対して自分はどのような行動をとればよいのか、病室で吉田は悩んだ。

吉田は病床に多くの仕事をもちこんだ。『鈴木正久著作集』の編集と序の執筆、鶴見俊輔と司馬遼太郎との対談への反論（「死者の身代りの世代」）、さらに絶筆となった「戦中派の死生観」も書いている。そのなかにあって、教会の組織の問題について苦悩し、その分裂を最後まで押しとどめようと考えていた。森は以下のように書く。

教会の中の亀裂を前にして、吉田さんはあくまで、対立する立場の中の真実なとりなし手であろうとされた。自ら責任をもって所属する共同体に対する忠誠（ロイヤリティー）を徹底的につらぬこうとする吉田さんの誠実さは、このように最後まで変わらない。

事情を肌で知らない人間にとっては、森の吉田観はわかりにくいが、吉田にはものごとを中途で投げだしたり、問題から軽やかに身をかわすという態度がない。森がいうように所属する共同体に対して忠誠をつくす。ただその忠誠のつくしかたのなかには、内部への批判をふくんでいる、それをわかった上で、組織の維持の側につくのである。

先に述べた通り、籔田は、吉田が「体制派」であると幾度もかたった。山本将信は吉田満を「体制バランサー」という言葉をつかって形容した。実はこの言葉は、西片町教会とも浅からぬつきあいのあった東京大学教授であった隅谷三喜男を称した言葉だった。隅谷はクリスチャンだ。山本将信が教会紛争で悩んでいた頃、山本は隅谷の研究室に呼ばれた。そして東大紛争の例をあげて、学生に対しては旗幟鮮明な態度をしめすことが大切だとアドバイスされた。隅谷三喜男はのちにがんをわずらいながらも、三里塚問題の解決に尽力した。そのような、体制のなかにあって問題を解決しようとする態度をして、「体制バランサー」といったのである。吉田にも通じるものがあったというのが山本の吉田観であった。

病床にあって、第一信でも第二信でも教会員を気づかい、以下のように手紙をむすぶ。

第一信

鈴木先生が天に召されてから十年たち、私もその時の先生の年になりました。人間の中味がまるで違うのですから、せめて先生より出来るだけ長生きをして、小さな働きに励まなければ、申し訳ないような気がします。／残暑の折、皆様くれぐれも御大切に。／主の平安が皆さまと共にありますように。

第二信

私は信仰のうすいものですが、昼間一人でいる時、また夜中に眠れない時などに祈っていると、その祈りが何ものかに受けとめられて、また自分に戻ってくるように感じることがあります。……皆さんの御健康を祈ります。／神よりのめぐみが豊かにありますように。

後日談になるが、吉田の死後、山本牧師の再任に反対した人々は、西片町教会を離れ、「みくに伝道所」をつくった。そのなかには、鈴木正久牧師の長女・伶子もいた。一九八四年、その開所式に山本将信も参列した。双方の和解は、吉田が望んだことであった。

なお、みくに伝道所は、のちに上原教会と合同し、代々木上原教会となった。伶子の紹介で述べた、ＩＳに殺された後藤健二氏も礼拝に参加した教会である。

上原教会は、戦後、共産党入党を表明し、日本基督教団が除名をしようとした赤岩栄が牧していた教会であった。前章で述べた仙台「家の教会」の佐伯晴郎は、赤岩に師事していた。その信徒と合同したのである。

第九章　経済戦艦大和の艦橋

粕谷一希の『鎮魂　吉田満とその時代』は印象的なエピソードではじまっている。一九七七年に『提督伊藤整一の生涯』が刊行された折、少人数のお祝いの会がもよおされた。吉田の他、山本七平、吉田直哉、粕谷一希、文藝春秋社から東眞史をふくめた二人の編集者が出席した。粕谷は山本七平のスピーチを書きとどめている。

「戦後日本の戦艦「大和」ともいうべき、日銀にお勤めになる吉田さんは、どうか経済大国日本の舵取りを誤らないで下さい」。一同どっと笑った（粕谷一希『鎮魂　吉田満とその時代』七頁）。

山本七平本人の筆になる回想はいささか異なる。「戦艦大和の艦橋に居られた吉田さんは、戦後日本という「経済戦艦大和」の艦橋である日本銀行に居られます。『戦艦大和ノ最期』を書かれたように、今度は、『経済戦艦大和ノ最期』をお書きになりませんか。まだ多くの人は不沈戦艦と思っているようですが……」。そして、みなが笑った。しかし「不思議に吉田さんは笑わなかった、それが今でも強く記憶に残る」と書きのこしているのである（山本七平「戦中派・吉田満と被占領派」『文藝春秋』一九八六年十一月号）。

吉田と山本は懇意であった。軍隊経験がありクリスチャンであるという点も共通する部分があった。家族ぐるみの交流があり、吉田の死後、山本夫妻は嘉子夫人をともない死海への旅にでかけている。

同席した東眞史に直接きくと、吉田さんは苦笑いをされていたのではなかったかなぁ、という答えだった。山本の回想は、多少脚色をともなったものだったのかもしれない。ただ、山本がかたった座興のつもりの冗談を、吉田は冗談と取れなかったところもあったのだろう。その宴がもたれたのは一九七七年十一月のことだ。吉田は二年前に日本銀行の監事に就任しており、「経済戦艦大和」の艦橋にはいたが、すでにその舵りができる立場ではなかった。監事は一般企業であれば、監査役に相当する。総裁、副総裁になるには、理事を経なければならないが、もはや理事になる道はなかった。周囲には「よいあがりかたをした」とかたっていた。

山本七平の「まだ多くの人は不沈戦艦と思っているようですが」という言葉を理解するためには、一九七〇年代の日本経済、日銀の金融政策、そこにおける吉田の仕事について説明する必要があろう。話を七〇年代初頭にもどし、そこから改めて吉田の足跡をたどってみたい。

政策委員会庶務部長

一九七二年九月十八日、吉田は仙台支店から本店にもどり、政策委員会の庶務部長になった。政策委員会とは日本銀行の金融政策の最高意思決定機関である。政策委員会は、総裁にくわえて、政府代表委員二名、任命委員四名の七名によって構成され、毎週二回ひらかれる。そこで公定歩合の調整など、日銀の政策が決定されるのである。

庶務部長はその事務方のトップであり、その決定事項を、関係する官庁に伝え、報道機関にブリーフィングする。政策委員の世話係でもある。日銀のなかでは花形の仕事であり、ニューヨーク駐在員事務所、人事課長、二つの地方支店長を歴任した吉田にとっては、出世ポストといえるものであった。

だが、当時の日本銀行のおかれた状況は、一九五〇年代からはじまった高度経済成長の延長線上にあったわけではなかった。波乱の時代がはじまっていたのである。吉田が庶務部長に就任したのは、ニクソンショックの翌年のことだった。

米大統領ニクソンは一九七一年八月十五日に新経済政策を発表した。新経済政策にはドルと金の交換停止、十パーセントの輸入課徴金といった措置がふくまれていた。それによって、一ドル三百六十円の固定相場がくずれた。ニクソンショックにより円は急騰した。ドル安がすすみ、その年の十二月にきまったスミソニアン協定で、いったんはドルの固定相場が確認されるが、日本の高度経済成長は、それで終わりを告げたのである。

同年に米国は日本政府に通知することなく、キッシンジャーが訪中、米中の国交回復が話しあわれた。もう一つのニクソンショックである。

それまでの日銀の金融政策は比較的安定したものだった。ふりかえって見ると、終戦直後の日本銀行の金融政策は生産力の回復とインフレ抑制が最大の課題だった。一九四九年、占領軍によりドッジラインがひかれ、一ドル三百六十円の固定相場が確立、物価の安定がはかられる。朝鮮戦争が起こり特需でわく。米国からの技術が導入され、生産力も徐々に回復してゆく。一九五四年に日本は、国際収支の黒字化を達成、その二年後の経済白書では、「もはや戦後ではない」という文言が書きつけられた。

その後、平均十パーセントの成長が十五年間つづく。高度経済成長だ。日本銀行の金融政策も外貨準備を見ながら、公定歩合の調整により、経済の安定をはかるそのような定石がとられていた。

しかし七一年になると、ニクソンショックで円が高騰、日銀が民間から大量のドルを買い上げたため、マネーストックは急増し、過剰流動性が形成される。日銀はデフレ圧力を懸念して金融政策の調整をはかろうとするも、利害関係者の調整がつかず、決定が先送りになるのである。吉田が政策委員会の庶務部長に就任する二カ月前、公定歩合が引き下げられたが、しかしそれは、郵政省が貯金金利の引き下げに応じず、決定が数カ月遅れ、ようやく決着した政策変更であった。

一九七二年七月には田中角栄が総理についた。田中は列島改造をかかげて、大幅な財政支出をおこなう。一九七二年秋からは地価、物価は上昇し、それが、一九七四年の狂乱物価につながっていくのだ。

吉田が庶務部長に就任したのはそのような時期だった。政策委員会庶務部長はたしかに日銀の顔ともいえる。しかし、政策は自らが決めるものではない。さらに政策委員会の決定、日銀の金融政策そのものが、省庁間の利害や、また政府の政策によってふりまわされる。経済成長が減速し、利害が錯綜するなかで、日銀の仕事は、これまで吉田が経験してきたものとは性格を異にするものとなっていた。

後の話になるが、吉田の長男・望の就職にあたって、吉田満は「銀行には行くな」という言葉をのこしている。吉田を知る複数の人が、吉田がそのようにかたったことを記憶している。そこには、むろん、それまでの銀行での勤務経験があったことと思うが、同時に、七二年以降の体験が大きかったのではないかと想像する。

籔田安晴は、吉田が田中角栄の列島改造に対して、中央と地方の格差の是正など一部肯定できるところもあるが、その金権体質に対して批判的であったことを述べていた。そのことはすでに述べた。

藤原作弥は、吉田が「復興から成長にかけて、日本経済がオーバーライドしていったのではないか」という発言をしたことを記憶している。つまり吉田は、高度経済成長を通じて、日本のどこかのタガがはずれてしまった、ノリを超えてしまったのではないかと感じていたのである。

藤原作弥は時事通信社の経済記者で、日銀の不祥事後、一九九八年から副総裁をつとめるという異色の経歴をもつ。記者、副総裁以外にも、『李香蘭　私の半生』などの著作をものしている。

藤原が吉田と面識をえたのは政策委員会庶務部長の時だった。藤原は、一九六七年から米国に駐在しており、ニクソンショック後に日本に帰任、金融担当記者として政策委員会の記者会見にでるようになっていた。そこで吉田を知る。

藤原は若き頃、『戦艦大和ノ最期』を落涙して読んだ経験がある。藤原は満洲からの引き上げ者だ。満洲で小学校の同級生の多くをソ連軍によって殺されており、吉田と同様に忘れがたい戦争体験を持っていた。

藤原が吉田と親しく付きあうようになったのは、吉田が国庫局長となってからだ。藤原の言葉を使えば、「満（まん）さん詣で」をはじめ、酒席もともにするようになった。

考えるところがあった

ここでふれておきたいのは吉田の出世の問題だ。そのことと、その後の吉田の執筆活動が関係しているからである。

政策委員会庶務部長は理事への昇進が可能なポストだ。しかし、国庫局長はそうではない。藤原もそのことは書いているし（藤原作弥「戦後日本を読む」『この国の姿』愛育社、二〇〇七年、二一九頁）、籔田も国庫局長から理事になることはないという。

ただし日銀における吉田の出世の問題は、この時代に限ったことではなく、作家活動が吉田の昇進をはばんだのかという、日銀における吉田の処遇全体に関わることとなる。

吉田は占領期に口語版の『軍艦大和』をだし、独立後には文語版『戦艦大和ノ最期』を出版し、文名をはせていた。一九六〇年代以降は、戦中派のオピニオンリーダーとして評論文を発表している。そのような文筆活動は、出世をさまたげなかったのか、そんな下世話なことを考えてしまうのだ。

日銀での吉田の処遇については、日銀で一緒にはたらいたこともある千早耿一郎（伊藤健一）もふれている。千早によれば、日銀では戦後まもなく文芸のサークル活動もさかんであり、日銀の本業である金融経済については対外的に文章を発表することに制限があったが、それ以外は自由ではあったという。しかし、ものを書くことがはばかられるような「重苦しい空気」もあり、そのことを吉田も感じていたというのである（千早耿一郎『「戦艦大和」の最期、それから』九三〜九四頁）。

粕谷は処遇に影響したと断定する。「吉田満は率直にいって、日銀内部では正当に評価されなかったように思う。それは吉田が最初から、「戦艦大和ノ最期」の作家として有名人であったことが禍いしているかもしれない。それは複数の同僚たちの証言からもうかがわれる」という（粕谷一希『鎮魂　吉田満とその時代』二〇四頁）。

その言葉の後に、粕谷が後輩の三重野康を取材した時のことを書きのこしている。三重野が総裁になる前、理事の頃だ。

「まあ、『戦艦大和ノ最期』は結構だけど、あとで書いたものは余計だったのではないかな」。粕谷は、その後で、「「男は黙ってサッポロビール」風な男の美学を持っているであろう三重野さんらしい見方」としながらも、「私自身は賛成できない」としている。東眞史によれば、三重野の取材ののちに粕谷は、「余計」という発言に不快感をしめしていたという。

また粕谷はある同僚がかたったという、「吉田は過去にこだわりすぎ」というコメントも紹介している。すでに述べた通り粕谷の日銀取材は順調にいかず、それゆえに『諸君!』の連載はとまった。粕谷は吉田が正当に評価されていないと考えた。

吉田満が日銀で評価されなかったという見方は、望氏もかたっていた。その理由は、粕谷の意見と同様に、早くから、「戦艦大和ノ最期」の作家として有名になったので、行内にそのことに対する嫉妬があったのではないか、というのだ。

しかし、藤原作弥の見方は異なっていた。日銀で出世をする(特に理事になる)のは、時の利というものも関係している、そのような内容だった。吉田の入行の期、昭和十九年入行は一人も理事になっていない。「この人は!」と嘱望されていた人物でも理事職についていない。翌年、昭和二十年入行からも理事はでてない。しかし、二十一年、二十二年になると、複数が理事になる。吉田の期の前年・昭和十八年にも理事が複数出ている。

昭和十九年入行は、昭和十八年組と、二十一年組にはさまれて、出世が難しい期だったというのである。前述した通り、吉田は、昭和二十年十二月に日銀ではたらきはじめたが、学徒兵のくりあげ卒業のため、入行の期は昭和十九年となる。

さらに藤原は、政策委員会の庶務部長、そして国庫局長の頃の吉田は、「栄達は望んでいなかった」のではないかと述懐する。吉田の心中については、籔田も同様のことを述べていた。籔田の言葉を借りれば、吉田には「考えるところがあった」ように見えたというのだ。

藤原も籔田も作家活動が吉田の出世をはばんだという説をうちけす。

たしかに、政策委員会の庶務部長の折に、「考えるところがあった」ことをしめす証拠がある。それは江藤淳への手紙だ。吉田は、庶務部長について数カ月後の一九七二年末に江藤に手紙を送っている。江藤らが主宰していた『季刊藝術』に寄稿したいという依頼文だ。そのことはすでに書いた。吉田と江藤は翌年早春にはじめて会う。その年の夏から『季刊藝術』で執筆活動をはじめるのである。理事への道を考えていたら、江藤に手紙を書くことはなかったのではないだろうか。

吉田はおそらく、「経済戦艦大和」の艦橋にあって、さまざまな経済現象にふれていた。そこには、日本経済が復興から成長へオーバーライドし、そこにさまざまなひずみが生まれていたことを見ていた。それは彼の持つ経済倫理を逸脱するものであった。

籔田はのちに、吉田が西片町教会で山本将信牧師の代わりに説教をおこなった際に、日本が世界から大量の冷凍えびを輸入している例をもちだし、身の丈にあわない消費を批判する言葉を述べたという。吉田は当時の日本経済のありように極めて批判的であったことがうかがえる。しかし、組織人である吉田はそれを自分と離れたところで、居丈高に批判することはひかえた。

藤原は、当時吉田が、第二の人生、否、戦艦大和の学徒兵をいれれば第三の人生を考えていたと述懐している。それをしめすように吉田は、政策委員会庶務部長の職を解かれて以降、これまでとはうってかわって多くの文章をあらわしていくこととなる。

日本人としてのアイデンティティ

吉田が国庫局長となったのは一九七三年十月三十日のことだ。それから吉田は精力的に著述を発表する。まず『季刊藝術』夏季号に「臼淵大尉の場合」を寄稿。『戦艦大和ノ最期』で「敗レテ目覚メル」とかたり、学徒兵と海軍兵学校出身者のいさかいをおさめたあの臼淵磐の物語だ。吉田はのこされた家族に取材し、その短い一生を書きのこすのである。

翌年の『季刊藝術』春季号には日系二世の中谷邦夫をえがいた「祖国と敵国の間」を発表。その年に『戦艦大和ノ最期』の決定版(一九七四年版)を出版する。さらに、「臼淵大尉の場合」「祖国と敵国の間」「戦艦大和ノ最期」の三作品を掲載した『鎮魂戦艦大和』を刊行する。一九七七年には『提督伊藤整一の生涯』を書き下ろしとして上梓する。本章の冒頭で紹介した山本七平の発言は、その出版祝いの席でのものだ。

その間、「横顔(日本銀行)」の吉田は、一九七五年十一月四日に国庫局長の職を辞し、監事に就任している。

吉田が政策委員会の庶務部長を辞めて以後の、社会情勢の変化もしるしておいたほうがよいだろう。まず、吉田が国庫局長となった月に、石油ショックが起きる。第四次中東戦争により、石油輸出国機構に加盟する産油国が石油の価格を大幅に引きあげたのである。オイルショックにより激しいインフレが起こり、トイレットペーパーが店頭から消えた。翌年の一九七四年、日本経済は戦後初のマイナス成長を経験する。戦後経済を牽引してきた高度成長がこれで完全にとまった。

吉田はその死の前年一九七八年に書いた「戦後日本に欠落したもの」で近年の様相を「戦後最大の危機と言われる、不況と円高の内憂外患の窮境」と述べている。不況と円高の内憂とは、そのようなものであった。では外患とは何か。吉田によればそれは「わが国に注がれる眼の冷徹さ」だという。一九七一年、欧州を訪問した昭和天皇は戦争責任について抗議行動をうけていた。また、一九七四年、田中角栄は東南アジアを歴訪するが、タイやインドネシアで反日デモに遭遇した。のちに、その示威行為は、国内問題も要因としてあったことが明らかになっているが、日本製品がボイコットされ、経済侵略反対のシュプレヒコールが起こっていた。そのようなアジアからの批判に答えるべく、一九七七年に福田総理がＡＳＥＡＮ諸国を訪問し、大規模の経済援助を約束した。一九七〇年代、アジアで存在感を増し、さらに輸出超過となった日本に対して、海外から厳しい眼が注がれるようになっていたのである。

山本七平の言う「不沈戦艦と思っているようですが」という言葉の背後にはこのような社会変動があった。「戦後日本に欠落したもの」の原稿依頼をしたのは、当時まだ中央公論社の編集者であった粕谷一希だった。吉田満は『提督伊藤整一の生涯』のあとがきで以下のように述べていた。

戦後三十年に近い時間が経過した後に、あえてこの二篇を執筆したのは、戦後日本が重大な転機を迎えたその時期にこそ、われわれはあの戦争が自分にとって真実何であったかを問い直すべきであり、そのためには、戦争の実態と、戦争に命運を賭けねばならなかった人間の生涯とを、戦後の時代を見通した展望のもとで見直すことが、緊急の課題だと考えたからである。戦後の出発にあたって、この課題を軽視し看過したことが、今日の混迷につながっているというのが、私の認識であった。

（「提督伊藤整一の生涯」あとがき」『吉田満著作集』上巻）

この二篇とは「臼淵大尉の場合」と「祖国と敵国の間」のことである。

粕谷はこの部分をしめして、それを敷衍した原稿を吉田に依頼した。その依頼に答えたものが、「戦後日本に欠落したもの」であった。ではこの論文で吉田は何を主張しているのであろうか。

「戦後日本に欠落したもの」で吉田は戦後の三十三年という時間を以下のようにかたる。「この間に日本が、太平洋戦争とその総決算である敗戦によって得た経験を反芻し、学ぶべきものを学びとるには、充分な時間と試練の場が、あたえられた」はずなのに、しかしそれを日本人はおこたってきた。それは、「日本人としてのアイデンティティー（自己確認の場）」をどこに求めるべきかという問いがきちんとなされなかったそこに、「戦後最大の危機」といわれる現代の混迷があるというのである。七〇年代の混迷とは、先に述べた通り「不況と円高の内憂外患の窮境」であり、「外からわが国に注がれる眼の冷徹さ」であるという。

吉田はその種の窮境が出来したひとつの原因として、敗戦によって日本人が戦争のなかの自分を見つめることなく、いまわしい記憶を抹殺し、戦中と戦後を貫く一貫した責任を自覚しなかったことに求めるのだ。それを「日本人としてのアイデンティティー」の欠如とする。吉田は以下のように述べる。

数年来、公害の激化、資源の枯渇、物価の大幅上昇等を理由に、高度成長そのものを否定する議論があるが、これは現実を無視した短見というほかはない。日本の持つ潜在可能性を開放し、さらに将来への発展の基礎作りをすること自体が、悪ではありえないし、逆に力がないのはいいことだというのは、見方が甘い。批判さるべきは、みずからのうちに成長率の節度を律するルールを持たない、日本社会の未熟さであり、こうして培われた国と民族の伸張力を、何の目的に用うべきかの指標を欠いた、視野の狭さ、思想の貧困さである。

（「戦後日本に欠落したもの」『吉田満著作集』下巻）

吉田は、まず成長そのものを否定する論に反論を述べる。同時に、復興から成長へオーバーライドしてしまった、つまり経済倫理を失ってしまった日本経済を批判するのである。そして、日本には独自の国家観が必要であり、そうでないと国民の主体的行動などありえない、と主張するのである。

この論は、やや精神主義的なものだ。経済官僚、専門家の視点から見れば、例えば、ニクソンショックへの対処の仕方として、その前の段階で、円切り上げなどの対策を講じることによって解決できることもあったと考えたのではないか。対米政策を巧みにハンドリングしておけば、このようなことはさけられたという対処法である。しかし吉田満はそのようには考えなかった。

相違点の分かりにくい論争

序章で述べた通り、この吉田の文を発端に論争が起こっていた。まず「戦後日本の欠落したもの」をめぐって吉田は鶴見俊輔と対談をおこない（「「戦後」が失ったもの」『諸君！』一九七八年八月号）、その後、粕谷一希が鶴見へ反論を述べ（「戦後史の争点について――鶴見俊輔氏への手紙」『諸君！』一九七八年十月号）、それに鶴見がこたえ（「戦後の次の世代が見失ったもの――粕谷一希氏に答える」『諸君！』一九七九年二月号）、さらに、鶴見と司馬遼太郎が対談し（「「敗戦体験」から遺すべきもの」『諸君！』一九七九年七月号）、最後に吉田が「死者の身代りの世代」を書き（『諸君！』一九七九年十一月号）、それが結果的に吉田の遺稿となるのである。

いま「論争」と述べたが、この一連のやりとりはいささかわかりにくいところがある。そのわかりにくさは、吉田がその主張を十二分に伝えきれていないところに原因があるようにも思える。

時系列的に論点を整理すると、最初の対談で、鶴見俊輔は吉田が提起した、日本人の抑止力のなさ、ブレーキがきかなくなる特性についてはは同意しつつも、アイデンティティについては反論を提示するのである。

鶴見によればアイデンティティとは、民族のなかでの個人のよりどころを探すことなのに、吉田はその問題を「国家としての同一性という地点に早く持ってゆきすぎている」と批判するのである。問題は「日本人が、個人としての自分らしさを失ってしまっている点」であり、「民族の習俗のなかに、強い個人を養い育てることが求められる」という。鶴見の批判は、吉田がアイデンティティを国民国家の成員としてのそれに限定して考えている点にある。

のちに鶴見は、吉田の死後に書いた文章のなかでこのように述べている。

〔吉田は〕日本帝国臣民としての服従義務と、人間として生まれたものの倫理とのせめぎあいの場に立たされることがない。たとえば海軍陸戦隊将校として、裁判をへずスパイと呼ばれる中国人捕虜を斬殺する命令を受領したことがない。あるいは日本軍艦乗組員として連合国の貨物船と洋上で出合い、これを拿捕して基地に戻り、日本の艦隊を見たという理由で、その貨物船に乗っていた外国人を死刑にする執行を命じられたこともない。効果なしと考えられる特攻作戦を軍艦乗組員として受け入れ、自分なりにその無効を考えぬくのが、彼の戦争体験の極相となった。／自分の戦争体験のこの極相を記憶にとどめ、その意味を深めるのが、彼の戦後を生きる道だった。

（鶴見俊輔「吉田満」『特攻体験と戦後』中央公論新社（文庫）、二〇一四年）

先ばしるが、この本の序章で述べた「私の立場の核心」についての問いに対する鶴見の返答はこの一文ではないかと思う。鶴見は吉田が、帝国臣民の服従義務と人間としての基本的倫理のはざまで苦悩することがないという稀有な人間であったとする。それゆえに、国家を突きはなしてみようとしていないと指摘したのだ。

改めて、論争の時間軸にそって論点を整理しておきたい。

鶴見の問題提起に対して、中央公論の編集者として吉田に原稿を依頼した粕谷一希が、鶴見俊輔に反論を提示する。粕谷は、太平洋戦争が帝国主義戦争の一面を持ち、同時に軍国主義支配の一環とした戦争であったことは間違いないが、同時に近代主権国家の延長としての戦争でもあったことを述べる。それゆえ「国民がとくに青年たちが身命を賭したのは、軍国主義のためでもなく帝国主義のためでもなく、共同体としての民族のため」であったとする。つまり、八月十五日は、無条件降伏による敗亡の悲しみと、戦争終結、軍国主義支配からの解放の喜びという両義性を持ったものだった。鶴見と吉田の二人には、近代国民国家、主権国家に対するとらえ方の相違があるというのだ。

粕谷の主張は、帝国臣民の服従義務と同時に、近代国家における国民の義務があり、吉田は後者を強く意識していたという論だ。吉田自身も、特攻で死んだ学徒兵の手記をひき、彼らが、銃後の同胞と愛する人々を守るために、特攻にでていったことを幾度か述べている。

粕谷の「鶴見俊輔氏への手紙」に対して、鶴見は反論をこころみる。粕谷と鶴見は以前、中央公論社で『思想の科学』を出版していた際に、編集者と編集委員としてのつきあいがあった。それゆえ、双方の主張には因縁めいたものがあり、両者の論はやや吉田の主張を超えたところで展開しているようによめる。

鶴見の粕谷への反論は、国家批判の根拠という問題に集中する。つまり「現政府がきめてしまったことを、根本から批判するちからをどのようにして自分のなかにつくることができるか」という問題だ。鶴見は、その意識が吉田には弱いというのである。さらに粕谷に対しては、そのような批判の視点を持つ保守主義が日本では育ってこなかったことを指摘するのである。

それを受けた司馬遼太郎と鶴見俊輔の対談「「敗戦体験」から遺すべきもの」は、吉田が「期待の次元」から手を離さなかったことを鶴見が評価しているが、司馬は吉田の発言に全くふれていない。

議論は、鶴見が提起した十五年戦争の歯どめとなる足場、つまりは国家批判の根拠をどこに求めるかというところで展開するのである。その議論が、豊富な歴史の事象をあげすすむのである。

率直にいってこの対談は論点がぼやけているように感ずる。二人の議論はいささか放恣なところがあり、タイトルとなっている「敗戦体験から遺すべきもの」に収斂してはいない。知識がおもちゃ箱をひっくり返したように散らばっているのである。

論争をしめくくる吉田満の論考「死者の身代りの世代」の口調には、強いいらだちがにじんでいる。序章で書いた通り、この原稿は、病室で書かれたものであり、病もそのいらだちを助長させていたのではないかと想像する。原稿をうけとった東に、あの文は強い口調でしたね、と私がきくと、東も同意した。
「死者の身代りの世代」で吉田は、鶴見について以下のように言う。「労作「転向研究」では「軍人の転向」の一素材として取りあげられるという機縁も生れたが、これまで私の立場の核心に触れる論評を氏はまだ明らかにされたことはなかった」とまで言うのだ（「死者の身代りの世代」『吉田満著作集』下巻）。そのことは序章で書いた。

そして、改めて戦中派の立場について確認するのである。戦争は戦前派の責任においてはじまった。戦中派はそのことによって戦火に身をさらすことになった。しかし自分たちにできたことは、「戦争のために死ぬことだけであり、戦争のために死ぬことを通して、そのようにわれわれを殺すものの実態を探り当てることだけだった」。よって、自らは散華した世代の代弁者として生きるしかない。「戦中派世代は死を前にして「われわれは何のためにかくも苦しむのか」「われわれの死はいかに報いられるべきか」と、みずからを問いつめるほかなかったが、それに対する答えが、まだ戦後日本の歴史から生まれていない以上、生き残りは死者に代わって、この問いを問いつづけなければならない」というのである。

そして吉田は、「私が戦前・戦後と貫くアイデンティティーの確立と、その基盤となる自らの主体的な責任の確認にこだわるのは、戦中派世代の提起した根本的な発顕が、そのことと密着していると考えるからである」と述べる（吉田満「死者の身代りの世代」『吉田満著作集』下巻）。

文の最後に吉田は、鶴見は自分より六カ月年長、司馬は七カ月年少であると書く。つまり同じ戦中派であることを確認し、その上で二人の意見に強い「否」をしめすのである。

つまりここで吉田は、戦中派世代の責任を述べているのだ。われわれは世代的使命を負う義務がある。そのような主張である。

この文章をよんだ時、私には吉田のいらだちがもう一つ理解できなかった。また、司馬遼太郎も、なぜ、吉田の言に言及しなかったのかも、分からなかった。

本書の冒頭でも述べたが、吉田にはある種のわかりにくさがある。そこには、語の使いかたに彼なりの用法があるように思えた。鶴見が指摘したようにアイデンティティという語もその一つだった。

吉田は「戦後日本に欠落したもの」で、「私の自由な追求」を、「架空の無国籍市民」を批判する。国家観が必要だとする。吉田はまずもって、個が自らが所属する組織を離れて存在しうるとは考えていない。国家であれ、民族であれ、ある共同体における個の立ち位置であるアイデンティティを宿命的なものとしてとらえている。「無国籍市民」について述べたくだりを紹介する。

> 自分は日本人であるという基盤を無視し、架空の「無国籍市民」という前提に立って、どれほど立派な、筋の通った発言をくり返そうとも、それは地に足のついた、説得力のある主張とはならないであろう。平和、自由、民主主義、正義。そのどれを叫んでも、言葉が言葉として空転するだけで、発言は心情的に流れ、現実の裏づけがないのである。
>
> (「戦後日本に欠落したもの」『吉田満著作集』下巻)

そのような考えの元となったのは戦争体験だ。戦中派は死者の身代わりだ。戦後は付録のようなものだ。だから、死者が考えていたことを自分達は実現しなければならない。実現できなかったら、それを次の世代に託さねばならない。しかし、死者が考えていたことは、むろん帝国日本の復活ではない。新たな日本である。彼らは、帝国日本、軍国日本の毒を払うべく、死んだ（死んでくれた）のである。だから、「架空の無国籍市民」として、「私の自由な追求」が許されることはありえないのだ。ただ、その思考の背後に何かそれを支える思想があるようにも思えた。

話を少し前に戻す。アイデンティティという語の解釈が、吉田と鶴見は異なっていた。また、吉田が使う「主体性」という語も、一般に使う用法とはちがっているように思えた。「戦後日本に欠落したもの」のなかには、このような文があった。

　しかし、戦争にかかわる一切のものを抹殺しようと焦るあまり、終戦の日を境に、抹殺されてはならないものまで、断ち切られることになったことも、事実である。断ち切られたのは、戦前から戦中、さらに戦後へと断続する自分という人間の主体性、日本および日本人、一貫して負うべき責任への自覚であった。要するに、日本人としてのアイデンティティーそのものが、抹殺されたのである。

主体性という言葉は、「自分の意思・判断で行動しようとする態度」（大字泉）という意味で理解していた。しかし、吉田はそうではない。戦前、戦中、戦後を貫くもの、それを引き受ける、主体という意味で使っているのだ。「戦後日本に欠落したもの」では他に「国民の主体性」という語もでてくる。

籔田がかたった吉田が「体制派」であったこと、また、山本将信が「体制バランサー」だと述べたことと、この心性は関係している。

そのような疑問を持ちながら、西片町教会で、過去の『西片町教会月報』をしらべていた折、一篇の文章に出会った。「自立的に生きる」という文だ。『吉田満著作集』に収録されていない。一部をひく。

社会との画一的な敵対関係、あるいは逆に画一的なもたれ合いの関係は、主体的な立場ではありません。日常の生活を通して生活に根差した信仰の証しを通して社会にはたらきかけること、社会を単に対立する他者としてではなく、自分に課せられた働きの場として捉えること、それが主体的な立場です。／教会や教団のなかにも多くの問題があります。しかしそれは、自分の外側にある問題ではなくて、自分の内側にある問題です。誰か他人の問題ではなくて、自分自身の問題です。それは、われわれが主体的にかかわらなければならない問題です。主体的な立場は、勇気や聡明さよりも、むしろしばしば、忍耐と愚かさの形で現れます。外から自分の主張をぶつけるのではなく、中へ入って、自分自身がそれに内側からかかわるものとなって、外に向かって働きかけるのです。／自立的な生活から生れる生き甲斐と責任とが、そこにあります。

（「自立的に生きる」『西片町教会月報』一九七〇年一月号）

この文を読んで、吉田が主張したかったことがおぼろげながら見えてきたような気がした。鶴見は、吉田がその足場を国家の地平に早く持って行き過ぎると批判した。粕谷は国民国家の視点から吉田を弁護した。粕谷の解釈はある意味であたっていたが、同時に、吉田のなかには、所属する共同体に対する強い責任感があった。それは、「社会を単に対立する他者としてではなく、自分に課せられた働きの場として捉えること、それが主体的な立場です」という思想だ。そのような考えのもとに、鶴見の主張を全面的に首肯することができなかったのだろう。それは、粕谷がいうところの、組織で生きることの労苦というものとも結びつくものでもあった。

職業的文筆家ではなかった吉田は、それを十二分に開陳するすべを知らなかったし、そもそも、キリスト者であった吉田は、言葉巧みにそのことをかたることに、ためらいもあったのではないかと思う。

同時にそのような感情が、おそらくは、吉田のいらだちを促したのではないか。鶴見や、司馬が同じ戦中派でありながら、なぜそのことがわからないのか。戦後という時代は、同世代さえも、このように人を変えるものだったのか。そのような慨嘆である。

むろん、所属する組織、そして、国家というものは、一元的なものではない。戦後、多くの知識人は、自然的集団としての祖国と、人為的集団としての国家を分けて、明治以降の近代日本の国家制度の不備を指摘した。たしかに吉田には、そのように祖国と国家を分ける姿勢は稀薄だ。それゆえに、鶴見がいうように、そこからは「現政府がきめてしまったことを、根本から批判するちから」を自分のなかにつくることはできない。ただ、吉田はそのような改革はあくまで内部からおこなうべきものという信念があった。

そして、そのような想いを「経済戦艦大和」の艦橋から退いた後かたろうとしていた。そこには、当然、戦中派が戦後、「うしろめたさ」を抱えながら、がむしゃらにはたらき、それによって、生まれた経済成長がオーバーライドしてしまったこと、日本が、国際情勢の変化についていけなくなってしまった、という自責の念もあった。

亡くなる数年前、吉田満が強く意識していたことは何かときくと、「これでよかったんだろうか私たちの世代は」という思いではなかったかと答えた。戦後は、死んだ戦友が夢想した「新生日本」とは異なるものとなってしまった。自分たちがやってきたことはこれでよかったのか。これから自分ができることは、自分の体験をかたりつぐことではないか。籔田が言う「考えるところ」はそのようなものではなかったか。

「何であるか」

もう少し、吉田の思考を掘り下げておきたい。丸山眞男の『日本の思想』（一九六一年）はよまれた方も多いと思う。そのⅣ章に「「である」ことと「する」こと」という文章がある。『日本の思想』が出版された十六年後の一九七七年に吉田は『西片町教会月報』に「「何をするか」と「何であるか」」という文を発表している。明らかに、丸山の論考を意識したものである。先の「戦後日本に欠落したもの」が書かれた前年のことだ。

まず丸山の主張をかいつまんで述べると、過去は身分制に基づく「である」社会であった。江戸時代の封建制が典型例だ。しかし近代の市民社会においては、「する」ことへの重点の移動が見られた。しかし丸山は、そのような「する」論理への転換は自然に起こるものではなく、人々の不断の努力によって達成されるものであるとする。そこから民主主義社会における人々の参加の重要性が主張される。民主主義は「不断の民主化によって辛うじて民主主義でありうる」のである。よって、権利の上にねむることは、民主主義社会では許されるものではないのだ。

しかし、吉田満は逆に自分は「何であるか」に固執したいという。それはなぜか。

「「何をするか」と「何であるか」」の冒頭で吉田は、聖書の「ルカによる福音書」三章十節をひく。そこでは、バプテスマ（洗礼）を望む群衆が、ヨハネに「それでは、私たちは何をすればよいのですか」と問うのである。それは群衆たちによる真摯な問いかけであった。しかしヨハネは、「下着でも食物でも、余分に持っているなら、持たないものに分けてやるように」といい、徴税人には「きまったもの以上には取り立てるな」とかたるだけだ。吉田は、ヨハネは「真剣に提起された疑問に、正面から結論を与えていない」。そして「ヨハネの答えは、おのれの分をわきまえよ、おのれの分を超えてむさぼるな、ということにつきる」とするのである。その後に吉田は以下のように述べる。

「何をするか」の追求は、外に向かうことであり、自分を拡大すること、自分の存在をより鮮明に打ち出すことである。これに対して、「何であるか」の追求は、内に向かうことであり、自分を凝縮し固縛することである。「自由」は、内に向かう姿勢よりも、外に向かう姿勢の中に、より豊かに与えられるように見える。／しかし私は、自分が「何であるか」の問いかけこそ、最も重い命題があるとうけとめ、この命題の追求の過程でもし「何をするか」の答えがえられたならば、それに従うという姿勢を持ちつづけたいと思う。自分の足場をはなれて、われわれに訴えかける外部のさまざまな力、社会の動きの中から、「何をするか」の指針を見出すのではなく、あくまで自分が「何であるか」の究明に固執したい。
（「「何をするか」と「何であるか」」『吉田満著作集』下巻）

「何であるか」に固執したいという吉田の考えの根元には、責任や使命という問題がよこたわっている。特に、身分の高い人、地位の高い者には、当然、重い責任がのしかかる。高貴さには義務が強制される。ノブレス・オブリージュだ。

しかし「である」社会から、「する」ことへの価値の転換がなされるその過程のなかで、その責任や使命が軽視される危険性が生じる。そこから、我欲が拡大する隙が生まれる。吉田はそのことに強い警戒感を持っていた。

丸山の問題意識は、「である」論理から「する」論理への重点の移動において、「する」論理が急激に拡張しながらも、そうであるがゆえに「である」論理の執拗な居すわりが起こるというものであった。丸山の論は、「である」と「する」の二項対立ではない。「である」ことの重要性も指摘している。しかし、日本の近代化の過程において「である」ことから「する」ことへの相対的な重点の移動があったとする。おそらく六〇年代初頭という時代状況においては、その枠組みの提示は極めて有効なものであったのだろう。

しかし、六〇年代後半から七〇年代にかけて、特に経済の領域において「する」論理がさらに拡大することとなった。そこに、吉田も関わっていた。吉田の言葉を使えば、「同罪人」ということとなる。それが、「これでよかったんだろうか私たちの世代は」という自責の念をみちびく。

そのような考えの背後には、旧制高校、東京帝国大学、海軍士官、日銀という吉田のエリートとしての出自がある。

実はもうひとり、吉田論を書こうとしていたが、それがはたせなかった人がいた。芥川賞作家の野呂邦暢(のろくにのぶ)だ。もう一人というのは表現が適切ではない。本来は、雑誌『諸君!』には、野呂の吉田満論が連載される予定であった。しかし、野呂は取材中に四十代の若さで急逝する。急遽、粕谷一希がその代役を引きうけることとなったのである。

野呂は、自衛隊員としての経験もあり、広く戦記をよみ、吉田ともつきあいがあった。当時の文壇では珍しく、兵士としての戦争体験に強い関心を向ける作家だった。東眞史は野呂が人間吉田論を書くのにうってつけの書き手と判断し、連載を依頼した。東は、取材中の野呂から、吉田満論の核は、彼の「貴族性」となるという連絡をうけた。それは、単なる貴族性ではなく、責任、使命を帯びたものだろう。

人はどうしても宿命的なものをになわざるをえない。万人に同様の自由とさらに幸福が約束されているわけではない。自らの宿命のなかで、もがき苦しむその先に、わずかな救いがある。むろん近代の社会は、その個人の宿命が少しずつ平準化してはいる。しかしそれが、将来全く均等になりうるかと言えば、そのような時代は決して来ることはないだろう。

この貴族性という語は丸山の論ともひびきあう。「「である」ことと「する」こと」の末尾で、「ラディカル（根底的）な精神的貴族主義」（であること）が「ラディカルな民主主義」（すること）と内面的に結びつくこと、その重要性を指摘している。

吉田の眼には、戦後の「私の自由な追求」や「架空の無国籍市民」はどこか放縦さを帯びたものにうつった。「する」論理が無秩序にひろがってしまったように感じられた。さらに、そこから生まれる正義は、鈴木正久がしばしば口にした「安上がりの正義感」に堕する危険性を帯びて見えた。吉田は、そのような時代の空気に対して極めて懐疑的であった。しかし、それを作り出した責任も自ら負わねばならない。それがすなわち「この命題（何であるか）の追求の過程でもし「何をするか」の答えがえられたならば、それに従うという姿勢を持ちつづけたい」という思考である。そのような思想が「私の立場の核心」であったのではないか。

鶴見俊輔や司馬遼太郎は対談で多くの歴史的事象をあげて、一般化した正義を述べた。そのような態度は、少なくとも戦中派は、とってはならないと考えた。それが、彼のいらだちの根にある感情ではないかと思う。しかし吉田は、粕谷が述べるように、文筆をなりわいとするものではなかったため、それを十二分に説得的文章で述べることはなかった。また、対外的に「真向き」「横顔」「後ろ姿」を分けていた吉田にとって、その問題を全的に明らかにする方法も持ちあわせていなかった。

日銀秘書室に長年つとめていた町田昌子は、監事時代の吉田を知る人物だ。町田は、昭和三十一年入行後、伊藤健一と日銀内部の演劇活動に参加し、そこから、行内誌『行友』に関わり、吉田を知ることとなる。秘書室で直接吉田に仕えたことはないが、公私で吉田と交流があった。

町田によれば、吉田は極めて「きちんとした人」だったという。時折、町田の席にあらわれ、気に入った本を貸してくれることもあったし、おしゃべりをすることもあったが、しかし、話をする際はいつも、人の視線があるところであり、私用を頼まれたこともなかった。また、担当秘書の日程調整に、教会の行事がはいっていることから、彼がクリスチャンであることは承知していたが、しかし、会話から信仰の影を感ずることは全くなかった。公と私、さらに、上記の三つの顔を、明確にきりわけていたという。

吉田はただ一度だけ、町田に私的な便宜を供与したことがあった。ある時、吉田の担当秘書から、町田に部屋にくるよう電話があった。用向きをたずねると、秘書は答えない。行くと、吉田の前には俳優の日下武史がすわっていた。町田は先に述べた通り、日銀の演劇サークルに属し、演劇好きであった。劇団四季の芝居も多く見ていた。吉田はニューヨーク駐在員事務所勤務の折にミュージカルに親しみ、それから、劇団四季を積極的に支援し、四季の俳優とも深い交流があったのだ（東忠尚「勇者は倒れぬ」『にちぎん』一九七九年十月号）。

日本銀行の話になったので、いま一度、一九七〇年当時の「横顔」の吉田について考えてみたい。

籔田安晴への何度目かの取材の折、ドルショック後の日本経済と日本銀行の立ち位置という話題になった。なぜ吉田は、あの時、日本の行く末をかくも憂慮していたのであろうか。籔田は「吉田さんは戦争、特に海軍での経験があったがゆえに、グローバルにものを見ることができたのではないか」と発言した。戦中派であるがゆえにグローバルにものが見えた——、その意味が、一瞬理解できなかった。

籔田の指摘を補足して述べるとこうだ。

第二次世界大戦は、世界大戦であるがゆえに、それは国際性を帯びるものであった。エリートは広く世界を見ていた。海軍も国際的な交流があり広い視野を持っていた。そのような教育も現におこなわれていた（ここでは、ではなぜ開戦という愚かな決定がなされたのかという問題はひとまずおく）。

しかし敗戦後、日本は米国に占領され、対米関係のみが外交となった。山本七平が、戦後派を「被占領派」と呼称する所以である。独立後も対外関係は米国に依存し、それゆえに日本は国内の復興に専念することができた。その後日本は、高度経済成長をとげたが、しかし内部完結型の経済環境が形成され、多くの人の眼は内側にばかりむいた。

ニクソンショックで通貨危機が発生、オイルショックにより資源の争奪が起こる。一九七〇代以降の日本経済は、グローバル化にさらされることとなるのだ。吉田は戦中派であるがゆえに、日本の局面の変化に鋭敏に反応した。「これでは日本は世界で孤立する」と、強い懸念を抱いた。吉田にそのような強い危機感を持たせた背景には、彼のエリートとしての出自と戦前の教育、さらに死者の視点があったというのである。しかし、最後の死者の視点を、戦後派は「過去にこだわりすぎ」と揶揄した。

藪田は幾度か「後ろの人たちは、前を見ていた」という言葉を使った。つまり、戦友は未来（新生日本）に希望を託して死んだ。吉田は、その後ろにいた人たちの眼を借りて、未来を見ようとしていた、というのである。

ということは、一九七〇年代の吉田の憂慮は、真向き（元学徒兵）と横顔（日銀）の二つの顔が言わしめたこと、となるだろう。

次の機会に藪田氏に会った時、改めて一九七〇年代の窮境についてきいた。藪田さん個人も、銀行という自身の仕事で、当時、そのような感想を抱いていたのか、と。たしかに当時「これでよかったんだろうか」という気持ちはあった。時代は、浮薄軽佻にながれているという感慨を持っていた。しかし、「これでは日本は国際的に孤立する」という意識はなかった、との答えだった。

吉田が、当時、日本の行く末に強い危機感を抱いたのは、やはりそれは、日本銀行の中枢にいたからではないか、という。この章のタイトルを使えば、「経済戦艦大和の艦橋」にいたがゆえの、しかし、その経済戦艦大和を舵とりできないがゆえの感慨、ということとなるだろう。

沈黙は許されない

吉田満はその死の二年前に作家・島尾敏雄と対談している。島尾は奄美で海軍の震洋隊指揮官として特攻の出撃を待つが、待機中に終戦を迎え、その体験を『出発は遂に訪れず』『魚雷艇学生』などの作品としてのこしている。吉田は自らの戦争体験を以下のように述懐する。

自分の三十年の生活の中を一緒に持ってきたというよりは、いまひとつ区切りついたときに、いわばもう一度その場に下りて行って、なにかいわなきゃならん、そう思うんですね。／しかしそれじゃ、何を否定し、何を肯定するかというと、そうなると、なんか非常にギリギリなんですね。その時失った仲間たちが願っていたものを、われわれの三十年の生活を経た立場で選び取らないと、ただ、自分の過去に対して釈明するだけに終わるような、そういう恐れもある。本当に彼らが持っていた、一番気持ちの中にあった大切なものはなにかということは、スカッと割りきれなくて、少しずつ少しずつ、自分の中で反省しながら見つけだしてくるという感じが、どうもある。

（島尾敏雄、吉田満『新編　特攻体験と戦後』中央公論新社（文庫）、二〇一四年、一四六～一四七頁）

吉田は、島尾と違い、戦後一貫して戦争体験にこだわってきたのではない。組織人としてひと区切りがついたので、あのときをふりかえり、何かを発言しなければならない気持ちになったというのである。

しかし、若い人はとても直感が鋭いので、そういうふうに苦しみながらでも、自分の戦争体験は体験として、それが本質的に経験として持っていたものを、また日常の中に取り出してきて、再構成してみる。それはこうだと思うことを率直に若い人にぶつけて、受け取ってもらうしかない、そういう感じがするわけですけれども。

一九七〇年代末、実業の世界で終着点を迎えた吉田は、それを次の世代にかたりかけようとしていた。序章でも述べた通り、絶筆となった「戦中派の死生観」でも、以下のように述べていた。「沈黙は許されない。戦中派世代のあとを引き継ぐべきジェネレーションにある息子たちに向って、自らのよりどころとする信条、確かな罪責の自覚とを、ぶつけるべきではないか」。

吉田はその第二の人生（第三の人生）において、自らの戦争体験の伝承から、「私の立場の核心」をいくらかでも世の中に伝えることができればと考えていたのである。

終章　雲

吉田は自著を献本する際、しばしば「必死明澄」と書いた。藤原がうけとった本にもしるされていた。仙台で交流のあった渡辺達吉がきいたところ、吉田は「死のまぎわは心が澄むものです」と答えたという（渡辺達吉「吉田さんとじゅうたん」『追憶　吉田満』）。吉田は信仰を通じて、戦友が死を前にして「必死明澄」であり、そしてこれから自分も「必死明澄」であらねばならないと考えていた。

たぶんそこには、彼の師である鈴木正久の末期も関係していたと思われる。鈴木は一九六九年五月二十四日に大塚の癌研付属病院に入院する。六月九日に開腹手術をするも、膵臓がんが広範囲に転移しており、根治不能であることがわかる。そのことを、伶子は正久に告げるのだ。告知後の鈴木の自著とテープの筆記原稿は、『キリストの日に向かって』という文集として、鈴木の死後に印刷された。

その最初の文（自著）はこのようにはじまる。

わたしくは今、わたくしのこの世の生活の終わりに立っています。それというのも肝臓癌だからです〔膵臓から転移〕。自分のこの世の生涯がこのように終わるとは、実は考えたこともありませんでした。／しかし今は、このことについても、「神のなされることは、皆その時にかなって美しい」（伝道の書三・

一二）ことを覚え、私の生活の頂点として、主とそのみ国をこのようにして深く真剣に思う時を与えられる恵みを感謝しております。

（「主とそのみ国を望みつつ」『鈴木正久著作集』第四巻、新教出版社、一九八〇年）

それから七月十四日の死に至るまで、キリストの日に向かう心境が書きのこされている。冊子は葬儀の折に配布された。表紙には、東京駅の駅前にあったBC級戦犯の慰霊碑・アガペーの像の写真が掲載されていた。鈴木の遺言であった。戦争で死んだ兵士を思い、み国をめざした。鈴木は五十六歳十一カ月で永眠する。幾度も書いたが吉田の享年と同じだ。

吉田は大和で死んだ戦友、特攻で死んだ学徒兵、さらに、鈴木の死の記憶を胸にきざんで、「必死明澄」と揮毫するようになったのだろう。

吉田は死の前年、一九七八年の秋ごろより体調をくずしていた。医者に酒をとめられていた。しかし、病気については家族にかたらなかった。日銀秘書室に勤務していた町田昌子によれば、前年の年末のパーティーで、吉田がふらつく場面に遭遇し、心配になり、車寄せまで同行し、吉田をタクシーに乗せたことがあった。ずいぶん疲れている様子だった。

吉田は、一九七九年七月十日に青森市で講演をおこなう。青森銀行はその前年に青森地域社会研究所というシンクタンクを開設していた。その一周年として「青森県へ外からの提言」と題した講演会が開催され、吉田もまねかれた。

吉田は、青森県の潜在的可能性を述べ、なによりも、県の主体性と地方文化の大切さを説いた。ちょうどそのころ、むつ小川原の開発がはじまったところだった。開発への期待もかたっている。しかし、むつ小川原は、一九七〇年代の二回のドルショックを経て初期の計画が変更され、吉田が「いつか家を建てたい」とかたっていた下北半島は大規模な原子力開発がおこなわれるようになった。吉田が主張していた青森の自律的発展は変質してしまったのだ。

吉田は講演の夜に懇意の青森の経済人と酒席をともにした。すすめられるままに返杯にも応じた。青森地域社会研究所が出す『れぢおん青森』（一九七九年十月号）には、やつれた吉田の姿がうつっている。妻・嘉子も同行したが、のちのち、嘉子は「あの旅行がなかったら……」とかたっていた。

いつもの東北旅行では、青森、仙台とならんで知友の多い盛岡にもよることが多かったが、その旅では、青森から東京に直接もどった。

七月二十九日に往診した医師が入院をすすめ、翌日、厚生年金病院に入院した。その日は、吉岡春江とのうちあわせが予定されていた。吉岡は、西片町教会の会員で、日本基督教団出版局で編集者をしていた。鈴木正久の著作集は、森岡巌（筆名・森平太）が社長をつとめる新教出版社ですすめられており、吉岡も編集にくわわった。吉田がその編集委員代表であった。吉岡は、嘉子からうちあわせを取りやめたいという連絡をうけた。

吉田は入院後に面会謝絶となった。しかし、鈴木正久著作集の編集うちあわせのため、吉岡は幾度か病院をおとずれている。のちにその手記を『西方町教会月報』（一九七九年十月号）に寄せている。その号は「吉田満兄追悼特集」だ。

八月四日に吉岡は嘉子から電話をもらう。「出血は止ったがどこから出たのかは不明、腹水はまだあるしむくみもある。医師は何もいわないが、看護婦長は大分悪いようだと言われた由、顔色が大変悪いと。長期の闘病に備える覚悟をしなければならない」と嘉子の言葉を書きのこしている。

八月八日に再び電話をうけ、うちあわせのため明日病院に来てほしいといわれる。しかし、翌日、胃のバリウム検査のため消耗したので、延期したいという電話をうける。電話口の嘉子は、鈴木牧師と同じ病状ではないかとかたり、吉岡も、同じ五十六歳であることを思い出し、不安を感ずる。

八月十四日に面会がかなう。

午後三時病院着、吉田さんの顔色は大変お悪かったが、心は豊か、頭は冴えておられた。ごあいさつする私に「春江さんのお父さんに比べればボクの病気なんかまだまだはじまったばかりですよ。こんな生活(入院の)初めてなので、なんでも珍しく、毎日今日は何をするのだろうと興味があるのですよ」

(吉岡春江「病床の吉田さん」『西片町教会月報』一九七九年十月号)

吉岡に、著作集の編集方針について、また、教会の今後について話をした。後者の問題について吉田は、「教会は一応正しく歩みだしたが、山本先生はここで壁をつき破ってそれを乗り越えなければならない」とかたった。体調がよくなったら山本将信牧師と話しあい、「いつか折をみて、残った人も出て行った人もいっしょに集まって互いに話し合う機会を持つことも考えられるが」と述べた。病床にあって吉田は、牧師再任問題についてその解決策を思案していた。

吉田は聖書を所望し、山本牧師が病院にとどける。病状は悪化の一途をたどる。九月九日、日銀と厚生年金の医師がともに診察し、近親者を呼ぶよう嘉子に告げる。

九月十三日、吉岡は病室をたずねる。鈴木正久著作集の序文をわたされた。「仰向けのままひざをかがめて書き上げた」、それを口述し、吉田がテニオハをなおし、清書したものだった。その序文「刊行の言葉」には、ただたんたんと、刊行の目的、内容、構成が書きつけられている。末尾に「なお、この序文を私が起草することになったのは、ひとえに昨年十二月、刊行準備委員会発足以来、その委員代表の役に任ぜられて来たからにほかない」と控えめな言葉がのこされている（吉田満「刊行の言葉」『鈴木正久著作集』第一巻、新教出版社、一九八〇年）。

その「刊行の言葉」を書いた四日後に吉田は長逝する。その二日前にも『日本銀行職場百年』の仕事をしていた。望氏によれば、死の直前まで生きる意志をしめし、退院後のスケジュールをかたっていたという。吉田は自分の身体にとりつけられた種々の器具の意味と効果について医師にたずねていたさなかに息をひきとった。一九七九年九月十七日午前一時二十五分のことだった。

望は、吉田の死後出版された『戦中派の死生観』のあとがきで、病室で吉田がのこした以下の文を紹介している。「たわむれだけど」とわたされたものだ。

やせた
肥満型のこの初老の男は
四十日で十五キロやせた

見事にやせたものだ
病気はなるほど手加減をしない

呼吸を苦しくしていた水が抜け
人間らしくなったと思ったら行き過ぎた
洗濯板どころではなく
テントのへこんだ屋根のようにお腹がへこんだ
第二肋骨の先が欠けているところに
指がすっぽり入る
胸骨や腰骨は
アルプスのような角度でそそり立っている

寝返りを打てば　背骨がきしみ
膝をかかえれば　竹籠を抱くようである
足は
足というよりも剝製の鳥の脚であり
腕には無数の種類のシワが寄る

全身を眺めていると
ガンジーのハンスト姿を思い出す
ユダヤ人の捕虜たちとは
幸いまだだいぶ距離がある

このやせさらばえた五十キロの肉体は
しかし私に与えられた大切なものである
私には　もはやこれしかない
ここから
ふたたび元気よく出発しよう

（吉田望「あとがき（単行本刊行時に寄せて）」『戦中派の死生観』）

失明の折の冷静さは、末期にも貫徹されていた。
吉田は生きぬく意志をしめしていた。同時に、死への心の準備をしていたこともうかがえる。病室で、もう一つ詩をのこしているからだ。

遠ざかる

遠ざかる
予定された生き甲斐が
調律された歩幅が
鼓動が
脈打とうとしてさえぎられる
目ざめた夜明けの病棟のしじま
不安　歓喜　懊悩　願望

予定されうるものはない。
調律されうるものはない。
唯、受け入れることの出来るものはある。
（徳岡孝雄「遺す言葉」『日本よお前は何ものか？』文藝春秋、一九九〇年十二月）

「不安　歓喜　懊悩　願望」と書いた吉田の心のなかでは、おそらく、鈴木の「キリストの日に向かって」の文がなりひびいていたのではないか。これからくる自らの死が、「時にかなった」ものであることを受けいれようとしている。

線を入れた箇所は、吉田自身が消したところだ。冗長だと思ったのか。あるいは、場所を消して自分の感情を、永遠につながるものに昇華させようと意図したのか。

「戦中派の死生観」の最後に、山村暮鳥の詩が書きのこされている。吉田の言葉とともにひく。

ベッドから顔を上げると、窓いっぱいに秋の雲が、湧き立つように、天の涯てを流れるのが眺められる。

おうい雲よ
ゆうゆうと
馬鹿にのんきさうぢやないか
どこまでゆくんだ
ずつと磐城平の方までゆくんか

と、明治の詩人はうたった。雲に対して、戦中派はこんなふうに呼びかけることはできない。ただ圧倒されて、しかし来るべきものにひそかな期待を寄せながら、高い雲の頂きを仰ぎ見るのみである。

吉田は、病室で雲を見ていた。西片町教会への手紙でも書いている。吉岡も、嘉子に車いすをおされて、屋上で雲を見たことを書きのこしている。望も父が雲を見ていたことを記憶している。

なぜ、雲におおらかな気持ちになれないのか。特攻で死んだ友を思い起こすのか。

東は、八月に入ってから電話で「書いておきたいことがある。手伝ってくれないか」といわれた。ヤマムラゴチョウに磐城平の雲をうたったものがあるのでさがしてほしいと頼まれた。東は、戦没学徒の書物にあ

「遠ざかる」の原稿
病床の吉田が口述し、嘉子夫人が筆写した。

たり「山村伍長」の名をさがしたが見つからない。知人にきそれが「山村暮鳥」だとわかった。

嘉子夫人から受けとった原稿の末尾には以下のように書かれていた。「雲に向って戦中派はこんなふうに呼びかけることはできない。ただ、圧倒されて、しかし何かわくわくするような人生への期待を胸にふくらませながら、高い雲の頂を仰ぎ見るのみである」。しかし、その文は消され、先の文になおされていた。

東は、重篤な病気にあって、文章に抑制をきかそうと書き改めた吉田のことをしばしば思い出すという（東眞史「最後の文章」『追憶　吉田満』）。抑制という意味では、先の「遠ざかる」の取り消し線も同様だろう。

藤原もおりおりに満（まん）さんのことを思い出す。国庫局長となってから、銀座、六本木、赤坂と飲みあるいた。そのことも病気の進行を助けたのではないか。いまでも心がいたむ。その後、自身も肝臓をわずらい入院、その顚末を『聖母病院の友人たち』にしるしている。泉下の吉田は、藤原が同じ病におかされながらも、その体験で文名をはせ、くわえて、自身がつくことはなかった日本銀行副総裁の椅子にすわることになったことを、どのように思っているのだろう。

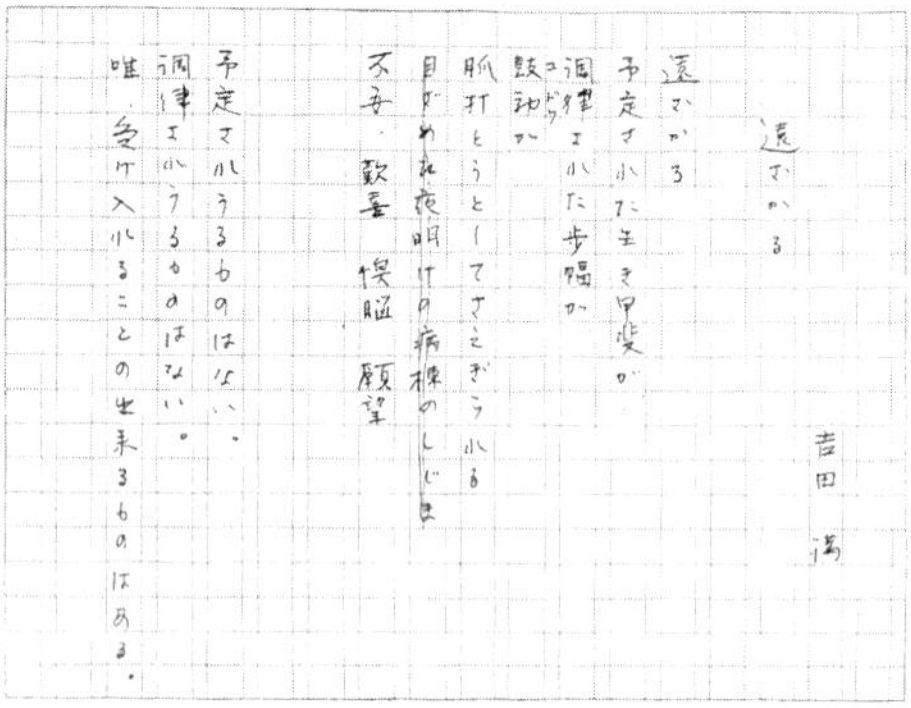

籔田は吉田が考えていたことを、以前はもう少しわかりやすいものとして理解していた。しかし、時間を経るごとに、深いものを持っていたと感じるようになった。序章でひいた「吉田さんが伝えたかったことを伝えるのは私の役目」という言葉は、私が籔田に最初に連絡した折の返信メールにあったものだ。

加藤典洋は鶴見俊輔が吉田の訃報に接した時の様子を書きとどめている。吉田が他界した時、鶴見も加藤もカナダにいた。鶴見はモントリオールのマギル大学で客員教授をつとめ、加藤は本務の国立国会図書館から、モントリオール大学に派遣されており、鶴見の授業を聴講していた。鶴見はモントリオールの日本領事館にとどいたひと月遅れの新聞で吉田の急逝を知った。鶴見は講義で吉田にふれ、沈痛な面持ちでしばらく黒板の前でうごかなかったという。授業を聞いていた加藤は後年、その時「「戦後」というものが人間の顔をして私にやってきた最初だった」としるしている（加藤典洋「解説　もう一つの「０」」『新編　特攻体験と戦後』）。

鶴見は後に『期待と回想』で吉田満を「われらの世代の最良の人」と称している。その言葉にいつわりはないだろう。ただ最後の一連のやりとりで、吉田の意を十二分にくみとり、さらに、自らの意をつくすことができなかったという後悔の念も、一抹あったのではないか。

吉田がのこしたものは何か。容易に述べることはできない。同じキリスト者であった二人の言葉を紹介しておく。西片町教会の牧師・山本将信と、新教出版社の社長・森岡巌（森平太）の二人だ。まず、山本の言葉。

吉田さんは、右か左に割り切れた意見を言うことの少ない方だったのではなかろうか。戦死者たちの「死」の意味を四捨五入して割り切れたことにしておいて、戦後民主主義なるものを始めた戦後史のなかで、「割り切れない」ことにこだわりつづけた稀有な人々の一人ではなかったかと思う。／このような立場や考え方は、吉田さんの苦悩を大きくした面もあると思う。矛盾を矛盾と知りながら、その「割り切れない」矛盾の緊張に立ちつづける、苦しくまたつらい思いをしなければならない。

（山本将信「天国からの招待状」『追憶　吉田満』）

森岡の言葉。

吉田さんにとっては、内対外、個対公、信仰対社会、教会対国家、といったような二元論的発想は存在しえない。もちろん、それらの二つの契機は相互に矛盾するものである。しかし、その矛盾と対立とをかかえながら、その苦しみと試みに耐え、それと戦うことによってのみ、それを克服することができる。最も透徹した信仰的・内的集中から、最も積極的な社会的・政治的実践が生まれる。「現代の日本に生きる一人の信徒として、一戦争経験者として、経済人の一人として」（『平和への巡礼』九四頁）、吉田さんがかかえた矛盾は計り知れないほど深かったと思うが、吉田さんは勇気をもってそれに耐え、よくそれを克服して行かれたのである。

（森平太「戦中派・吉田満の信仰」『平和への巡礼』新教出版社、一九八二年）

「わりきれないもの」、その矛盾の緊張に耐えること、そこからどう答えをだすのか。前章で述べた通り、島尾敏雄との対談でも「わりきれなさ」について述べている。

人間は矛盾した存在だ。吉田は、人はどうしようもない悪をそなえたもの、という諦念を持っていた。同時に、悪が跋扈する際に聖なるものも生まれることも知っていた。その矛盾のなかで思考しようとしていた。吉田は「戦争にいった人間がみんな悪人であったら、悲劇のそこは浅い」とかたっている。また、島尾との対談で、戦争という悪のなかに、聖なるものが生まれることの怖さを述べている。その矛盾をどう生きるのか。吉田満がのこした問いである。

親しかった山本七平は、『平和への巡礼』にふれた文で以下の言葉をのこしている。

遠い昔のことでなく、また異国のことでもなく、自分の近いところに、こういう人が現に生きていたのだということ、それを知ることはその人の生涯にとって決して無駄ではない。

（山本七平『精神と世間と虚偽』さくら舎、二〇一六年、三三一頁）

あとがき

吉田満に興味を持ったいきさつは序章で述べたが、それ以前に心にひっかかっていたことがあった。それは彼の顔だ。『戦艦大和ノ最期』の帯の吉田の顔写真が長いあいだ記憶にのこっていたのである。書店で『戦艦大和ノ最期』に眼をとられた。書名よりも写真にひきつけられた。中学生の頃なら一九五二年版の文庫であろうし、高校以後なら一九七四年版かその普及版となるだろう。文庫だったような気もするが、記憶は茫々としてさだかではない。だが写真の印象ははっきりしている。

右眼がおかしいことはすぐにわかった。スーツにネクタイ、眼鏡をかけ、こちらを見ていた。「作家っぽくない」と思った。

作家の顔に一脈相通ずるイメージをいだいていたのは、家に「現代日本の作家」といったタイトルの、雑誌のグラビア特集号があったからだ。そこの作家の面貌は、濃淡はあれど、どれも、自分というものが内側からにじみでている、そのように見えた。しかし、吉田の顔から、自己が強く主張されることはなく、反対に、自分が奥のほうにかくれている、かくされていると感じた。この人は、自分をさめた眼で見ている――、そのような印象がのこった。だから、後に、佐伯晴郎牧師が吉田をして「一度決定的に死んだお方だ」と称した言葉に接した時も、大げさにはきこえなかった。

しかし、学生時代、本を買うことはなかった。大和という語と、吉田の顔から発する何かが、十代だった自分の当面の関心にふれなかったからだろう。大時代的な書名も、敗戦から数十年をへた時代の空気から、ひどく遠いもののように思えた。

今回、吉田満が何をかたろうとしていたのか、その声に耳をかたむけたいと思うようになった動機のひとつに、かつての吉田満との出会いがあった。さらに年齢をかさねたことにより、これまで眼を向けることをおこたってきた対象への関心が、わいてきたとも言えるだろう。

最後に私事を書くことをおゆるしねがいたい。

母がひとりで東京に住んでおり、しばしば上京せねばならず、その時間をつかって吉田を知る人をたずね、資料をさがした。

母に西片町教会の話をすると、戦後まもない頃、その教会の礼拝に参加したことがある、記憶をさぐるようにはなす。彼女は幼児洗礼をうけており、信仰告白はしなかったが、教会には時折足をはこんでいたようだ。

母の病が明らかになった頃からこの本の編集作業がはじまった。

在宅でみとることとした。医師はクリスチャンだった。信仰の話になり、彼女は日曜学校でうたった讃美歌をなつかしがった。日本基督教団木場教会の長尾牧師ご夫妻に家までおこしいただくこととなった。

ベッドの横で長尾邦弘牧師が話をしてくださり、奥様の愛子さんのリードで讃美歌を唱和した。偶然にも、長尾牧師と、現在、西片町教会を牧する山本裕司牧師は東京神学大学で同期という。「もしかして」と思いおききすると、長尾有起さんはお二人のお嬢さんとのことだった。

長尾有起さんは、韓国の神学校の大学院でまなび、その後、ソウルの教会で聖職につかれている。韓国留学は、鈴木正久がはじめた日韓交流の延長で、西片町教会の信徒が中心となり支援していた。その呼びかけは山本牧師がおこなっていた。私は西片町教会で、一次帰国していた有起さんにお会いしたことがある。

私的なまじわりを書きつらね、読者にとっては不親切な話となってしまったが、ここで述べておきたいのは、奇縁についてだ。

戦後まもない頃、母が鈴木正久牧師の説教をきいたであろうということ、その席に、吉田満もいたかもしれないこと、そして、鈴木牧師がひらいた日韓交流を現在に継承する方のご両親が、母の末期に立ちあってくださったということ、それらのことが、不思議な縁によって現出している、そのように思えたのである。ひとの生には、たまに、そのようなことがあるのだろう。

取材では以下の方々にお世話になった。しるしてお礼を申し上げたい。

浅見雅男、東眞史、伊藤節子、大澤求、藏田和子、佐伯晴郎、鈴木伶子、中村美智子、中村雄介、早坂文彦、藤原作弥、町田昌子、籔田安晴、山本将信、山本裕司、吉田望の各氏。

東眞史さんは二〇一七年六月にかえらぬ人となった。東さんから三度、満(まん)さんの思い出話をうかがった。生前に拙著をおとどけできなかったことが残念だ。

馬場公彦氏、中村達雄氏からも助言をいただいた。馬場氏からは貴重な資料の提供をうけた。しるして謝意を表する。

本文でもふれたが、神奈川近代文学館の資料をつかわせていただいた。旧制高校での創作からはじまり、葬儀にいたる吉田満にかかわる資料は、吉田嘉子さんが寄贈されたものだ。文献資料を保存し、利用者にひろく閲覧の機会を提供している神奈川近代文学館にお礼を述べたい。また、その引用にあたっては、吉田望氏の許可を得た。

私が戦争とその記憶という問題に関心をいだくようになったのは、所属する組織の共同研究に参加したことがきっかけとなった。研究会「トランスナショナルな公共圏におけるメディア文化とアイデンティティ」では報告の機会を得、その成果『想起と忘却のかたち――記憶のメディア文化研究』（浜井祐三子編著、三元社、二〇一七年）で、「死者の記憶が生きていたころ――吉田満と戦後」という小論を書いた。本書は一部かさなるところがあるが、三元社の石田俊二氏から出版の了解をいただいた。感謝申し上げる。

竹園公一朗氏をはじめ白水社の方々にはたいへんお世話になった。竹園氏からは、事実誤認の指摘や有益な助言を頂戴した。また、校正では、竹園さんや組版の鈴木さゆみさんを大きくわずらわせることとなった。しるしてお礼を申し上げたい。また、すてきな装幀をデザインしてくださった唐仁原教久さんにも謝意をしめしたい。

吉田満が白玉楼中の人となりすでに四十年近い年月がすぎた。よって、記述や分析に不十分なところはあるだろう。事実や表記の誤りがあれば、お手数でもご指摘いただければ幸いである。

二〇一八年三月

渡辺浩平

参考文献

有山輝雄『占領期メディア史研究』柏書房、一九九六年
一ノ瀬俊也『戦艦大和講義』人文書院、二〇一五年
梅崎春生「戦争肯定の文学」「戦争文学の流行批判」読売新聞、一九四九年六月十一日
梅崎春生『桜島・日の果て』講談社（文芸文庫）、一九八九年
江藤淳『一九四六年憲法――その拘束』文藝春秋、一九八〇年
江藤淳『落葉の掃き寄せ』文藝春秋、一九八一年
江藤淳『閉された言語空間』文藝春秋、一九八九年
大熊信行『国家悪』論創社、一九八一年（初版：中央公論社、一九五七年）
大貫美恵子『ねじ曲げられた桜』岩波書店、二〇〇三年
大貫美恵子『学徒兵の精神史』岩波書店、二〇〇六年
岡野弘彦『冬の家族』短歌出版社、一九九七年（初版：角川書店、一九六七年）
翁邦雄『日本銀行』筑摩書店（ちくま新書）、二〇一三年
粕谷一希「戦後史の争点について――鶴見俊輔氏への手紙」『諸君！』一九七八年十月号

（『粕谷一希随想集』Ｉ忘れえぬ人びと、藤原書店、二〇一四年、所収）
粕谷一希『鎮魂　吉田満とその時代』文藝春秋、二〇〇五年
粕谷一希『作家が死ぬと時代が変わる』日本経済新聞社、二〇〇六年
加藤典洋『敗戦後論』講談社、一九九七年
加藤典洋『戦後的思考』講談社、一九九九年
金原左門、竹前英治編『昭和史』増補版、有斐閣、一九八九年
呉市海事歴史博物館『大和ミュージアム常設展示図録　新装版』株式会社ザメディアジョン、二〇〇九年
高坂正顕、西谷啓治、高山岩男、鈴木成高『世界史的立場と日本』中央公論社、一九四三年（昭和十八年）
今田健美『種蒔く人――今田健美神父遺稿・追悼文集』上下巻、「今田健美を偲ぶ会」事務局、一九八四年
佐伯晴郎『日本のキリスト教に未来はあるか』、教文館、二〇〇三年
佐々木八郎『青春の遺書』、昭和出版、一九八一年
思想の科学研究会『共同研究　転向』一～六、平凡社、二〇一二年
（初版：『共同研究　転向』上下巻、思想の科学研究会、一九六二年）
司馬遼太郎、鶴見俊輔「「敗戦体験」から遺すべきもの」『諸君！』一九七九年七月号
島尾敏雄、吉田満『新編　特攻体験と戦後』中央公論新社（中公文庫）、二〇一四年
（初出：「特攻体験と私の戦後」『文藝春秋』一九七七年八月号）
鈴木正久『王道』日本基督教団出版局、一九七〇年
鈴木正久『キリスト教の現代的使命』新教出版社、一九六九年

鈴木正久『鈴木正久著作集』1～4、新教出版社、一九八〇年
鈴木正久『日本の説教15　鈴木正久』（村上伸解説）日本キリスト教団出版局、二〇〇四年
鈴木伶子『すべては神さまのプログラム』新教出版社、二〇〇九年
正（無署名）「濁った記録性　吉田満　戦艦大和の最期」『朝日新聞』東京 版朝刊　一九五二年九月八日
千早耿一郎『「戦艦大和」の最期、それから』筑摩書房（ちくま文庫）、二〇一〇年（初版：講談社、二〇〇四年）
鶴見俊輔「記述の理論」『思想』（三七八号）一九五五年十二月号、岩波書店
鶴見俊輔、吉田満「「戦後」が失ったもの」『諸君』一九七八年八月号
鶴見俊輔「戦後の次の世代が見失ったもの――粕谷一希氏に答える」『諸君！』一九七九年二月号
鶴見俊輔『戦時期日本の精神史』岩波書店、一九八二年
鶴見俊輔『期待と回想』上下巻、晶文社、一九九七年
東京大学学生自治会戦歿学生手記編集委員会『はるかなる山河に』東京大学出版会、一九四七年
徳岡孝雄「遺す言葉」『日本よお前は何ものか？』（文藝春秋十二月号臨時増刊号）、文藝春秋、一九九〇年
　十二月号
外山茂、中塚昌胤、志垣民郎（『追憶　吉田満』刊行世話人代表）『追憶　吉田満』中央公論事業出版、
　一九八〇年
中島健蔵「世界への反逆」「戦争文学の流行批判」読売新聞、一九五九年六月十一日
中村隆英『昭和史』下、東洋経済新報社（文庫）、二〇一二年
永山則夫『無知の涙』合同出版、一九七一年

西片町教会『西片町教会月報』西片町教会
西片町教会百年史編纂委員会『西片町教会百年史』西片町教会、一九八九年
日本銀行金融研究所『日本銀行の機能と業務』日本銀行金融研究所、一九九二年
日本銀行百年史編纂委員会『日本銀行職場百年』下巻、一九八二年
日本聖書協会共同訳聖書実行委員会『聖書　新約聖書　新共同訳』日本聖書協会、一九八七年
日本基督教団「第二次世界大戦下における日本基督教団の責任についての告白」日本基督教団公式サイト
（http://uccj.org/）
日本戦歿学生手記編集委員会『きけわだつみのこえ』東大協同組合出版部、一九四九年
（新版『きけわだつみのこえ』新版『第二集きけわだつみのこえ』岩波書店）
野呂邦暢『失われた兵士達――戦争文学試論』文藝春秋（文春学藝ライブラリー）、二〇一五年
（初版：『戦争文学試論』芙蓉書房、一九七七年）
白鷗遺族会『雲ながるる果てに』日本出版協同、一九五二年
林尹夫『わがいのち月明に燃ゆ』筑摩書店、一九六七年
福田恆存『私の國語教室』新潮社、一九六〇年
藤原作弥『満州、少国民の戦記』新潮社（文庫）、一九八八年
藤原作弥『本にからむコラム』新潮社、一九九三年
藤原作弥『この国の姿――藤原作弥のマルチ・エッセイ』愛育社、二〇〇七年
東忠尚「勇者は倒れぬ」『にちぎん』一九七九年十月号

丸山真男『日本の思想』岩波書店、一九六一年
三島由紀夫『英霊の声』河出書房新社、一九六六年
三島由紀夫『文化防衛論』筑摩書房（文庫）、二〇〇六年
見田宗介「まなざしの地獄」『見田宗介著作集Ⅵ』岩波書店、二〇一一年
宮村治雄『「日本の思想」精読』岩波書店（現代文庫）、二〇〇一年
村上兵衛「戦中派はこう考える」『中央公論』一九五六年四月号
安岡章太郎「モテない「戦中派」」『中央公論』一九五六年五月号
八杉康夫『戦艦大和　最後の乗組員の遺言』ワック、二〇一五年
山本七平「戦中派・吉田満と被占領派」『文藝春秋』一九八六年十一月号
山本七平『精神と世間と虚偽』さくら舎、二〇一六年
山本武利『ＧＨＱの検閲・諜報・宣伝工作』岩波書店、二〇一三年
山本武利編『占領期雑誌資料体系　文学編』Ⅲ、岩波書店、二〇〇九年
吉田望 nozomu.net 吉田望事務所　http://www.nozomu.net/
聯合國最高司令部民間情報教育局『眞相箱』コズモ出版社、一九四六年
聯合國總司令部民間情報教育局資料提供『太平洋戰爭史』高山書店、一九四六年
渡辺清『私の天皇観』辺境社、一九八一年

吉田満単行本

吉田満『軍艦大和』銀座出版社、一九四九年
吉田満『戦艦大和の最期』創元社、一九五二年
吉田満「戦艦大和の最期」臼井吉見編『現代教養全集』3「戦争の記録」筑摩書房、一九五八年
吉田満「太平洋戦記『戦艦大和』」河出書房、一九六七年
吉田満『戦艦大和』角川書店（文庫）、一九六八年
吉田満『青森讃歌』東奥日報社、一九六七年
吉田満『戦艦大和ノ最期』北洋社、一九七四年
吉田満『鎮魂戦艦大和』講談社、一九七四年
吉田満『戦中派の死生観』文藝春秋、一九八〇年（『戦中派の死生観』（文春学藝ライブラリー、文藝春秋、二〇一五年）
吉田満『平和への巡礼』新教出版社、一九八二年
YOSHIDA MITSURU "REQUIEM FOR BATTLESHIP YAMATO" Translation and Introduction RICHARD H. MINEAR University of Washington Press 1985
吉田満『吉田満著作集』上巻、下巻、文藝春秋、一九八六年
吉田満、原勝洋『ドキュメント戦艦大和』文藝春秋（文庫）、二〇〇五年（初版：『日米全調査戦艦大和』文藝春秋、一九七五年）
吉田満『戦艦大和ノ最期』講談社（文芸文庫）、一九九四年

『吉田満著作集』未収録のもの

吉田満「泥だらけの手」『大成』第十七号、一九四〇（昭和十五）年三月二十五日（神奈川近代文学館所蔵）
吉田満（筆名：細川宗吉）「戦艦大和」『新潮』一九四七年十月号
吉田満「小説　軍艦大和」『サロン』一九四九年六月号
吉田満「靖国と愛国心」『西片町教会月報』（靖国問題特集）一九七四年七月号
吉田満「自立的に生きる」『西片町教会月報』一九七〇年一月号
吉田満「東北・きのう・明日」『行友』一九七三年八月号
吉田満「青森県の経済・政治・文化」『れぢおん青森』（故・吉田満氏追悼特集）一九七九年十月号、財団法人青森地域社会研究所

映像

映画『戦艦大和』（原作：吉田満、監督：阿部豊）新東宝、一九五三年
映画『男たちの大和 ＹＡＭＡＴＯ』（原作：辺見じゅん、監督：佐藤純彌）東映、二〇〇五年
テレビドキュメンタリー「散華の世代からの問い～元学徒兵　吉田満の生と死～」（ＮＨＫ特集、企画：吉田直哉）一九八〇年十二月八日放送

著者略歴
渡辺浩平（わたなべ・こうへい）
一九五八年生まれ。立命館大学文学部卒業、東京都立大学大学院人文科学研究科修士課程修了後、博報堂入社。北京と上海に駐在。愛知大学現代中国学部講師を経て、現在、北海道大学大学院メディア・コミュニケーション研究院教授。専門はメディア論。著書に『中国ビジネスと情報のわな』（文春新書）、『変わる中国 変わるメディア』（講談社現代新書）他。共著に『追憶のほんやら洞』（甲斐扶佐義編著、風媒社）がある。

吉田満 戦艦大和学徒兵の五十六年

二〇一八年 四 月一五日 印刷
二〇一八年 四 月三〇日 発行

著 者 © 渡 辺 浩 平
発行者 及 川 直 志
印刷所 株式会社 三 陽 社
発行所 株式会社 白 水 社

東京都千代田区神田小川町三の二四
電話 営業部〇三（三二九一）七八一一
編集部〇三（三二九一）七八二一
振替 〇〇一九〇-五-三三二二八
郵便番号 一〇一-〇〇五二
www.hakusuisha.co.jp
乱丁・落丁本は、送料小社負担にてお取り替えいたします。

誠製本株式会社

ISBN978-4-560-09626-0
Printed in Japan